Lorenz Just

AM RAND DER DÄCHER

Lorenz Just

AM RAND DER DÄCHER

Roman

DUMONT

Von Lorenz Just ist bei DuMont außerdem erschienen:
Der böse Mensch

FSC
www.fsc.org
MIX
Papier aus verantwortungsvollen Quellen
FSC® C083411

Erste Auflage 2020

Umschlaggestaltung: Nurten Zeren,
www.zerendesign.com
Satz: Angelika Kudella, Köln
Gesetzt aus der Aldus
Druck und Verarbeitung: CPI books GmbH, Leck
Gedruckt auf säurefreiem und chlorfrei gebleichtem Papier
Printed in Germany
ISBN 978-3-8321-8111-6

www.dumont-buchverlag.de

für Haldor

»Und wie du weißt, entsteht die Zeit im Auge.«

Cortázar, Die Gewinner

Seine rotbraunen Haare hingen kerzengerade, sie waren viel länger, als ich gedacht hätte. Ich glaube auch, dass die Sonne schien und jedes einzelne seiner Haare glänzen ließ. Kopfüber hing er an der obersten Stange und sah mich an. Ich stand im Sand, sicherlich barfuß, und rätselte angesichts seines rot angelaufenen Gesichts. Ich leckte mir über die Oberlippe, ich hielt den Atem an. Wie der Knall einer winzigen Explosion hallte mir sein Name durchs Hirn.

»Die Boa!«, rief Simon und wedelte mit seinem Unterarm, der bis auf die Fingerspitzen eingegipst war: »Ich habe Ratte gespielt, vor dem Terrarium, die dumme Schlange hats nicht verstanden, zwei Tage lang war sie ohnmächtig. Um es wiedergutzumachen, habe ich noch einmal Ratte gespielt und diesmal hinter dem Glas.«

Die Geschichte gefiel mir, sehr sogar; sie zu glauben, war eine andere Sache, da konnte er mit seinem Gipsarm wedeln, soviel er wollte.

»Die Schlange will ich sehen.«

Er schwang vor und zurück, wirbelte herum, landete artistengleich vor mir im Sand. Wilder Applaus wehte von den Silberpappeln herüber, auch die Kinder, die sich mühsam die Stäbe des Klettergerüsts hocharbeiteten, hielten einen Moment lang inne und schauten voller Bewunderung zu Simon. Der strich sich die Haare aus der Stirn und grinste sein Zahnlückengrinsen, und irgendwo, wenn ich mich recht entsinne, fingerte sich ein einsamer Klarinettist vorm offenen Fenster eine festliche Tonleiter hinauf.

»Okay«, sagte er, und los ging es, ohne Umwege und Abschweifungen zielgerichtet die Oranienburger entlang, vorbei an all den gewichtigen Gebäuden, die uns nichts angingen.

Die Haustür schlug ins Schloss, Simon rannte, ich rannte, ein Wettlaufen am Geländer entlang, etliche Stockwerke hoch. An der Wohnungstür holte ich ihn ein, der schon den Schlüssel umdrehte, aufsperrte, hineinstürzte, und stolperte ihm nach. Mitten hinein in die plötzliche Ruhe eines hohen, schiffsartigen Flures, baumlange Dielenbretter knarzten unter den Schritten, Zugluft ließ eine Tür schlagen, irgendwo pochte mein Herz, und ich keuchte wie ein kurz vorm Ertrinken Geretteter. Im riesigen Garderobenspiegel entdeckte ich Simon, der in der Küche vor dem Kühlschrank stand und sich die kalte Luft mit seinem T-Shirt zufächerte. Ich trat die Schuhe von den Füßen, etwas verrenkt zog ich mir auch die Socken aus. Ungewohnt groß war ich im Spiegel, und auch die Bewegungen, die ich machte, hatten etwas fremdartig Selbstverständliches, was mir gefiel. Um mir einmal tief in die Augen zu schauen, wie ich meinte, streckte ich meinen Kopf dem immer größer werdenden Spiegelbild entgegen, aber da waren nur meine blauen Kinderaugen. Ich blickte an mir herab, auf meine blassen Füße, deren Sohlen an den Dielen klebten und feuchte Abdrücke hinterließen, als ich sie vom Boden löste.

»Auf welcher Schule bist du jetzt?«, sagte Simon, als ich zu ihm in die Küche trat. Er stand an der Spüle und war damit beschäftigt, Eier über einer Plastikschüssel aufzuschlagen.

»4. Grundschule, am Koppenplatz, und du?«

Zu konzentriert, um antworten zu können, hatte er begonnen, Kakaopulver in die Schüssel zu schaufeln, sehr viel Kakaopulver, leise zählte er die gehäuften Suppenlöffel, hatte bei *zwölf* plötzlich genug und warf den Löffel ins Spülbecken. Er kippte noch Milch dazu, verrührte das Ganze dann hektisch mit einem Quirl.

»Überlebenssaft, eklig, aber wichtig«, sagte er, goss den braunen Schleim in hohem Bogen in zwei Tassen und schob mir eine hin. Schwungvoll stieß er seine Tasse gegen meine, dass es laut und dumpf klackte, und trank in einem einzigen, langen Zug aus.

Rohe Eier, giftig, echote es durch meinen Kopf, aber was zählte das schon: Schluck für Schluck, ohne abzusetzen. Ich wischte mir noch den Eiersaft aus den Mundwinkeln, da war Simon schon aufgesprungen.

»Hier, die haben wir jetzt auch.«

Zwischen seinen Händen hielt er eine Schildkröte, hob sie mir wie zum Beweis zentimeternah vors Gesicht, die unförmigen Beine ruderten suchend, und setzte sie wieder ab, vor einen Teller, auf dem zwei Salatköpfe gammelten. Ich wollte mich schon zu ihr hocken, aber Simon zog mich »kommkomm« rufend weiter, durch den Flur ins Wohnzimmer, wo er eine hohe Flügeltür öffnete.

»Das Schlafzimmer meiner Eltern«, sagte er und schob mich vorwärts.

»Was denn?«, sagte ich.

»Na dort«, antwortete er und ließ mich allein.

Am Fußende eines breiten Bettes in einem Glaskasten ein Quadratmeter Steinwüste. Ich trat heran, kniete mich davor, auf Augenhöhe, denn sie war sofort da, die Boa constrictor, wie Simon mir erklärt hatte, sie hatte mich sofort bemerkt, ihren Kopf gehoben, züngelte in meine Richtung. Es gab sie tatsächlich, den Schlangenkopf, den Schlangenkörper, die gesamte Welt, aus der sie stammte, ganze Kontinente lagen auf dieser schwarzen, doppelspitzigen Zunge. Mit einer geduldig lauernden Aufmerksamkeit sah sie mich an, richtete eine Konzentration auf mich, wie ich es noch nicht erlebt hatte. Und ich hockte vor ihr, auf wackligen Beinen. Vollkommen ruhig lag sie da, ihr gewundener, schimmernder Körper, ruhiger als die Steine, die Wasseroberfläche ihrer Tränke, das tote Holz; sie selbst hätte tot sein können, nur die Zungenspitze, die aus dem lippenlosen Maulschlitz vor und zurück schnellte, zeigte, dass sie lebte. Und über allem thronte ihr Blick, der aus den stecknadelkopfgroßen Augen fast leblos, wie etwas Außerirdisches hervorstach. An die Nacht musste ich denken, an die Schwärze des Himmels, die Stille des Weltalls. Ein Blick, dem ich mich anvertrauen wollte, mich in ihn hineinstürzen, zumindest einen Moment lang darin versinken, doch beinahe hätte ich das Gleichgewicht verloren. Auf den Fußballen wippend drückte ich meine Hände gegen das Glas, um wieder sicher zu stehen. Ich ertappte mich dabei, Worte in der Zeitung zu entziffern, mit der der Boden des Terrariums ausgelegt war: Hasenstall, Reisekoffer … Die Schlange hielt ihren Blick auf mich gerichtet, während ich mir vielleicht zum ersten Mal in meinem Leben in dieser Deutlichkeit aufsagte, was ich da vor mir sah. Und unablässig fuhr ihre Zungenspitze durch die Luft, dieses in zwei geschnittene Sinnesorgan schmeckte mich durch das Glas hindurch und verschwand wieder im Maul der Boa. Der starre Blick und die lebhafte Zunge. Wie eigenständige Lebewesen begannen Gedanken durch meinen Kopf zu schießen, sodass ich umsonst versuchte, mich vom Blick der Schlange noch einmal einfangen zu lassen. Sie fragten, was Simon tat, sagten mir, dass die Knie schmerzten, es genug sei, ich endlich wieder aufstehen solle. Die Schlange hauchte ihre Zunge aus und ein wie Atemluft; sie schien zu lächeln, etwas zu wispern, sie schien wirklich zu wissen, dass es mich gab. Ich riss mich los.

Und mir war, als würde ich durch einen Traum taumeln: zurück ins Wohnzimmer, wo die Strahlen der untergehenden Sonne geradeso über die Dächer der Stadt hinweg durch die staubigen Fenster schrammend mir in die Augen stachen, dass ich für einige Sekunden blind war. Ich stützte mich auf dem Fernseher ab, bis die Schwärze im Kopf nachließ. Da war meine Hand, knochenweiß lag sie auf dem schwarzen Kasten. Mit dem Zeigefinger strich ich über das graue Glas des Bildschirms, zog einen horizontalen Streifen, der eine Steinwüste vom Himmel trennte, hörte das Rasseln von Klapperschlangen und das Kreischen in trockenen Halmen versteckter Grillen, sah einen Sandsturm aufziehen. Den Staub rieb ich zwischen Daumen und Fingerkuppe zu einem Klümpchen und schnipste es weg wie etwas, das gerade noch eine Welt bedeutet hatte. Im Flur rief ich Simons Namen so laut, als stünde er hundert Meter entfernt im Gegenwind.

Ich hörte eine Antwort oder glaubte, sie zu hören.

Und dann betrat ich Simons Zimmer, dieses dunkle, riesenhafte Zimmer, ein *Berliner Zimmer*, wie ich irgendwann lernen würde, setzte Fuß in diese Kathedrale meiner Kindheit und kletterte sofort über die Strickleiter auf einen großen Kasten hinauf, der in Simons Zimmer hineingebaut war. Die Freifläche auf diesem Podest war nicht mit einem Geländer, sondern einem engmaschigen Netz gesichert, in das überall Löcher geschnitten waren, durch die eine Reihe anderer, ineinander verschachtelter Podeste zu erreichen war, auf denen sich hingeworfene Schlafecken verteilten, über die Comichefte, Kuscheltiere, Klamotten verstreut waren. Ich erkannte eine Sprossenwand, einen Turnbock, einen mit Blättern, Büchern, Stiften, Werkzeugen, Spielzeugen über und über bedeckten Schreibtisch. Von zahllosen Höhlen, in die nur über verborgene Nischen zu gelangen war, war auszugehen – wahrscheinlich werkelte Simon irgendwo in einem dieser Verstecke. Ich kniete mich an den Spielherd, der am Rand des Podests aufgestellt war, hob den Deckel von einem winzigen Topf, der leer war. Ich fand eine halb volle Kanne Tee, roch daran, Pfefferminztee, und trank sie aus.

»Simon«, rief ich noch einmal ins Zimmer hinab.

»Gleich«, wurde mir geantwortet.

Also legte ich mich für den Augenblick auf eine der Steppdecken mit Zwergenmuster und betrachtete die dünnen Risse im Anstrich der Zimmerdecke und die zerfetzten Spinnweben, die überall in den Ecken des Zimmers hingen, und fühlte mich sehr wohl dabei, an diesem entrückten Ort, denn niemand außer Simon wusste, dass ich hier war, weder mein Bruder noch meine Eltern, niemandem hatte ich Bescheid gegeben, niemanden um Erlaubnis gebeten, wie zwei unabhängige Menschen waren wir einfach losgelaufen. Und es war, als ahnte ich jetzt schon die ganze Zukunft, die sich hier entfalten würde. All die Nachmittage schienen durch den Raum zu schweben, die wir hier oben auf dem Podest damit verbringen würden, am Spielherd winzige Portionen Suppennudeln oder eine Handvoll Kartoffeln und zum Nachtisch Apfelkompott zu kochen. Als läge ich jetzt schon zwischen den Stapeln an Geschirr, die sich über Wochen ansammeln würden, bis wir sie in die Spüle schaffen und dort seinen

Eltern überlassen würden. Als wüsste ich schon von dieser ersten durchwachten Nacht, in der Simon und ich uns eine Kanne Kaffee aus der Küche schmuggeln und eine ganze Sammlung *John Sinclair*-Kassetten durchhören und kurz darauf vernichten würden, um die leeren Kassettenkörper an den rausgeleierten Bändern wie Leichenteile, die an den Außengrenzen einer Stadt zur Abschreckung auf Holzpfähle gestoßen wurden, ins Netz und an die Sprossenwand zu knoten; wie zwei irre gewordene Urzeitmenschen würden wir kichern am Ende dieser allerersten durchgemachten Nacht. Es war, als könnte ich jetzt schon über die kleine kreisförmige Narbe auf meinem Unterarm streichen, die als einziges Andenken eines Rituals übrig bleiben würde, das Simon und ich eines Abends mit Feuer, Blut und Asche erfinden, aber nicht ein einziges Mal wiederholen würden. Als könnte ich in den feinen Linien der Spinnweben und Risse all das schon ablesen.

»Simon«, rief ich leise und lauschte in sein zerklüftetes Zimmer.

»Ja«, antwortete er, hingehaucht, als hätte ich einen Geist beschworen. Er stand am Fensterbrett, im körnigen Licht des Hinterhofs, halb verdeckt vom taubengrauen Vorhang, der über seine Schulter hing. Ich krabbelte auf allen vieren durchs Netz, über einen Schrank zur Sprossenwand und kletterte hinunter.

»Was machst du denn?«

Feierlich hielt er mir ein Taschenmesser entgegen, und für einen Augenblick dachte ich, er wolle seine eingegipste Linke durchbohren, aber er klappte es zu.

»Guck mal«, sagte er und trat zurück.

Mit vielen harten Schnitten hatte er ein großes S ins Fensterbrett geritzt. Er beugte sich vor und pustete mit kurzen Luftstößen helle Späne von Farbe und Holz aus den Rillen. Sein S war aus spitz aufeinanderstoßenden Linien zusammengesetzt, was dem Buchstaben etwas Verärgertes, beinahe Wütendes verlieh. Simon kratzte noch einmal mit dem Fingernagel sein Werk entlang, zog dann mit einem Ruck den Vorhang zu und trat auf den Schalter einer Stehlampe.

»Es gibt Arbeit«, sagte er und griff aus einem Pappkarton eine Handvoll bunt lackierter Stäbe, die er vor uns auf den Boden schmiss.

»Wir müssen das testen«, erklärte er.

Es handelte sich, so verstand ich seine Ausführungen, um ein nagelneues Spielzeug, das seine Mutter für irgendeine Stiftung zu bewerten hatte. Ziel war es, wie sie es Simon aus der Spielanleitung vorgelesen hatte und er mir mit falschem Ernst zusammenfasste, die Stäbe zu fantasievollen Gebilden zusammenzustecken, um auf diese Weise spielerisch Vorstellungskraft und Abstraktionsvermögen zu schulen. Simon schüttete die ganze Kiste wie einen Eimer Müll aus, und wir stocherten mit den Fußspitzen unschlüssig darin herum, bis er sein Urteil fällte: nichts zu machen. Und er hatte ja recht. In all den Jahren, in denen wir immer mal wieder für seine Mutter testen würden, war nie etwas Brauchbares dabei. Es war sinnloses Zeug, was da erfunden wurde, von scheinbar hoch entwickelten Kleinkindern, gescheiterten Physikern oder Mechanikern und wirren Genies, die ihrer eigenen Spielwut erlegen waren, beraten von Didakten, die sich kaum in ihre kleinen Finger hineindenken konnten, geschweige denn in uns, und sich hinter ihren angelernten pädagogischen Ansätzen verschanzten wie in einem von der Außenwelt abgetrennten, keimfrei gekachelten und Tag und Nacht grell erleuchteten Laboratorium. Es half nichts: Unsere Kritik war gnadenlos und nützte seiner Mutter wenig. Die vernichtenden Berichte aus der Wirklichkeit dieses Spielzimmers würden ihren Auftraggebern nicht zuzumuten sein. Konstruktiv denken war gefordert, aber darüber konnten wir nur lachen.

Nach getaner Arbeit fragte Simon: »Willst du auch?«

Klar wollte ich, hatte mit sicherer Hand mein rostiges Barlow sofort gezückt – woher ich das hatte, ist mir ein Rätsel, ich weiß nur, wie unheimlich stolz ich darauf war, hatte ich doch gehört, dass es so ein Messer war, von dem Huckleberry Finn träumte. Drei gekonnte Schnitte, und die Skizze zu einem großen A war in den Lack des Fensterbretts geritzt.

Ich atmete durch und machte mich ans Schnitzen; Simon hockte sich nun doch noch zu den Stäben, die zwischen seinen Händen leise zu klackern begannen, und eine Art Pause stellte sich ein, ein konzentrierter Stillstand, nur die Finger bewegten sich, nur die Geräusche unserer Arbeit waren zu hören. Fast hätte ich das Zimmer, die Zeit, mich selbst und auch Simon vergessen. Tiefer und tiefer kratzte ich mich ins Holz, pustete den Staub aus den Furchen; die rostige Klinge meines Barleys war scharf wie sonst nichts; Stunden vergingen, Tage oder Monate, was machte das schon?

Da knallte Simon Was-auch-immer-er-gebaut-hatte auf den Boden. Ich hörte, wie er die Stäbe mit dem Fuß zur Seite schob, wie er hinter mich trat, spürte die Wärme seines Kopfes an meiner Wange, als er mir über die Schulter blickte.

»Weißt du«, und er fing an zu erzählen, vom Grundstück seines Opas schwärmte er, von verwachsenen Kiefern, einem Waldsee, hohem Gras, von einem tiefunterkellerten Bungalow, einem Steingarten voll seltener Wüstenpflanzen.

»All das werde ich erben«, sagte Simon und erzählte, dass sein Opa schon seit Jahren kurz vorm Tod stehe. Jedes Mal wenn seine Familie den weiten Weg in den Harz auf sich nahm, würde er in das riesige Greisenohr flüstern, dass er allein das Haus haben dürfe und niemand sonst.

»Keiner versteht, wie Opa dort ganz allein überlebt. Wenn wir kommen, steht er aus seinem Sessel nicht auf. Aber mir hat er's verraten, und ich soll es genauso machen wie er, das musste ich versprechen, dafür krieg ich das Haus und alles, was dazugehört.«

»Was willst du denn im Harz, du hast hier doch alles«, sagte ich noch, da quietschte die Wohnungstür, Dielen knarzten, schwere Tüten wurden fallen gelassen, ein Ächzen, ein leises Genuschel, auf einmal trat Simons Mutter ins Zimmer.

»Hallo«, sagte sie.

»Hallo«, sagten wir.

Ich schob mein Messer unauffällig in die Hosentasche und trat vom Fensterbrett zurück. Simons Mutter blickte müde in unsere Richtung. Ihre schwarz-grauen Haare hingen ihr tief in die Stirn, dieselbe Frisur wie Simons, ein kraftloser Topfschnitt. Sie sagte auch etwas, aber ich hörte nicht hin; da war sie wieder, die Schildkröte, in ihren Händen, wieder ruderten die orientierungslosen Beine durch die Luft. Ich erkannte den winzigen Kopf in der dunklen Panzeröffnung, sie hatte schwarze Perlenaugen und einen kantigen Mund, sie sperrte ihn auf, verharrte, schloss ihn wieder. Als würde sie gähnen. Sie tat es unaufhörlich. Auf und wieder zu. Wieder und wieder. Simons Mutter kam ins Reden, aber ich konnte nicht wegsehen. Das gepanzerte Tier in den Händen der großen, schweren Frau, wie einen beliebigen Gegenstand hielt sie es vor ihrer Brust. Die Schildkröte versuchte, etwas zu sagen, sie sprach stumm auf uns ein, vielleicht schrie sie auch, verzweifelt, jedoch in der Geschwindigkeit der Schildkröten, weil sie einfach nicht verstehen konnte, warum sie ausgerechnet hier ausgerechnet jetzt gelandet war. Simons Mutter formulierte Silbe für Silbe Dinge wie zweihundertzwanzig Millionen Jahre, Sauropsida, Kriechtiere, einmalige Anpassungsfähigkeit, massenhaftes Aussterben – diese Familie war gefüllt mit enzyklopädischem Wissen, das heute jeder mit Wikipedia vom Tisch fegen würde, aber damals war so ein Wissen noch selten und nicht für jeden zu haben. Ich ging auf sie zu und bat mit offenen Händen um die Schildkröte, und ohne in ihrem monotonen Tonfall auch nur ein wenig ins Stocken zu geraten, sah sie nur kurz zu mir herab, als wäre ich ein neugieriger Hund fremder Leute, und löste gleichzeitig ihre fleischigen Finger vom Panzer. Ich zog ihr die Schildkröte aus den Händen, sie war kühl und hart, aber lebendig, eine merkwürdige Mischung, und stellte mich an eines der Betten. Zwischen zwei Kissen setzte ich sie ab, wo sie sofort in sich selbst verschwand, in ihren Panzerkörper, der kaum so groß war wie meine Hand, ich konnte ihn vollständig umfassen, ihr kleines perfektes Haus. Mit einer Fingerspitze voll Krümeldreck, den ich mir aus der Hosentasche pulte, versuchte ich, sie wieder herauszulocken, aber sie reagierte nicht.

Simon und seine Mutter gerieten tiefer und tiefer in ihr langatmiges Gespräch über Reptilienarten, chemische Formeln, über Wasser und Land und die spezifischen Unterschiede. Ich versuchte gar nicht, mich einzumischen, obwohl ich gern gewusst hätte, wie sie überhaupt zu einer Schildkröte gekommen waren oder wie sie heißen sollte und was sie mit ihr vorhatten. Ich strich der Schildkröte über den Panzer und wartete ab, ob sie ihren Kopf je wieder hervorstrecken würde.

Da schlängelte sich auch Simons Vater zur Tür herein und kratzte sich angesichts der immer noch andauernden Fachsimpelei seinen grauen Vollbart, der ein fliehendes Kinn verdecken sollte, wie Simon mir später verraten würde. Nach einer Weile grüßte er unbestimmt in die Runde und zog sich lautlos einen

Stuhl heran; mit vorgerecktem Kopf und bereit, jederzeit mit Wissen auszuhelfen, begann er zuzuhören. Gerade rechtzeitig wandte ich mich wieder der Schildkröte zu, denn millimeterweit schien sich tatsächlich ihr Kopf hervorzuwagen. Sie zuckte aber sofort zurück, als sie mein freundlich zudringliches Lächeln bemerkte.

Ich würde aufs Klo gehen und mich danach auf den Heimweg machen. Was solls, dachte ich und schlich mich hinaus.

Als ich noch vorm Garderobenspiegel stand und mich fragte, ob ich mich verabschieden müsste oder wortlos verschwinden könnte, kamen Simon und seine Mutter in den Flur. Sie sahen mich an, als hätten sie längst vergessen, dass ich da gewesen war. Seine Mutter sagte etwas von Dabei-sein-Wollen, aber ich wusste nicht, was sie meinte. Ob ich dabei sein wolle, wiederholte Simon. Ich nickte nur und folgte ihnen.

Auf der Schwelle zum Schlafzimmer seiner Eltern drehte Simon sich noch einmal um und fing an, hektisch auf mich einzuflüstern: Ich hätte still, sehr still zu sein, reglos bis in die Fingerspitzen, müsse lautlos atmen und auch den Blick ruhig halten, selbst die Gedanken hätten zu schweigen, in Stein gehauen von Kopf bis Fuß solle ich sein, damit Cäsar nicht abgelenkt sei, sobald der Jagdinstinkt die Kontrolle übernahm.

Leise pirschten wir uns zum Glaskasten, in dem die Schlange gleichmütig ausgestreckt über ihrem Deko-Ast hing. Simons Mutter öffnete einen Beutel, den sie unter dem Arm getragen hatte, zog einen Pappkarton hervor, schob behutsam die Scheibe des Terrariums zur Seite, öffnete den Pappkarton und schüttete etwas Schweres zur Schlange hinein. Krallen kratzten über den glatten Kartonboden, ohne Halt zu finden, da kam es zum Vorschein, eine dicke weiße Ratte, die sich sofort in eine Ecke kauerte und zusammenkrümmte, als könnte sie auf diese Weise wie die Schildkröte in sich selbst verschwinden oder sich zumindest wie ein Igel zu einer wehrhaften Kugel einrollen. Ich weiß nicht, ob sie die Schlange überhaupt wahrgenommen hatte, sie sehen konnte, wahrscheinlich ahnte die Ratte ja nicht einmal, dass auf dieser Erde ein so absonderliches Wesen wie eine Boa constrictor existierte. Orientierungslos schnüffelte sie in ängstlichen Verrenkungen herum, um irgendwie zu erraten, was das für eine Gefahr war, die sie so überdeutlich zu wittern schien. Der gesamte Körper der Schlange war augenblicklich in Bewegung geraten. Langsam, wie in Zeitlupe, aber mit einer eisernen Entschlossenheit, sodass ich verstand, warum sie Cäsar hieß, ringelte sich die Boa binnen atemraubender Sekunden zur Sprungfeder ein, während sie die nervös herumschnüffelnde Ratte unablässig anvisierte. Ein einziges blitzartiges Zucken, und ihr exotischer Körper schlang sich um die Todgeweihte, von deren Nasenspitze, die wie ein Hilferuf aus dem Knäuel hervorragte, dunkelrotes Blut zu tropfen begann.

Die weiße Ratte, in die Steinwüste entlassen, erwürgt und verschlungen; ich mochte keine Ratten, die braunen, die von Mülltonne zu Mülltonne huschten, genauso wenig wie die weißen, deren blutrote Augen so leblos gierig starrten, und trotzdem hatte ich Mitleid.

Ich jagte die Treppen hinunter, die Hand immer am Geländer, über den zerkratzten, abgegriffenen Lack, sprang über die letzten acht oder neun Stufen, dass mir vom Aufprall die Fußsohlen brannten, auf den mit gelblichen Ziegeln gepflasterten Hinterhof hinaus, über die verwaiste Teppichstange auf die Mauer, wo ich aufstand, um noch einmal zurückzublicken, und es war, als wäre ich aus einem Traum erwacht, der sofort und auf Nimmerwiedersehen ins Vergessen driftete. In Simons Fenster, hoch oben in der schattigen Ecke zum linken Hinterhaus, brannte kein Licht, nur graues Schwarz und die Ahnung eines Vorhangs. Vielleicht lag sein Zimmer doch auf der anderen Seite, wo die Fenster weit offen standen, als hätte sich jemand endlich dazu durchgerungen, einmal kräftig durchzulüften. Doch kein Vorhang wehte, und keine Aufbruchsmusik tönte in den Hinterhof, kein Mensch lehnte an der Fensterbank, auch kein Blumentopf, nicht einmal ein Aschenbecher waren aufs Fensterbrett gestellt. Die Fenster waren eines Tages einfach nicht mehr geschlossen worden. Oder sein Zimmer lag dort unten, wo im drahtumwickelten Blumenkasten eine Birke wuchs.

Los jetzt, dachte ich und ließ mich auf der anderen Seite der Mauer hinunter. Auf einem Trampelpfad ging es zwischen Brennnesseln und unkrautüberwuchertem Schrott hindurch, dann rannte ich über die Auguststraße und machte durch eine Aneinanderkettung von Innenhöfen hoch zur Linienstraße, auf der ich unentschlossen Richtung Osten spazierte. Und kurz bevor ich zu Hause angekommen war, packte es mich doch noch. Rechter Hand bog ich in einen Hinterhof, kletterte über die Mülltonnen auf eine Mauer, balancierte ein Stück und stieg durch ein Fenster in den ersten Stock einer Trümmerbude, zertrat den Rest einer Glühbirne, dass das Glas unter der Sohle knirschte, kroch durch ein Loch in der Wand, durch das ich auf die Umkleidebaracken des Sportplatzes kam. Ich ließ mich an der Regenrinne hinunterhängen und sprang. Alles Training war vorbei oder ausgefallen, oder alle Mannschaften waren heillos krank oder von einem Auswärtsspiel nicht mehr heimgekehrt; niemand war da, die kahle Freifläche gehörte mir allein. Ich schrie nicht, ich schlug kein Rad, vielleicht wäre das das Richtige gewesen, lief einfach rüber auf die andere Seite des Fußballfelds, zu dem Schrottberg, der sich dort angesammelt hatte, an dem ich manchmal nachmittags spielte. Jetzt setzte ich mich auf ein Brett, das jemand über die Betonblöcke einer kaputten Bank gelegt hatte.

Ich warf einen Stein in die Luft und fing ihn wieder auf. Mein Magen knurrte. Ich sah hinüber zu unserem Haus auf der gegenüberliegenden Seite des Sportplatzes. Hinterm Küchenfenster brannte Licht, die anderen Fenster hatte die Dämmerung schon geschluckt. Es blieb keine Zeit mehr für ein kurzes Spiel gegen die Wand, dabei gab es, wenn der Platz einmal so frei war wie jetzt, nichts Besseres, als am Ende des leeren Feldes Anlauf zu nehmen und den Ball gegen die himmelhohe Rückwand der Volkshochschule zu treten. Stundenlang konnte ich dort stehen und gegen die freie Wand schießen, wieder und wieder, diese endlose Wand, schluckte die Schläge und spuckte den Ball wie einen abgekauten Kern zurück. Mit dünnen Beinen und ohne Technik würde ich zutreten, zwergenhaft, aber mit ganzer Kraft, meinen Ball gegen die Wand, ziellos, da das Ziel so riesig war; einen schwachen Bogen würde er fliegen, sanft und leise aufschlagen und zurückrollen. Doch der Aufprall würde lauter werden, über die Jahre, irgendwann würde ich den Ball gegen die Wand dreschen, dass die Schläge über die ganze Weite des Platzes hallen würden, so träumte ich, wenn ich mit der Wand Fußball spielte.

Eine dunkle Fahne hing bewegungslos an einem Ast im Flieder. Ich stand auf. Es war eine Jacke, eine schwarze Lederjacke, die jeden Augenblick in der Dunkelheit zu verschwinden drohte.

Niemand war zu sehen oder zu hören.

Ich zog sie herunter, warf sie mir wie einen Umhang über die Schultern und rannte weg, am Rand des Sportplatzes entlang, mit weit ausholenden Schritten, die Arme ausgebreitet, und kreischte laut und schrill wie ein Raubvogel. Ich schleuderte die Jacke auf die Mauer zum Hinterhof, kletterte über den angrenzenden Zaun hinterher, hüllte mich wieder in die schwarze Lederkutte und balancierte gegenüber den Fenstern unserer Wohnung die Mauer entlang. Im Wohnzimmer war es dunkel, auch im Badezimmer brannte kein Licht, nur der Müllsack, der vorübergehend ins Fenster geklebt war, schimmerte vom Abendhimmel der Stadt beschienen wie eine Pfütze am Straßenrand. Gestern erst hatte wieder einer der Bolzprofis von Blau-Weiß Berolina über den fünf Meter hohen Zaun, unsere Mauer und unseren Hof hinweg eins unserer Fenster erwischt, meilenweit am Tor vorbei. Wie eine Splitterbombe war die Scheibe explodiert, und wir konnten Gott oder dem allmächtigen Zufall danken, dass in diesem Augenblick niemand von uns friedlich auf dem Klo gesessen hatte. Der Unglücksschütze war sofort in den Hof geklettert und hatte seine ratlosen Entschuldigungen heraufgerufen. Angesichts des treudoofen Gesichts des Fußballjungen war meinem Vater der Ärger in der Brust wie ein Kartenhaus zusammengefallen. Einen Glaser sollten sie schicken, sie wüssten ja, wohin, hatte er geantwortet und begonnen, die Scherben aufzufegen. Vielleicht wollte er sich seinen Ärger auch nur für den Sonntag aufsparen. Wenn sich die Trainer schon früh am Morgen am Spielfeldrand aufplusterten, sich den letzten Funken Wut aus den Körpern schrien, um die träge Masse ihrer Elf in Bewegung zu versetzen, und mit ihrem Geschrei dem ganzen Viertel die Vormittagsruhe verdarben, konnte es passieren, dass er auf dieses Leben am Rand des Fußballfelds fluchte, die Fenster aufriss und losbrüllte: Ruhe, gebt endlich Ruhe! Und ich weiß nicht, ob er sich an den Herrgott richtete, an den er nicht glaubte, oder an die Fußballtrainer, an die er noch viel weniger glaubte.

In der Küche brannte Licht. Da war mein Bruder, der sich mit erhobenem Arm in einem dünnen Strahl Milch einschenkte, und meine Mutter, die ihm zusah. Sie sagte etwas, worauf er nickte, die Milchpackung absetzte und vorsichtig aus dem stehenden Glas einen Schluck schlürfte. Sie hatten eine Kerze angezündet, deren Licht im stärkeren Licht der Küchenlampe unterging. Ich überlegte, mit den Armen zu wedeln oder wieder zu kreischen. Ich schloss die Augen, holte Luft, öffnete sie, da blickte mir mein Bruder entgegen, zufällig, er stierte müde hinaus, ohne mich zu bemerken.

Bis vor Kurzem waren wir jeden Abend Hand in Hand eingeschlafen, waren nachts zusammen ins Bad geschlichen, um zu pinkeln, erst der eine, dann der andere, und zusammen zurück. Dann jedoch, ohne Streit und ohne Absprache, hatten wir die Matratzen auseinandergezogen und mit Kreide, die schnell wieder verwischte, eine Linie markiert und unser Zimmer aufgeteilt.

Seitdem lag ich abends lange wach, wälzte mich von der einen zur anderen Seite und versuchte, die Augen geschlossen zu halten, die wie von selbst immer wieder aufklappten, um noch ein letztes Mal durch unser dunkles Zimmer in Richtung meines Bruders zu schauen; noch einmal wollte ich Gute Nacht sagen, um noch einmal seine Antwort zu hören, aber ich zwang mich, stumm zu bleiben und reglos am Rand der Matratze auf dem Bauch zu liegen, damit er ja nichts bemerkte. Er schlief ohne Schwierigkeiten ein oder täuschte dasselbe vor wie ich. Jetzt schmierte er sich Butter aufs Brot, legte Käse drüber und strich Tomatenketchup oben drauf. Meine Mutter sah ihn an, dann blickte auch sie zum Fenster, wahrscheinlich betrachtete sie sein Spiegelbild. Ich sprang auf eine der Mülltonnen und sprang hinunter in den Hof, ob sie mich hörten, konnte ich nicht mehr sehen.

Geräuschlos öffnete ich die Wohnungstür, stellte meine Schuhe, die ich schon im Treppenhaus ausgezogen hatte, ans Ende der langen Reihe von Schuhen und schlich an der nur einen Spalt weit offenen Tür zum Zimmer meines älteren Bruders vorbei ins Wohnzimmer. Mein Vater lag auf seinem Lesesofa, schlief im orangeroten Licht der Straßenlaterne, die Zeitung über seinen Bauch gebreitet. Schritt für Schritt und auf Zehenspitzen, die Hand über dem Griff meiner blauen Axt, näherte ich mich. Ich stand über ihm, er atmete ruhig, ahnte nichts. Vorsichtig, mit Gespensterhänden, griff ich nach seiner Brille, Zentimeter für Zentimeter.

Seine Mundwinkel zuckten, zogen sich in die Breite, ein Lächeln, er sperrte die Augen auf, seine Hand packte mich am Bauch, ich schrie, riss mich los, rannte.

Ich wusch meine Hände über der Badewanne, schöpfte kaltes Wasser und trank, schlug mir den Rest ins Gesicht.

In meinem Zimmer, die Zimmerhälfte zur Tür hin, zog ich die

Axt aus dem Gürtel, mein Messer aus der Hosentasche, schob beides unter mein Kopfkissen, blickte mich um und seufzte wie einer, der nach langer Irrfahrt endlich zu Hause angekommen ist. Dann gings über den Flur in die Küche, wo ich grußlos auf die Küchenbank rutschte, als hätte ich seit Stunden selbstvergessen auf dem Wohnzimmerteppich gesessen und gespielt.

Erst als ich zwei Glas Milch getrunken und zweimal Käsebemme gegessen hatte, fragte meine Mutter, was das für eine Jacke sei, die ich da anhätte.

»Gefunden«, murmelte ich.

Da blickte auch mein Bruder auf, der bis dahin über ein Blatt gebeugt mit Buntstiften gekritzelt hatte.

»Wo?«

»Drüben«, antwortete ich und zeigte mit dem Kopf in Richtung Fenster.

»Ach so. Und? Gehört sie jemandem? Hast du mal in die Taschen geguckt?«

Aus der Innentasche zog ich ein schwarzes Lederportemonnaie, aus den Seitentaschen einen Schlüsselbund und schob beides meiner Mutter zu. Sorgsam blätterte sie sich durch das Portemonnaie, bis sie innehielt.

»So etwas haben normale Menschen nicht«, sagte sie und legte zwei unterschiedliche Ausweise, deren Fotos ein und dasselbe Gesicht zeigten, nebeneinander auf den Tisch. »Dann flitz jetzt gleich noch in die Gartenstraße und wirf dem Herrn einen Zettel in den Briefkasten, wo er seine Jacke abholen kann. Und wenn's keinen ordentlichen Finderlohn gibt, werd ich ihm aber ein Wörtchen erzählen.«

An diesem Abend wäre ich leicht und ohne Widerstand in den Schlaf geglitten. Ich lag am äußersten Rand meiner Matratze, meine Hand auf der Jacke, deren Taschen voll waren mit Geld, Schlüsseln, geheimnisvollen Notizheften; der Geruch des Leders stieg mir in die Nase. Doch meine Mutter rief mich zurück, aus den ersten Träumen und aus dem Bett heraus, damit ich die Jacke übergebe. Nur schemenhaft erinnere ich mich an den Mann, der bei uns an der Tür stand. Als ich über die Schwelle in den Flur tappte, machte er wortlos einen Schritt auf mich zu. Licht brannte keins, nur durch die Milchglasfenster der Küchentür schien ein schwacher Rest, der Konturen zeichnete, aber kein Gesicht. Die eigentliche Übergabe, das Loslassen und Hingeben, den Blick des Mannes, als er sein Eigentum entgegennahm, all das habe ich vergessen, ich war schon halb betäubt vom Schlaf. Wahrscheinlich ist, dass ich die Jacke auf beiden Händen getragen und mit geneigtem Kopf überreicht habe wie eine Reliquie. Deutlich sehe ich erst wieder, wie er einen Fünfziger etwas zögerlich aus seinem Portemonnaie zog und mir entgegenhielt, aufrecht zwischen Daumen und Zeigerfinger geklemmt wie eine kostbare Rose. Meine Mutter konnte ihr Wörtchen für sich behalten, und ich taumelte zurück in Richtung Bett.

Mein Geld, war der erste Gedanke, der mir vom Kopf aus durch den ganzen Körper fuhr, als ich am Morgen mit dem zerknitterten Schein in der Faust erwachte. Heute mussten wir keine Erdbeeren klauen oder die Böden nach Kleingeld absuchen, das mein Vater jedes Mal verstreute, wenn er sich die Hosen auszog, kein Tag der Bettelei nach zwanzig Pfennig, um sich einen Kaugummi ziehen zu können – heute knüllte ich den mir vom Himmel geschenkten Reichtum in die Hosentasche und ließ mir genüsslich die Möglichkeiten durch den Kopf gehen, die diese lächerliche Welt zu bieten hatte. Meine Schritte hatten mehr Gewicht, mein Bauch war dicker, mein Rücken gerader, meine Brust geschwollener, mein Kinn gereckter, und meine Haare glänzten golden, als ich Fuß auf das Pflaster meiner Straßen, meines Viertels setzte. Ich wedelte mit dem Scheinchen, und die Freunde folgten mir zum Koppenplatz, wo ich sie mit sicherer Geste in die großräumige Eisdiele an der Ecke lud – zwei Jahre später schon ein Chinarestaurant mit allem, was dazugehörte: Holzfurniere mit Drachenmustern, künstliche Wasserfälle hinter Glas in bombastischen Rahmen, roter Teppichboden, Süß-Sauer-Suppe und eine militant-höflich lächelnde Kellnerin, danach eine Sushi-Bar, japanisch minimalistisch, die wiederrum von einem ambitionierten Vegan-Restaurant abgelöst werden würde, und alles im ewig selben, ollen Plattenbau.

Am großen Familientisch in der hintersten Ecke nahmen wir Platz, und jeder orderte, wonach ihm war. Bevor ich mich selbst meinem Becher widmete, sah ich mir ihre Gesichter an, Christoph und Stefan nickten mir mit großen Augen zu, dann senkten sie die Köpfe und aßen, als hätte ihnen jemand einen Schatz serviert. Simon löffelte wie ein Forscher, endlos langsam, den Geschmack des Eises immer wieder prüfend; da zeigte sich, dass er zwar kein Einzelkind, doch wie ein Einzelkind war – seine Schwester war schon zu alt, um noch ein richtiges Geschwisterkind zu sein, deshalb kannte er die Angst nicht, dass jemand die besten Stücke vom Teller stiehlt. Mein Bruder aß wie ich, schätze ich, schnell und ohne lange Geschmackserforschung. Ihn von mir zu unterscheiden, in dieser Zeit, war fast unmöglich. Wenn wir etwas gemeinsam taten, zum Koppenplatz spazierten, am Fenster des Schreibwarenladens Ackerstraße Ecke Torstraße, oder hieß die da noch Wilhelm-Pieck?, die Auslage betrachteten oder auf den Wänden in unserem Zimmer mit Wassermalfarben herumpinselten, unterhielten wir uns zwar ununterbrochen miteinander, trotzdem war es, als würden wir Selbstgespräche führen. Meistens warteten wir, wenn wir zu zweit waren, ohnehin auf einen Dritten. Und wenn Simon oder irgendwer dann seinen Namen sagte, wenn jemand ihn rief: Anton, verwandelte sich mein Bruder für einen winzigen Augenblick in eine mir völlig fremde Person.

Als ich großzügig die neue Runde einläuten wollte, hatten alle, kaum zu glauben, genug. Ich zahlte, knauserte nicht am Trinkgeld, und der ehrliche Finderlohn war gegessen.

Christoph und Stefan verabschiedeten sich Auguststraße Ecke Große-Hamburger – kaum zwei Wochen später würden sie mit ihren Eltern gen Mahlsdorf umziehen, also vom Erdboden verschluckt sein, so würde es uns zumindest vorkommen –, Simon hatte nichts weiter geplant, und mein Bruder und ich sollten wie immer *nicht zu spät* zu Hause sein. Was das bedeutete, durften wir selbst abschätzen; eine Uhr hatte sowieso keiner, weshalb eine Uhrzeit genauso vage gewesen wäre wie früh oder spät oder eben zu spät. Außerdem weigerten wir uns, Zeigeruhren lesen zu können, die überall an Kirchtürmen klebten oder an Kreuzungen aufgebaut waren wie Verkehrspolizisten.

»Wohin?«

»Keine Ahnung.«

»Erst mal Mombi?«

»Klar.«

Wir erzählten einander Witze, kurze Geschichten oder dachten uns Blödsinn aus, plapperten wie Vögel zwitschern, spuckten so weit wie möglich oder auf die schönen Gesichter der Werbeplakate. Simon pfiff auf zwei Fingern, und wir versuchten vergeblich, es nachzumachen.

Und wieder einmal erzählte Simon vom Harz und dem Krieg, an dem er teilnahm, wenn er mit seinen Eltern an die Front reiste.

Schon vor einiger Zeit hatte er sich sozusagen als Gelegenheitsmitglied der Bande von Jugendlichen angeschlossen, die in dem an das Grundstück seines Opas angrenzenden Gebiet das Sagen hatte. Immer wieder hatte eine verfeindete Bande unerlaubt die Grenzen ihres Territoriums überschritten. Es war zu Verwüstungen von geheimen Unterschlüpfen gekommen, zu aufgeschlitzten Fahrradreifen, von der Leine geklauten Lieblingshosen oder zu kurzen Verfolgungsjagden, die in einem Hinterhalt mit Wortgefechten oder knapp verfehlten Fausthieben endeten.

»Wir mussten für Ordnung sorgen«, erklärte Simon, und so war es zu einer Großoffensive auf die unterirdische Zentrale der gegnerischen Bande gekommen.

»Es gab Verletzte«, erklärte er, ernst, aber unerschrocken. »Wir hatten ihren Bunker umzingelt. Ein Hammerteil. Mitten im Wald. Mit Gras drüber. Zwei hatten ihn zufällig beim Pilzesammeln entdeckt. Die Jungs da sind zehnmal härter als alles. Unser Plan war klar: ausräuchern, lebendig begraben. Also Strohfeuer vorm Eingang legen und ihr Dach zurück in die Erde schieben. Aber wir hatten einen schlechten Tag erwischt, wir waren mindestens zehn, von denen kamen dann nur drei oder vier aus dem Loch gekrochen. Und die waren nicht mal sauer, der eine heulte, der andere jammerte, dass jetzt alles kaputt war. Was sollten wir machen, die hatten Krieg gewollt.«

Als befände er sich noch immer auf feindlichem Gebiet, zog Simon den Kopf ein und rannte geduckt am Eingang zur Sophienkirche vorbei. Auf der Höhe vom Jüdischen Friedhof holten wir ihn wieder ein: In einer Baulücke lag er an einem Schutthaufen in Deckung.

»Simon«, schrie ich.

Er riss die Augen auf und rutschte noch tiefer in den Staub. Ich stieg auf die Spitze des Schuttbergs, hob ein Stück Putz auf und schleuderte es gegen die fensterlose Hauswand, dass es zerstob, und tat dasselbe noch einmal mit einem abgebrochenen Flaschenhals. Als ich Simon ein drittes Mal mit einem zerschepperten Gurkenglas laut und deutlich enttarnt hatte, stand er auf, klopfte sich den Dreck von den Ärmeln und faselte irgendetwas von kriegstraumatisiert.

»Wir sollten uns auch so 'nen Bunker graben, mitten im Mombi«, rief ich ihm zu. Er sah sich nach meinem Bruder um, der am Ende der Baulücke in einem von Holunderbüschen versteckten Holzschuppen verschwunden war, und lief ihm hinterher. Ich strich noch schnell mit der Fußspitze durch den Sand – manchmal fand man etwas, das zu gebrauchen war –, dachte kurz daran, dass ich eigentlich zum Monbijou gewollt hatte, schon rannte ich hinterher.

Der Schuppen war leer, nur eine Plastiktasse voller Kippen stand auf dem Fensterbrett, und eine milchig weiße Mülltüte hing an einem Nagel. Anton hockte am Boden und versuchte, ein Streichholz an einer zerknautschen Schachtel anzuzünden. Als es aufbrannte, sprang ich wie gerufen dazu und zog einen Fetzen Papier aus meiner Hosentasche, wir waren ein geübtes Team. Auch Simon suchte in seinen Taschen, fand aber nichts und kippte stattdessen die Tasse aus; er hielt sie über das brennende Papier, sofort begann das Plastik aufzureißen und zu tropfen. Anton zog aus der Mülltüte einen Einwegteller, von dem noch braune Soße troff, hielt ihn an die Tasse, und das Feuer fraß sich zischend hinein. Im Vergleich zu Papier und trockenem Holz brannte Plastik fast friedlich, die Flammen loderten kaum auf, schimmerten blau oder grün, das Plastik tropfte wie schmelzendes Wachs und qualmte wenig. Als vom Teller fast nichts mehr übrig war, drückte Anton den Rest an die Mülltüte, wo er kleben blieb. Wir sahen zu, wie das Feuer sich ins Innere der

Tüte arbeitete, die wie eine Wolke Tropfen aus Plastik zu regnen begann.

Simon begriff als Erster und trotzdem zu spät. Mit seinem Ranzen schlug er die Tüte vom Nagel und versuchte, die Glut auf dem Boden zu zerstreuen, aber die sanften bläulichen Flammen hatten uns getäuscht, jetzt loderten sie auf, drängten die Schuppenwand hinauf, flackerten rot und gelb, und schwarzer Qualm sammelte sich unter der Decke. Keiner sagte ein Wort, starr vor Schreck blickten wir auf die brennende Wand, wo die Flammen wie aus langer Gefangenschaft befreit tanzten, fraßen, lachten. Fassungslos, dass uns die Dinge so schnell entglitten waren, standen wir in der plötzlichen Feuerkammer, aber wir waren Kinder, und eines konnten wir im Notfall immer. Anton rief: »Raus!«, packte mich am Arm, ich stieß Simon an – dann rannten wir.

Spätestens vorm Hedwig-Krankenhaus zwangen wir uns, langsam zu gehen. Wir würgten die Aufregung herunter, steckten die Hände in die Hosentasche und sagten laut Dinge wie: der neue Lehrer, schwierige Hausaufgaben, das anstehende Diktat im Deutschunterricht. In der Deckung der Kindheit, im Schatten der Welt, im trüben Meer des Alltags spazierten wir unerkannt die Große Hamburger hinauf. Niemand bemerkte uns, obwohl wir jeden, der uns entgegenkam, misstrauisch beäugten. Bis wir wieder am Koppenplatz strandeten, ohne Plan. Warum waren wir nicht in Richtung Mombi geflohen, wohin wir ursprünglich gewollt hatten? Anton sagte, er wolle nach Hause. Simon meinte, ihm sei es egal. Ich wollte irgendetwas, aber wusste nicht, was. Da kam die Feuerwehr aus der Linienstraße gebogen, ließ die Sirenen aufheulen und raste an uns vorbei. Uns war klar, dass wir sofort hinterhermussten, das Feuer war unser Werk, und wir wollten wissen, wie es enden würde, nichts wollten wir sehnlicher; keine zehn Minuten waren vorbei, schon waren wir stolz, mit zwei Streichhölzern etwas derart Großartiges vollbracht zu haben, dass die Feuerwehr anrückte. Aber kein Mensch war so leichtsinnig, nicht einmal wir, »wenn's am schönsten ist, musst du gehen«, sagte Simon, und ich rief: »Pissburg.«

Im Laufschritt machten wir über die Höfe vom Plattenbau an der Linienstraße – Platten standen nie leer, und die zugehörigen Höfe waren in fester Hand der Scharen von Neubaukindern, die keine Fremden wie uns dort sehen wollten –, raus auf die Torstraße, links und wieder rechts, hoch zur Bergstraße auf das Gelände der Pissburg, wie wir's nannten, am Tag eine waschechte Ritterburg für Kinder, nachts ein Dach über dem Kopf für Aussätzige, Penner, Alkis, wen auch immer, jedenfalls stanken die Gewölbegänge schlimmer als die Löwengehege im Tierpark, das Gleiche galt für den Kopfsteinberg im Monbijou, dessen Tunnel als öffentliches Pissoir und zur Ausnüchterung herhalten musste, ein Problem, das bald schon umstandslos abgeschafft sein würde: Inzwischen sind die Tunnel zugemauert, die Gewölbe der Pissburg mit Gittern verschlossen, gepisst wird woanders, geschlafen auch.

Wir kamen selten in die Bergstraße; sie war nicht weit, doch unser Viertel endete im Grunde an der Torstraße. Außerdem konnten wir uns nie von den dunklen, einladenden Gewölben fernhalten, sodass zu jedem Besuch mindestens ein Gang durch beißenden Harngestank gehörte, was mehr als alles andere die Fantasie, zu der uns dieser Bau ja einladen sollte, abtötete. Über der Pissburg schien auch nie die Sonne, es war immer kalt, und Nieselregen fiel, ein Ort, dem einfach nicht zu helfen war, verflucht und verdammt, einzig der Kindermörder fand dort Ruhe. Wieder hatte es Simon gewusst, woher nur? Vor mehr als zweihundert Jahren hatte genau dort, wo die Pissburg stand, auf einem blutgetränkten Sandhügel der Galgen von Berlin gestanden. Die Aaskrähen, die damals den Gehenkten die Augen ausgepickt hatten, saßen heute in den Ästen der Pappeln und beobachteten die hin und her springenden Augäpfel der kreuz und quer laufenden Kinderlein. Alle paar Monate aber, wie von Zauberhand, begann in meiner Vorstellung die Idee einer echten Ritterburg aus Fels, mit Zinnen, Wehrtürmen, einer Burgmauer und einem Burggraben, wieder zu glänzen, und ich überredete Anton oder Simon zu einem Ausflug oder nutzte einen planlosen Moment, wie an diesem Tag, um uns spontan und ohne Hintergedanken zur Pissburg zu lenken. Etwas hatte ich aus meinen früheren Enttäuschungen aber schon gelernt: Während Simon und Anton die Burgmauer entlangrannten, zwischen den Zinnen herauslugten und mich mit Pfeilen beschossen, schlich ich in einem weiten Bogen um die Burg herum, spähte nur flüchtig und aus den Augenwinkeln zur Pissburg hinüber und gab ihr so die Chance zu halten, was sie versprach.

Hinter der Burg, im Schatten einer mehr als vier Meter hohen, unüberwindbaren Mauer, war etwas Brandneues aufgebaut: eine Art rundes Plateau, blau und riesig im Durchmesser, ein erstes Spielplatz-Highlight der neuen, wiedervereinigten Zeit, das auch schon eine Reihe Neugieriger angelockt hatte, fünf oder sechs Knirpse in grauen Daunenanoraks, die Mützen tief über die Ohren gezogen. Als ich dazukam, wandten sie sich kurz um, sahen mich mit leeren Gesichtern wie ein Haufen seelenloser Zwerge an und kehrten sich wieder der Drehscheibe zu. Sie glotzten stumm zu einer Gestalt hinauf, die sich genau in deren Mitte aufgestellt hatte, ein Junge, unumstritten der Größte hier, die Kapuze eines viel zu weiten Pullovers hing ihm in die Stirn, er gestikulierte wild und gab einen rhythmischen Singsang von sich, Silbenketten, die für mich keinen Sinn ergaben. Vielleicht, rätselte ich, war er so etwas wie ein Amerikaner, was natürlich nur der Anfang eines noch viel merkwürdigeren Rätsels gewesen wäre, aber wie er die Wörter herausschoss, mit viel Wih und Wuh und Jäh, hatte etwas Englisches, zumindest war das mein Eindruck – wenn meine Mutter ihre neueste Lieblingskassette spielte, Tahm Uweits, wie sie sagte, klang das irgendwie ähnlich. Ich schob jedenfalls die Knirpse beiseite, um erst einmal diese blaue Scheibe auszuprobieren und mir diese fabelhafte Gestalt genauer anzusehen, war schon halb draufgestiegen, da sprang sie mir entgegen, schwieg unter Vollspannung und blitzte mich aus schmalen Augen an.

In was für ein Theater er auch immer vertieft war, dieser Mensch wollte offenbar nicht gestört werden. Ich ging ein paar Schritte rückwärts, murmelte etwas wie: »Is ja gut, komm ma runter.«

Er aber, ohne mich nur eine Sekunde aus den Augen zu lassen, hüpfte wie ein Ninja von der Scheibe, trat dann in langen Schritten, seltsam schleichend und leicht humpelnd, auf mich zu und streckte mir seinen Kopf Zentimeter für Zentimeter entgegen, bis der harte Saum seiner Kapuze meine Stirn berührte. Ich hatte absolut keine Ahnung, was er wollte, versuchte nur irgendwie, seinem bohrenden Blick auszuweichen. Nur für einen Augenblick sah ich entgeistert auf.

»Was!«, fauchte er sofort mit messerscharfem S.

Ich schrak zurück, überlegte hektisch, aber wusste einfach nicht, was. Mir dämmerte nur, dass er nicht spielte, sondern es im Gegenteil todernst meinte.

»Was denn«, brachte ich schließlich mit hoher, gequetschter Stimme heraus. Er kam nur noch näher, seine dunkelbraunen Augen wie Pistolenläufe auf mich gerichtet. Sehr langsam schob er seine Hand in die Bauchtasche seines Pullovers, griff etwas und hielt es mir im Pullover versteckt entgegen. Er hob sein Kinn, wischte sich mit der freien Hand über den Mund.

»Ich mach dich Messa«, zischelte er.s

Ich war wie verhext, brachte kein Wort über die Lippen und starrte verzweifelt in den grauen Sand zwischen seinen Füßen.

»Was?«, fragte er noch einmal, aus tiefer Kehle gepresst. Da packte mich eine warme, vertraute Hand. Simon riss mich zurück, hinter ihm stand Anton, beide mit Steinen bewaffnet, und Simon, kaum zwei Meter von diesem Typ entfernt, hatte sofort weit ausgeholt, war kurz davor, ihm einen faustgroßen Brocken ins Gesicht zu schleudern. Ich bückte mich, griff Kiesel und Dreck.

Simon schrie: »Häh! Häh!«, und zuckte drohend mit dem Arm. So hatte ich ihn noch nie gesehen, so bereit, unter solcher Spannung, der einzige Gedanke, den er jetzt hatte, war deutlich auf seinen verkrampften Lippen zu lesen: Ich machs, ich machs, ich hau dem die Fresse ein.

In diese Situation platzten die Knirpse, schützend stellten sie sich vor den dämonenhaften Amerikaner, wedelten mit den Armen und begannen zu kreischen: »Lasst den, lasst den, der is behindert, der macht nix.«

Ich sah ihn an, ratlos, diesen Behinderten, er wippte auf der Stelle, rieb sich das Kinn, leckte sich die Lippen, seine Augen funkelten stolz, er war der König dieser Zwergenbande.

Uns blieb nur der Rückzug, wir ließen die Steine fallen. Mit offenem Mund stolperte ich neben Anton her, der mich am Arm hielt. Simon drehte sich immer wieder um und hielt die Fäuste noch lange geballt.

Wir sind dann in einer ausgedehnten Runde über die Invalidenstraße zur Gartenstraße, von dort über den Spielplatz zum Planschi runter auf die Torstraße und zurück in unsere Straßen. Wir redeten nicht viel, und das, was wir sagten, drehte sich im Kreis. Simon sagte: »Krasser Irrer«, Anton: »So ein Pisser«, und ich: »So eine Scheiße.« Der abgefackelte Schuppen war schon vergessen, und der Irre mit dem Messer war als Nächstes dran. Dreimal mit dem Kopf geschüttelt, und der Tag ging wieder von vorne los. Als wir vor Simons Haus ankamen, hielt er uns die Tür so schwungvoll auf, als wäre auch sein Treppenhaus nur eine weitere Straße, in die wir genauso ziellos erwartungsvoll einbiegen würden, wie wir unser gesamtes Viertel durchstreiften. Ich spuckte zum Hoffenster hinaus, Anton zog mit seinem Schlüssel eine helle Linie die Wand entlang. Einer der Hausbewohner, ein Bürokratenmann, grauer als die grauen Herren, kam uns entgegen, aber grüßte nicht.

Als wir oben waren, die Tür hinter uns ins Schloss fiel und nach dem Krach Stille eintrat, fiel mir die Schildkröte ein. Ich zerrte Simon am Ärmel, schrie ihn laut, wahrscheinlich viel zu laut, an: »Die Schildkröte!«

Aus dem Bad rief mein Bruder, der an der Kloschüssel stand: »Schildkröte?«

Simon zuckte mit den Mundwinkeln. Er hasste die Aufregung, ich sah es in seinen Augen. Gleichzeitig, auch das war leicht zu erkennen, kam er ins Grübeln: Schildkröte, ja, da war eine Schildkröte, was ist eigentlich mit der Schildkröte passiert, was … Offensichtlich hatte er sie seit dem Abend, an dem ich sie zwischen den Kissen ausgesetzt hatte, nie wieder gesehen. Haustiere verschwanden eben, so war der Lauf der Welt. Auf die Idee, dass es möglicherweise unsere Eltern waren, die die einmal angeschafften Tiere, um die sich dann niemand kümmern wollte und die in ihren Käfigen zu verwahrlosen drohten, wieder verschwinden ließen, sie zurück in die Zoohandlungen brachten oder, falls doch einmal ein Tier gestorben war, den Kadaver, bevor es einer von uns bemerken konnte, in die Mülltonne warfen, um sich untröstliche Traurigkeit, erbettelten Neukauf oder Tierbestattungen im Hinterhof zu ersparen, wäre ich nie gekommen. Ich lebte mit der Lücke, die das spurlose Verschwinden all der Hamster, Fische, Ratten, Mäuse in die Welt riss. Wenn ich am Abend nicht schlafen konnte und mir die Müdigkeit nur gemächlich in die Gedanken einsickerte, kam es vor, dass ich abdriftete und durch diese Lücke glitt, hinüber in die verborgenen Räume zwischen den Wänden und Böden. Dann starrte ich ins dunkle Zimmer, das plötzlich um ein Vielfaches größer erschien, oder auf die nachtschwarzen Fensterscheiben, durch die ich nur immer tiefer ins Erdreich kroch, und hatte das sichere Gefühl, auf diese andere Seite zu gehören.

In der Küche fand Simon neben dem Napf fürs Katzenfutter eine Bananenkiste, in der Reste eines Salatkopfes gammelten. Er summte nachdenklich, wackelte mit dem Unterkiefer, dann schlich er leicht gebeugt den Flur hinunter ins Schlafzimmer seiner Eltern und ließ uns allein.

Ich hob den Deckel von einem Topf, der einsam auf dem Herd stand, fand Kartoffeln, nahm mir eine und aß sie wie einen Apfel. Mein Bruder beobachtete mich im Garderobenspiegel. Er kniff die Augenbrauen zusammen, aber ich schüttelte den Kopf.

»Die Letzte«, sagte ich und ging auf ihn zu.

Er starrte mich an, bis ich hinter ihm verschwand. Langsam schob ich meinen Kopf über seine linke Schulter, als würde ihm sein Kopf ein zweites Mal wachsen. Ich riss den Mund auf und schlackerte mit der Zunge, pendelte auf die andere Seite, zog eine Grimasse, hin und her, weinte über der linken Schulter, brüllte über der rechten, lächelte dümmlich über der linken, biss mir auf die Zunge über der rechten. Bis mir nichts mehr einfiel und ich stillhielt. Ich drückte meine Nase gegen seinen Hinterkopf, seine Haare kitzelten, sie rochen nach feuchter Luft.

»Einer lässt sich einen Igel schneiden, du oder ich, ganz egal, du kannst entscheiden.«

Mein Bruder bog den Kopf zur Seite, »dann du«, sagte er, ging an mir vorbei in die Küche und fischte sich eine Kartoffel aus dem Topf. Im Spiegel sah ich sein ausdrucksloses Gesicht, keine Überraschung, kein Lächeln, es war völlig normal, dass er wusste, wann ich log.

»Was ist nun?«, rief ich in die Wohnung und lauschte, aber nicht ein Geräusch und keine Antwort. Anton legte sich auf die Eckbank am Küchentisch, die angewinkelten Knie ragten über die Lehne hinaus.

»Simon«, rief ich noch einmal, wie einen Fluch, ohne etwas zu erwarten, und lief unentschlossen ins Bad. Aus dem Haufen an Zeitungen, Zetteln und grauen Reclamheften, der über das Fensterbrett verstreut lag, zog ich ein Comicheft und legte mich in die leere, vergilbte Badewanne, deren Kälte mir sofort unter die Haut fuhr. Ich lehnte den Kopf weit zurück, bis mein Mund offen stand. Direkt über meinen Augenbrauen sah ich einen Streifen eisiges Himmelblau, und mir war, als wehten Schneeflocken durch die klare Luft. Und die Dachpappe der Dächer war schwarz wie die Briketts, die unser Vater im Winter in schweren Eimern durch die Wohnung schleppte. Der Geruch von Kohle und Asche kroch mir aus dem Gedächtnis in die Nase, und ich konnte hören, wie mein Vater die zerbeulten Kohleneimer aufs Ofenblech knallen ließ.

»Platz da«, keuchte er und verscheuchte uns, wenn wir die Rotzfahnen der Nacht über dem Aschekasten verbrannten: Einer zündelte von unten, während der andere ein Taschentuch an zwei Fingern hielt und es erst im letzten Augenblick, wenn die Flammen schon die Fingerspitzen streiften, fallen ließ. Unser Vater in seinem kohlenschwarzen Bademantel, seinem *Heizermantel,* wie er sagte, zog sich den Hocker unter den Hintern, seinen *Heizerhocker* – an jedem Ofen der Wohnung hatte er einen platziert, der nie und nimmer verrückt werden durfte –, und begann das Feuer *zu bauen.* Unter der Woche die schnelle Variante: zuerst der schon brennende schneeweiße Kohlenanzünder, *ein ordentliches Stück,* dann zerknüllte Zeitung und Pappe, eine Handvoll dünne Holzscheite drauf, zuletzt dicht geschichtet die Briketts. Am Wochenende die elegantere Methode: ohne Kohlenanzünder, nur Papier, etwas Pappe, etwas mehr vom Holz, mit einem einzigen Streichholz anzünden, was selten klappte, und erst wenn es sicher brannte, die Kohlen behutsam aufs Feuer schichten. Wir knieten neben ihm und guckten ins Ofenloch, während er jeden Handgriff mit ein zwei Worten benannte, immer wieder, sein tägliches *Heizergespräch,* wie wir es am Küchentisch tauften. Und trotzdem hatte er nie die Geduld, es uns richtig zu erklären, das heißt, uns das Feuer machen zu lassen. Selbst als wir, auch in seinen Augen, alt genug waren, ließ er uns nicht ran, winkte ab und zog sich seine löchrigen Heizerhandschuhe über. War das Feuer *in Gang* gekommen, tappte er ins Bad, und kurz darauf drang sein überrascht-erleichtertes Aufseufzen durch den Flur – zu jeder Erkältung, jeder Schwäche, jedem Anflug von Müdigkeit war alles, was er für die Zukunft empfehlen konnte: kalter Guss am Morgen. Dieser Vater, der Wintervater, der Heizer, verschwand vom Erdboden, als es mit der Jahrtausendwende in die kernsanierte Umsetzwohnung in der Krausnickstraße ging. Seitdem steht er nach der kalten Dusche am offenen Fenster, blickt über die Dächer hinweg zum Fernsehturm und beginnt den Tag mit seinen Atemübungen. Zum Abschluss wirft er sich einen neuen, blütenweißen Bademantel über, schließt das Fenster und dreht zu guter Letzt am Regler der Heizung, *am Knauf*, wie er ab und zu kopfschüttelnd vor sich hin spricht – es muss wohl in tiefen Ostzeiten eine weitverbreitete Marotte gewesen sein, noch den armseligsten Dingen Namen zu geben, die irgendwie *raunten* und es schafften, inmitten der allgemeinen Tristesse von Beschäftigungen wie Heizen und Kohlenholen eine Art bedeutungsvollen Klang heraufzubeschwören. Mitunter konnte diese Benennungsmanie auch den Charakter von Galgenhumor annehmen, etwa wenn die Mauer, auf die man durchs Abteilfenster zu glotzen hatte, sollte der Zug mal wieder auf unbestimmte Zeit kurz vorm Leipziger Kopfbahnhof zum Stehen kommen, auf Klagemauer getauft wurde oder ein trostloses Neubaugebiet am Rande einer sächsischen Kleinstadt den Spitznamen Golanhöhen abbekam. In den wiedervereinigten Zeiten gingen diese Namen dann zwischen den marktschreierischen Oberflächen der Werbeplakate und den verheißungsvollen Schriftzügen der Markenlogos verloren, und neue kamen keine mehr hinzu.

Sobald der Ofen *durch* war, wurde das Feuer hinter den schweren gusseisernen Ofenklappen verschlossen. Der Augenblick musste gut abgepasst werden, nicht zu früh, sonst *gaste* der Ofen, nicht zu spät, sonst *gab die Glut nichts her*. In mehreren Runden prüfte mein Vater die fünf Berliner Kachelöfen, die er jeden Morgen und an den *sibirisch kalten* Wintertagen auch abends heizte. Am Wochenende, wenn das Frühstück ins Mittagessen überging und meine Eltern die einzelnen Teile der Zeitung hin und her tauschten, konnte es passieren, dass er plötzlich vom Tisch aufsprang, »Die Öfen!«, rief und losrannte. Während meine Mutter sich bei der Zeitungslektüre nicht stören ließ, horchte ich auf das Klacken der Ofentüren, das Quietschen der Schraubverschlüsse und schaute meinen Vater sorgenvoll an, wenn er zurück in die Küche trat.

Alles noch gut, beruhigte er mich und nahm wieder Platz.

Manchmal aber öffneten mein Bruder und ich heimlich die Ofenkammern wieder. Sobald der Luftzug erwachte, erwachte auch das Feuer; ein wildes, flackerndes Rauschen setzte ein, die Glut leuchtete auf, Funken schossen. Es waren winzige Höllenräume, über die mein Vater herrschte, abtrünniger Katholik, der er war, vielleicht bereitete es ihm ein besonderes Vergnügen, jeden Morgen aufs Neue ihr Fegefeuer zu ersticken. Wir im Gegenteil machten es uns zum Verbündeten. Für viele kleine Verbrecher, Legomännchen, verräterische Schlümpfe, eine mordende Barbiepuppe – die Westtante aus dem Norden hatte uns kistenweiße mit dem angesammelten Spielzeug ihrer erwachsenen Söhne versorgt –, endete das Spiel mit dem Feuertod. Auch der Kindermörder, vor dem Ende der Achtziger eindringlich in den Schulen gewarnt wurde – es hieß, dass einer umging und Kinder in verwaiste Keller lockte –, zerschmolz mehrere Male auf dem Glutberg im Kinderzimmerofen. Es war eine Zeit, die ihre ganz eigenen Gruselgeschichten hervorgebracht hatte. Vom *Niemandsland* war die Rede, vom *Todesstreifen* wurde geflüstert. Es half nichts: Wieder waren zwei im Tunnel, den sie über Monate eigenhändig gegraben hatten, damit er sie in die bessere Welt führen würde, verschüttgegangen; damals gab es das wohl: eine bessere Welt gleich nebenan.

Eine Zeit lang war mein Bruder von der Idee besessen, dass unsere Eltern von einem Tag auf den anderen fort sein könnten. Irgendwo hatte er aufgeschnappt, dass Eltern ihre Koffer packten, um ins Nachbarland zu fliehen, und die Kinder wie das alte, armselige Leben zurückließen. Unbelehrbar wachte er darüber, dass unsere Eltern nicht heimlich die Wanderrucksäcke vom Wäscheschrank holten, schreckte nachts aus dem Schlaf auf, rannte heulend an ihr Bett und warf sich auf sie. Heulend rannte ich hinterher, sofort angesteckt von seiner Angst. Minuten konnten vergehen, bis er sich beruhigen ließ und ihnen glaubte, dass sie noch da waren und es auch bleiben würden.

Wenn Freunde meiner Eltern bei uns am Küchentisch von ihren Beutezügen durch verlassene Wohnungen schwärmten, wenn sie erzählten und erdichteten, lauschte ich völlig in Bann geschlagen von diesen Wunderlandgeschichten. Wer Fuß in eine unentdeckte Wohnung setzte, die noch nicht von Plünderei und Verwüstung entweiht war, musste auf gespenstische Szenen gefasst sein: das Geschirr einer Mahlzeit – der letzten –, unberührt seit Monaten auf dem Esstisch oder eine Badewanne noch randvoll mit trübem Seifenwasser, auf dem Grund ruhte ein Toter, wie sie witzelten. Die Fundstücke wurden wie Jagdtrophäen aufgezählt: ein Wandspiegel, Kristallgläser, eine Marmorplatte oder ein noch funktionierender Radiowecker. Bis in meine Träume verfolgte mich der Wunsch, bei einem dieser Streifzüge dabei zu sein. Als ich einmal spät noch auf ein Glas Wasser in die Küche kam und nur einen müden Moment lang hören durfte, wie wieder von abenteuerlichen Eroberungen berichtet wurde, als meine Mutter schon aufgesprungen war, um mich zurück ins Bett zu scheuchen, bettelte ich: »Ich will auch mal klauen gehen!« – augenblicklich erstarrten ihre Gesichter, und sie bekamen kein Wort mehr über die Lippen, diese wunderlichen Erwachsenen, die da durchs Leben meiner Eltern geisterten.

Mit einem Ruck richtete ich mich in der Badewanne auf und rieb mir die Gänsehaut von den Armen. Wir mussten raus, raus aufs Dach, nur die Abendsonne und die vom Tag aufgeheizte

Dachpappe konnten mir diese Winterahnungen aus den Adern treiben. Ich wollte schon aufspringen, bestimmen, anführen, da kam Simon herein, setzte sich wortlos aufs Klo und starrte angespannt vor sich hin, als hätte er mich überhaupt nicht bemerkt.

»Und?«, fragte ich.

Er hob den Kopf, sah mich durch zusammengekniffene Augen wie eine Zielscheibe an.

»Weg, keine Ahnung«, antwortete er, griff hinter sich nach der Spülkette und riss sie herunter, als würde er mehr als nur eine Pfütze Urin wegspülen.

Wir lauschten auf das Rauschen, auf das Gurgeln, das sich allmählich beruhigte, und zum Schluss auf die Stille. Es hätte niemanden überrascht, wenn in diesem Augenblick die Schildkröte hereingeschlichen wäre und ihre Krallen übers Linoleum geklackert wären.

»Ich glaub, ich geh jetzt«, sagte Anton, der im Türrahmen lehnte und zu uns hinabsah. Ich blinzelte ihn an und fragte mich, wohin er gehen wollte. Wir wollten doch aufs Dach, dachte ich.

»Bis nachher«, sagte er in meine Richtung, und ich antwortete mit einem lang gezogenen »Ja«.

Simon stand auf und lief Anton hinterher zur Tür, die kurz darauf so gewaltig ins Schloss krachte, dass die Wände zitterten – wie schön die Türen doch krachten, als wir sie noch krachen ließen. Simons nackte Füße tapsten erst über die Dielen, dann etwas lauter über das Linoleum zurück, bis er auf der Türschwelle stand und unentschieden über mich hinweg zum Fenster hinaussah.

»Ihr habt doch eine Haarschneidemaschine«, sagte ich.

»Aber wo …«, antwortete er.

Und wieder ging die Suche los. Er war unermüdlich, kaum hatte er die Schildkröte aufgegeben, hockte er an den unteren Schubladen des Wäscheschranks und kramte.

Ich zog mein T-Shirt aus, setzte mich auf den Badewannenrand. Auf dem Sims der Holzverkleidung sammelten sich Flakons, Flaschen mit Öl, ein weißer Kristall, Rasierpinsel, alles überzogen von einem Film aus Feuchtigkeit, Fett und schwarzen Staubpartikeln.

»He«, rief Simon, der Rasierer vibrierte in seiner Hand. Er setzte an seiner Stirn an und mähte sich einmal längs über den Kopf.

»Falls es bei dir dann scheiße aussieht, muss ich auch«, sagte er, trat hinter mich und begann zu arbeiten, die Lippen aufeinandergepresst und ohne ein weiteres Wort. Die Maschine surrte, blonde Strähnen fielen wie Späne, Härchen flimmerten in der Luft. Ich wurde entstaubt, meine Kopfhaut atmete auf. Kurz darauf stand ich hinter Simon, der es kaum erwarten konnte, selbst an der Reihe zu sein.

Der Wind riss uns die Haare aus den offenen Händen.

»Asche zu Asche«, sagte Simon, und wir lachten über die Menschen, die sie angewidert aus ihrem Kaffee oder ihrer Apfelschorle ziehen, sie einatmen würden, ohne es zu bemerken, vielleicht würde Streit ausbrechen, wenn jemand ein rötliches Haar zum Fenster hereingeweht auf einem frisch aufgeschüttelten Kopfkissen finden würde. Wir rieben uns die kahlen, elektrisierten Köpfe. Was ging uns das Treiben da unten an, wir hatten schon in Apfelsaftflaschen gepinkelt und versucht, sie an den Erstbesten zu verkaufen. Zuletzt zündeten wir Taschentücher über einem Schornstein an, die aufloderten wie wehende Fahnen.

Wir erlebten die Dinge, wie sie kamen, erlebten auch einander, ohne an den Oberflächen zu kratzen; nie habe ich mich gefragt, was Simon in seinem Riesenzimmer eigentlich gemacht hat, wenn ich nicht bei ihm war und auch sonst keiner, oder was mein Bruder dachte, als ich darauf bestand, aus unserem Zimmer auszuziehen, und unsere Mutter ihr Arbeitszimmer für mich räumen musste. Warum etwas passierte, war nicht von Interesse, es musste nur immer weitergehen, jeder Tag hatte seine Wege zu finden, und seien es widersinnige Umwege, wir waren bereit. Nur ein einziges Mal, erinnere ich mich, habe ich versucht, ein Ereignis grundsätzlich zu verstehen. Es war ein Feiertag, ein Pfingstsonntag, wie meine Mutter mit abergläubischer Verwunderung immer wieder feststellte, als das Haus gegenüber unserem brannte. Wenige Wochen war es her, dass wir selbst der Feuerwehr einen Einsatz verschafft hatten, jetzt löschte sie direkt vor unserer Haustür.

Dass ab und zu Häuser brannten, war aber anscheinend normal und bekannt. Während wir am Fenster standen, die Hitze auf unseren Gesichtern zu spüren war und das Knistern und Prasseln des Feuers herüberhallte, zählte mein Vater meiner Mutter die Straßen auf, in denen es in letzter Zeit zu Bränden gekommen war.

»Fahrlässig, schlicht fahrlässig«, murmelte er abschließend und legte mir die Hand auf den Kopf.

Der Feuerwehr zuzusehen, war langweiliger als gedacht, in voller Montur standen die Männer an ihren Wagen, winkten mit den Armen, drängten sich zusammen, um Befehle weiterzugeben. Was geschah, wann und wo sie löschten und wo das eigentliche Feuer brannte, von dem nur der schwarze Qualm zu sehen war, blieb undurchsichtig. Warum sie überhaupt löschten, fragte ich mich. Es war eine faulige Bruchbude, die sich geradeso aufrecht hielt, nicht einmal wir hatten je Fuß in sie gesetzt.

Es handelte sich aber, und daran konnte auch aller Verfall nichts ändern, um ein altes Berliner Wohnhaus, drei Stock plus Hochparterre, einst stuckverziert wie eine Sahnetorte – das war der entscheidende Punkt, zumindest verstand ich meinen Vater so.

Seine Erklärungen in diesem Fall waren weitverzweigt, und großes Geschütz wurde aufgefahren: die Geschichte, unternehmerisches Denken, Bürokratie. Irgendwie folgte alles einer äußerst komplizierten, sich aus verschiedensten Faktoren herleitenden, zuletzt aber unabwendbaren Verkettung von Ereignissen, die ich, wenn überhaupt, nur grob nachvollziehen konnte. Am Anfang stand unzweifelhaft *die Wende*, die nicht weiter hinterfragt wurde. Sie hatte die Rückkehr einer weit verstreuten Schar sogenannter Alteigentümer ausgelöst, allesamt eiskalte Kapitalisten, die möglichst schnell mit möglichst wenig möglichst viel Geld *machen* wollten, nicht verdienen, wie mein Vater, der längst alles verstanden zu haben schien, betonte. Wäre es nach ihnen gegangen, hätten sie einfach abgerissen, was von ihrem wertvollen Alteigentum noch übrig war, um augenblicklich eine futuristische Platte aus Glas, Stahl und Gipsbeton aus dem Hut zu zaubern, denn »so ein Ding«, prophezeite mein Vater und richtete seinen Zeigefinger auf die brennende Ruine, »neu zu machen, die wüssten nicht mal, wie das geht«.

Mit weit offenen, das heißt wissenden Augen, blickte er zu uns herab und fügte noch trocken hinzu: »Abriss wird aber nicht genehmigt«, lächelte und schwieg.

Kurzes, verständiges Nicken von unserer Seite, doch mein Vater wartete.

»Warum«, fragte ich schließlich, worauf er unmittelbar und aus voller Brust antwortete: »In Deutschland vergisst man nicht, man arbeitet auf.«

Ich war ratlos, mein Bruder auch, selbst mein Vater, der sich irgendwo zwischen Richtig und Falsch, Gut oder Böse verheddert hatte; er biss sich auf die Oberlippe und zwinkerte angestrengt.

»Obwohl, wenn ich's recht bedenke«, fing er wieder an, »vielleicht sollen die Uhren nur wieder zurück auf null gestellt werden.«

Da krachte es im Dachstuhl, Funken stoben meterhoch, ein Feuerwehrmann brüllte etwas Unverständliches.

Der Witz war, dass die Bruchbude sich als standhafter erwies, als irgendeiner gedacht hätte. Bis spät in die Nacht kämpfte die Feuerwehr gegen unsichtbare Brandherde, die sich mit jeder Stunde tiefer ins Gebälk und die Substanz fraßen. Als mich die aufheulenden Motoren der abfahrenden Feuerwehrwagen weckten, dämmerte schon der nächste Tag. Von meiner Matratze aus blickte ich in ein starres Wolkenmeer. Ich sprang ans Fenster und rechnete mit nichts als einem gewaltigen Ascheberg, aus dessen Spitze eine Rauchsäule als letztes Lebenszeichen in Richtung Himmel waberte. Die Fassade war rußgeschwärzt, ansonsten stand dieser Leichnam von einem Haus unverändert, unbesiegt wie das Geisterschiff, das mit einem Lächeln Höllenstürme übersteht. Dem Tatendrang der Alteigentümer versetzte dieser Starrsinn offenbar einen Schlag, der sie in dauerhafte Lähmung versacken ließ. Meine halbe Kindheit, gefühlt, konnte ich von meinem Fenster aus in die finsteren Höhlen dieses abgebrannten Monstrums schauen. Vor allem nachts, wenn das orangerote Licht der Straßenlaternen in die offenen Fensternischen fiel, erwiderte es meinen Blick mit einem dröhnenden Ächzen, das ebenso gut das lustvolle Seufzen eines Foltermeisters wie auch das schmerzerfüllte Stöhnen eines Gefolterten hätte sein können. Es war eine Freude für mich, als eines Tages doch noch Bauarbeiter auftauchten. Binnen weniger Wochen zogen sie ein Gerüst aus riesigen Stahlträgern hoch, die fest mit der Fassade meines nächtlichen Belagerers verankert wurden, ein wahrer Schutzwall, jetzt sah ich ihm ohne Angst ins eingekerkerte Angesicht, wenn ich über meinen Hausaufgaben am Schreibtisch saß und für einen Moment abdriftete.

Der nächste Schritt im Bauplan der Alteigentümer ließ mich jedoch die Seiten wechseln. Welches Ungeheuer sie da auch immer in Ketten gelegt hatten – die Konsequenz, mit der sie ihren Willen durchsetzten, war erschreckend. Die Fassade fest im Griff der Stahlträger, wurde das Haus von langfingrigen Baggerarmen niedergerissen, bis nichts mehr übrig war als die hauchdünne Vorderseite; wie eine Totenmaske starrte sie traurig zu mir herüber, ich wusste keinen Trost.

Und wieder stand die Zeit über Jahre still, noch eine halbe Kindheit oder länger, die schwarze Hauswand gab sich geschlagen, sie sehnte sich nach nichts mehr, als in sich zusammenzustürzen, aber dafür war es zu spät. Vom inzwischen rostroten Gerüst wurde sie aufrecht gehalten, Tag für Tag, daran änderte sich nichts. Die Alteigentümer waren tot, pleite oder hatten ihr Bauprojekt über Wichtigerem vergessen. Wir lernten, mit der Totenmaske zu leben, sahen ihre aufgerissenen Augenlöcher die Morgensonne verschlingen.

Und ja, ich erinnere mich an Momente, in denen ich um das Gefühl nicht herumkam, dass diese dunkle, aufrechte Hausfront, deren Türen nirgendwohin führten, etwas Großes zu bedeuten hatte. Wie über einer detailgenau auserzählten Parabel brütete ich an der Fensterbank, was mir dieses Gegenüber sagen sollte; ich fühlte förmlich, wie mir die reine Bedeutung in den Kopf strömte, konnte es aber nicht herausbringen. »Sprich doch«, bettelte ich, aber die Totenmaske blieb stumm, die Fassade undurchdringlich, zu guter Letzt nur eine Wand, die vorm Einstürzen bewahrt wurde. Vielleicht musste ich zwischen den Stahlträgern hindurchkriechen, mich durch die verschüttete Türöffnung zwängen … doch auch dieser Versuch endete nicht mit dem Eintritt in ein geheimes Hinterland, sondern nur im Schlamm einer verwahrlosten Baustelle.

Noch vor den Alteigentümern waren ganz andere Landstreicher aus den schönsten Ecken Europas und den hässlichsten Deutschlands in unser Viertel geströmt. Mein Bruder und ich hatten auf der Bordsteinkante in der Kleinen Hamburger gesessen und auf Simon gewartet, als es passierte. Über ihr Kommen hatten uns keine Gerüchte erreicht, auch keine stillen Vorzeichen, die unbestimmte Erwartungen hätten schüren können. An diesem Nachmittag waren sie auf einmal da, die neuen Nachbarn, erschienen wie aus dem Nichts. Außerirdische, deren Heimatplanet im Sterben lag, halluzinierten wir: Ein schwarzer Nebel, scheinbar grundlos aus den Untiefen des Alls hervorgesickert, drohte ihre Erde zu ersticken. Über Fragen seiner Herkunft, seines Wesens, vor allem aber über der Frage, ob dieser toxische Nebel Ursache war oder Wirkung, war unter den dort führenden Köpfen ein elitärer, von Scharfschützen und genialen Bombenlegern geführter Bürgerkrieg ausgebrochen, sodass auch die letzte Hoffnung auf Rettung verloren ging.

In schillernden Raumanzügen krochen die Fremden aus ihren Fluchtkapseln, entfalteten mühsam die langgliedrigen Extremitäten, nachdem sie in künstlichem Schlaf ganze Galaxien wie Träume durchschifft hatten. Sie blinzelten ins Sonnenlicht, sogen vorsichtig die unbekannte Luft ein, sie schmeckte wunderbar. Jetzt erst begannen sie richtig zu atmen, blähten sich lustvoll auf und hauchten seufzend aus, dass ihr lautes *Hm* und *Ah* zwischen den Häusern widerhallte.

Wir erhoben uns von der Bordsteinkante und kletterten über die Motorhaube in die Rostkarre, die jemand für immer und ewig am Ende der Sackgasse geparkt hatte. Anton rutschte hinters Steuer, ich setzte mich auf den Beifahrersitz. Wir klappten die Sonnenblenden runter und kurbelten die getönten Scheiben hoch. Anton zischte, als ich vorschlug, unauffällig Kontakt aufzunehmen. Er schlug sich den Kragen seines grauen Mantels vors Gesicht, ich tat, als ob ich etwas im Handschuhfach suchen würde. Dann beobachteten wir aus den Augenwinkeln, wie die Fremden sich vor einem schmalen grauen Haus am Ende der Kleinen Hamburger versammelten. Sofort funkte Anton einen Bericht, keine Ahnung, wohin.

Ein Großer, Breitschultriger trat wie ein Krieger aus ihrer Gruppe hervor und klopfte mit der Faust mehrere Male in einem bestimmten Rhythmus, Tammtatammtamm, gegen die Haustür, eine Art Losung oder ein Zauber oder irgendetwas Extraterrestrisches, denn dass dort längst keiner mehr wohnte und niemals jemand öffnen würde, war für uns Menschen offensichtlich. Nichts geschah. Auch der Große schien nicht überrascht, er lüpfte seinen unsichtbaren breitkrempigen Schlapphut, verbeugte sich wie ein Ballerino, machte mit den ausgestreckten Armen eine kreisende, beschwörende Bewegung, ein stiller Augenblick der Konzentration. Die Schulter voran wuchtete er seinen Körper gegen die Tür, ein dumpfer Aufprall, einmal, noch einmal und wieder, er versuchte es mit Fußtritten, eins, zwei, verlor das Gleichgewicht, schrie etwas wie Scheiße, Mist, rappelte sich auf, trat noch einmal zu, diesmal mit Wut, aber wieder nichts. Mit rotem Schädel und bebenden Schultern stand er keuchend vor den anderen.

Als eine drahtige Frau ihm auf die Schulter klapste, an ihm vorbeiwollte, um es selbst zu versuchen, hielt er sie mit entschiedener Geste zurück. Unbeirrt ging er wieder auf die Tür zu, packte diesmal die Klinke, stemmte sie hinunter, ruckelte, er spürte etwas, ein Klicken, ein Nachgeben, und stieß sie auf, pfeifend tänzelte er in den dunklen Hauseingang.

Keine Minute später hatten die Fremden die Straße wieder dem Nachmittag, der Sonne und der todmüden Stille überlassen, hatten uns wieder allein gelassen in unserer nichtsnutzigen Schrottkarre; Anton trat auf den Pedalen herum, ich kippte meinen Sitz zurück, um Spuckeblasen zu ziehen und zerspringen zu lassen.

»Komma … hier … « Kurze, aufgeregte Befehle aus der grauen, zertrümmerten Fassade, ich schreckte hoch, als wäre ein Schuss gefallen. Anton fasste mich am Arm, wir starrten hinaus, hoch oben, in einem der Fenster im obersten Stock, stieg eine Frau, nach ihr ein Mann aufs Fensterbrett. Sie setzten sich vorsichtig, hoben die fiebrig-glücklichen Gesichter der Sonne entgegen. Ihre Füße baumelten über dem Abgrund, schlenkerten vor und zurück, berührten die Hauswand, etwas Putz löste sich, schneite herab. Die Frau beugte sich vor, ließ den Blick zwischen ihren Knien hindurch über die Erde streifen. Als sie uns erkannte und uns mit einem Fingerzappeln zuwinkte, zuckte ich zurück in Deckung.

»Zu spät«, sagte Anton und löste wie zur Antwort die Hände vom Lenkrad.

Wieder drang ein dumpfes Rufen aus dem Inneren: »Kommt maa …«

Jetzt öffnete Anton die Wagentür. Ich blickte mich nach Simon um, der noch immer nicht aufgekreuzt war; was solls, dachte ich und kroch über die Motorhaube hinaus. Wir rannten los, über den von Rissen gezeichneten, bröckelnden Asphalt, auf die weit offene Tür zu.

Durch die staubschwere Luft wehte das Lachen der Fremden. Sie trampelten die brüchigen Treppen rauf und runter, redeten laut und in Fetzen miteinander, während sie vereinzelt von Zimmer zu Zimmer stolperten. Im Vorbeigehen strichen sie uns über die Köpfe, sagten »Hallo«, ohne auf Antwort zu warten. Eingeschmissene Fenster wurden aufgezerrt, dreckstarre Gardinen und Tapetenstreifen, die von der Decke bis zum Boden hingen, heruntergerissen, aus den Angeln getretene Türen krachten wie vom Blitz getroffene Baumriesen auf die seit Jahren unbetretenen Dielen.

Wir jagten durch die leeren Wohnungen, sprachen niemanden an, sprachen nur mit Blicken, unsere Tarnung brauchten wir nicht mehr. Wir wurden übersehen oder wahrgenommen, wir waren Natur, gehörten zu diesen Häusern wie die Tauben und Ratten.

Seit wir aus dem Kinderschlaf erwacht waren, zog es uns in den Leerstand, in die Bruch- und Trümmerbuden, wir spürten ihre schlummernde Kraft, lebten in der Faszination für die Märchenwelt des Verwahrlosten, kannten den Taumel, ein verschollenes, vor Urzeiten verlassenes Gebiet zu betreten, es wie im Rausch zu durchstreifen, zu entdecken, ein rostiges Taschenmesser oder eine bunte Zigarrenbüchse zu finden und als Beweis für die, die nicht dabei waren, mitzunehmen. Allein und unbemerkt hatten wir das Brachland unseres Viertels erforscht, ohne je Worte darüber zu verlieren. Jetzt waren Gleichgesinnte gelandet, die sahen, was wir immer schon geahnt hatten. Als wären es Kinder, die beglückt die an heimlichen Abenden gebastelten, gefalteten, bemalten Geschenke auspackten, beobachteten wir die Fremden, leise und aufmerksam, voller Zurückhaltung an diesem ersten Tag ihrer Ankunft, und hörten zu, wie sie laut und raumgreifend beschrieben, was wir blindlings als gottgegebenes Abenteuerland durchwandert hatten. Nichts taten wir lieber, als ihnen unser halbes Reich zu schenken.

Stunden vergingen, die Erde kreiselte in die Nacht hinüber, Abendbrotzeit, Bettgehzeit, aber der Rausch hielt an, mein Tag glitt hinüber in einen traumreichen Schlaf, in dem ich durch Zimmer, Flure und über Treppen wandelte, ohne einem absehbaren Weg zu folgen. Jeder Raum, den ich betrat, so winzig er auch sein mochte, führte zu einer weiteren Tür, und immer neue Gänge taten sich auf. In einem verwinkelten Treppenhaus, das sich hinter überall abzweigenden Türen endlos fortzusetzen schien, verlor sich auch der letzte Rest von Orientierung. Ein kalter Wind pfiff einen Orgelton durch das Schlüsselloch einer klapprigen Tür, ich trat sie auf. Ich lief unter einem spitzen Glasdach, durch das kein Licht fiel, bog in einen schulterbreiten Flur ein, düster wie eine Felsenschlucht, der nach wenigen Schritten unmittelbar in einen weiten Saal mündete. Ich lief, ohne mich umzuschauen, suchte die nächste Tür, während die Mauern um mich in die Ferne rückten, bis sie sich am Horizont in Luft auflösten. Ich stolperte über glänzende Erde; für einen Augenblick blitzte das Bild eines Schlachtfelds auf, auf dem magere Überlebende die Gefallenen nach Brauchbarem abtasteten und sich ein Gewehr nach dem anderen über die Schultern hängten. Ich öffnete und schloss die Augen, rieb meine Wange über das Laken, seufzte und schlief wieder ein.

Am nächsten Tag tönte ein unruhiges Pochen, ein Dröhnen, Kreischen und Krachen aus der Kleinen Hamburger Nr. 5. Ein fauliges Sofa, Sessel und Unmengen von Brettern wurden über die

Fensterbänke gestürzt, Tapetenfetzen flatterten wie flügellahme Graureiher zu den Fenstern hinaus. Anton und ich hatten wieder in der Schrottkarre Posten bezogen, es zuckte uns aber in den Beinen, nichts wie hin wollten wir, aber heute war die Haustür geschlossen.

Fußballspieler, Nachbarn oder einfach Schaulustige kamen vorbei, lehnten sich gegen unsere Motorhaube und schwatzten vor sich hin. Keiner fragte uns, ob wir etwas wüssten. Sie nuschelten sich die immer selben Gerüchte zu, spuckten aus oder klopften abschließend auf unser Autodach. Wenn einer der Fremden, der gerade eine alte Matratze oder einen zusammengeknüllten Teppich zum Fenster hinausgeschoben hatte, ihnen zuwinkte, gingen sie schnell weiter, als wäre nichts geschehen. *Besetzer* wurde mit einem Schulterzucken gemurmelt, und weitere Fragen schienen sich nicht zu stellen. *Besetzer* wurde ihre Herkunft, ihre Abstammung, ihre Hautfarbe, diese Leute waren nichts als *Besetzer*, von Anfang an, und niemand wusste irgendetwas über sie. Doch wir beobachteten weiter. Sie waren immer verkleidet, trugen aber keine Verkleidungen, sie spielten nicht Cowboy, Indianer, Roboter, Bär, Clown, unser übliches Faschingsrepertoire. Einer trug einen weiten Mantel mit Nerzkragen, darunter ein Netzhemd und eine kurze Hose, dazu Schnürstiefel, die bis unters Knie reichten. Eine trug einen aus Jeanshosen zusammengenähten Rock, eine schwarze Lederjacke und die Haare zu einem Igel geschoren; gleich am Abend bettelte ich meine Mutter an, mir die Haare wieder abzurasieren, aber sie meinte nur, dass sie doch nicht verrückt sei, sie sei ja froh, dass ihr Kind endlich nicht mehr wie ein Chemo-Patient aussehe. Ein anderer steckte in einem viel zu kleinem Jackett, hatte sich die knallpinke Krawatte wie ein Tuch um den Hals gebunden, die goldbraunen Cordhosen hochgekrempelt und trug graue, zerschlissene Turnschuhe –

sie trugen irgendetwas, zusammengewürfelt aus unüberschaubaren Beständen, aber niemand sah aus wie unsere Eltern, wie wir, wie unsere Nachbarn, wie irgendeiner, der kein Besetzer war.

Von unserem Posten aus, tief in die Polster gerutscht, beobachteten wir die bunten, skurrilsten Gestalten. Ankömmlinge riefen das Haus an, brüllten Namen, die ihren Verkleidungen entsprachen, vielleicht waren es geheime Losungen, mutmaßten wir. Aus mehreren Fenstern wurden sie begrüßt, das schwere Tor wurde aufgesperrt, Umarmungen, Schulterklopfen, wieder Umarmungen, laut redend, gestikulierend und lachend, immer lachend, verschwanden sie ins Innere.

Bevor ich überhaupt begriff, was er vorhatte, hatte Anton die Autotür hinter sich zugeknallt. Er überquerte die Straße und drängte sich, als wäre es völlig normal, an den Besetzern vorbei, die ins Gespräch vertieft noch immer im Eingang der Kleinen Hamburger Nr. 5 standen. Ich duckte mich weit unters Armaturenbrett. Anton war drin. Minuten vergingen.

Ich öffnete die Tür, kroch auf den Bordstein, Kinn auf der Brust ging ich um das Auto herum, auf das große Tor zu, schlängelte mich, ohne sie zu berühren, zwischen den Beinen der Besetzer hindurch, die mir Platz machten, ohne mich weiter zu beachten, in den dunklen, muffigen Hauseingang. Schrott war aufgetürmt bis unter die Decke. Ich zwängte mich durch den schmalen, noch freien Gang, schob die Tür zum Hinterhof auf und schlüpfte hinaus.

Hier waren sie noch nicht gewesen, im viereckigen Hinterhof, von allen Seiten eingemauert wie ein breiter Schacht. Unter dem Blick der blinden, zerschlagenen oder restlos zersplitterten Fenster versuchten Birken, Holunder- und Fliederbüsche zu wachsen. Aus der morastigen Erde ragten vereinzelte Grashalme. Stille herrschte wie unter einer Glashaube. Ich war früher schon einmal hier gewesen, mit Simon und Anton. Anton war ins Vorderhaus, Simon ins Hinterhaus geklettert, mich hatte dieses mickrige Wäldchen angezogen. Ich war zwischen den dünnen Ästen herumgestakst, hatte mich an den ebenso dünnen Stämmen festgehalten, wenn ich auf der glitschigen Erde ausrutschte; in so einer Landschaft lebte Morla, die gigantische Sumpfschildkröte, die das Geheimnis zur Rettung ihrer Welt verschweigen wollte, verdammte Morla. In der Mitte des Hofs war mir ein großer Kasten aufgefallen. Mit beiden Händen hatte ich durch den schwarzen Dreck gewischt, der wie verkleckste Tinte auf der Oberseite verspritzt war, eine glatte, glänzende Oberfläche, ein Kühlschrank, umgekippt hatte er vor mir im Schlamm gelegen, eine große, versiegelte Truhe oder der getarnte Eingang zu einem unterirdischen Höhlenreich. Mit einem Ruck hatte ich den Deckel hochgerissen und ihn hintenüber geschleudert. Kein Lämpchen war aufgebrannt, trotzdem blendete das strahlend weiße Innere. Ein dunkler Gegenstand, groß wie eine Ledertasche, lag am Boden des Kühlschranks, ein fauliger, modriger Holzscheit, aufgeweicht von Regen- oder Tauwasser, ohne Schwierigkeiten konnte ich meine Fingerspitzen hineindrücken. Einige Male hatte ich ihn von einer Hand in die andere fallen lassen, irgendetwas stimmte nicht mit diesem Holz. Als ich den Scheit schüttelte, hatte ich etwas gegen die Innenwände stoßen gespürt. Das Holz am Ohr und die Augen geschlossen, sah ich tatsächlich einen glänzenden, aufrechten Zinnsoldaten vor mir, der, im Holz eingeschlossen, darauf wartete, befreit zu werden. Ich hatte den Kühlschrank wieder zugeklappt, den Scheit abgelegt, meine blaue Axt aus dem Gürtel gezogen. Unter den Axtschlägen war das Holz zerbröselt und in helle, feuchte Späne zerfallen. Ich hatte getan, was ich tun sollte, ich war mir sehr sicher gewesen.

Inzwischen waren die Späne modrig und schwarz. Mit einem Stock schob ich sie herum, schnipste sie weg.

»Was machst du denn?«, sagte eine tiefe Stimme. In der Tür zum Hinterhaus stand ein Mann mit langen, klebrigen Haaren.

Was machst du denn, wollte ich zurückrufen, aber stocherte nur weiter im Dreck.

»Hallo«, sagte der Mann, nicht unfreundlich, nur ungeduldig und einen Hauch gereizt. Man musste antworten, auch hier, auch jetzt.

»Ich suche meinen Bruder«, sagte ich und pochte mit dem Stock auf den leeren Kühlschrank, einen Augenblick lang überlegte ich, ihn wieder zu öffnen, um noch einmal nachzusehen, vielleicht –

»Wie heißt er«, unterbrach mich wieder der Mann.

»Anton«, sagte ich.

Da trat er einen Schritt auf mich zu, in den Hof hinaus, holte Luft und brüllte.

Antons Name schmetterte zwischen den Mauern hin und her, arbeitete sich die Stockwerke hinauf, über die Dächer hinaus. Ich erstarrte. Über Jahre waren wir wie Indianer auf versteckten Trampelpfaden durch die Trümmer geschlichen.

Wieder brüllte er, »Ahn-toon«, mit einer Stimme, die aus einer anderen Welt zu stammen schien, so rau und kräftig, mutig und voller Überzeugung. Die stumme Sumpflandschaft, gefüllt vom Schweigen der Morla, am sterbenden Ende Phantásiens, erzitterte unter dem Ruf des Besetzers. Staub rieselte aus den ausgehöhlten Fugen der Mauern, loser Putz bröckelte herab, die Blätter der jungen Birken tänzelten an ihren Stielen.

»Und du?«, fragte der Mann.

»Andrej.«

Wieder blähte er sich auf und schrie jetzt meinen Namen:

»Ahn-drreh«, das »Ahn« tief und lang gezogen, als würde er auf einem Kriegshorn blasen, das »drreh« wie ein Tusch, der abrupt ein Spektakel beendet. Tauben flatterten auf, helle Stimmen lachten in offenen Fenstern.

»Ahn-drreh.«

Jemand schüttete einen Eimer klaren Wassers in hohem Bogen zum Fenster hinaus, ein Schwall, der in tausend Tropfen zerstob und wie ein kurzer, wundersamer Regenguss aus klarem Himmel auf uns niederfiel. Ich wischte mir das Wasser von den Wangen, von der Stirn, über die Lippen.

Der Mann lachte mich an.

»Bernardo«, sagte er und legte sich die Hand auf die Brust. »Du darfst hier alles tun, überallhin, das ist keine Ruine mehr, der Verfall ist vorbei. Aber wir müssen das Tor schließen, das ist so, es geht nicht anders. Klopft, und wenn keiner hört, trommelt, tretet gegen die Tür, brüllt und ruft uns, bis einer öffnet. Keine Angst«, erklärte er und stakste in seinen eigenen Spuren am Rand des Innenhofs entlang ins Vorderhaus.

Den schmalen Gang zurück, durch den Schrott, ins fahle Licht, zu den morschen Stufen, die hinauf ins Haus führten. Weit hinter der Stille, die hier unten in der zähen, muffigen Luft gefangen saß, konnte ich das Plätschern von Stimmen hören, die über mir, hinter den Decken und Wänden, durcheinanderredeten. Da war eine helle Stimme, die die Silben nur so hervorquellen ließ, ein schnarrendes Brummen, eine energisch quäkende Stimme, irgendwo auch ein bellendes Lachen. Über diesem Durcheinander wummerten unbeirrt Hammerschläge, im Galeerenrhythmus, eins, zwei … eins, zwei …

Die Wand dicht entlang stieg ich die Treppen hinauf, halbe Treppe, ganze Treppe. Im ersten Stock hauchten mich die türlosen Eingänge der Wohnungen wie die riesigen Schlünde zweier Blauwale an, ein schwüler, staubiger Atem, der mir entgegenwehte. Ich schlich vorbei, weiter hinauf, halbe Treppe, ganze Treppe.

»Da bist du ja«, rief Anton, mein Bruder. Ich starrte ihn an, unglaublich, dass er da so einfach saß, auf der untersten Stufe, neben einem Mädchen, das ich nie gesehen hatte.

Aus dunklen Augen sah es mich an, öffnete den Mund und sagte auf umständliche, abgehackte Weise: »Ha Lo. Wie heißt du?«

Ohne auf eine Antwort zu warten, grinste sie Anton an: »So richtig?«

»Andrej«, sagte ich.

Sie blickte zurück zu mir, zögerte, »Ah, Ahndreih? *Is that right?*«

Wir hatten ja gerade erst angefangen, Englisch zu lernen, mit einer Lehrerin, die ihr Englisch längst unter metertiefen Staubschichten lebendig begraben geglaubt hatte, als die Lehrplanänderungen im Zuge der Wende von Ost nach West ihr den Auftrag erteilten, es wieder ans Tageslicht zu befördern. Mühsam hatte sie sich durch die anfänglichen Unterrichtsstunden improvisiert, zu deren Abschluss sie uns und vor allem sich selbst mit ausgedehnten Traumreisen über die noch immer nicht eingetroffenen Schulbücher hinwegtröstete. Hinter geschlossenen Augen waren wir zu den Fenstern hinausgeschwebt, hinauf zu den Wolken, über Felder, Wälder und Flüsse, bis über die Sieben Meere. »Seht ihr die spitzen Rückenflossen der Delfine, die dort unten die Wellen kreuzen? *Can you see it?*«, rief sie uns jedes Mal euphorisch zu, kurz bevor sie uns auf einer einsamen Insel landen ließ, wo ihr aber schnell die Ideen ausgingen… *Bye-bye*, flüsterte sie uns ins Pausenklingeln hinterher.

Da krachte ein Donner durchs Haus, die Wände zitterten, eine Staubwolke kam die Treppe heruntergerollt. Das Mädchen sprang auf, rief etwas, das ich nicht verstand, rannte die Stufen hinunter und verschwand irgendwo im ersten Stock.

»Lilly«, sagte Anton, »nett oder?«

Ich nickte mit offenem Mund, während ich durch den Spalt zwischen den Treppen hinaufspähte. Selbst die Hammerschläge hatten jetzt aufgehört.

»Die reißen Wände ein, keine Sorge«, erklärte mir mein Bruder, der anscheinend längst dazugehörte und über alles und jeden

Bescheid wusste, während ich noch fassungslos durchs Wunderland taumelte. War ich so lange in Morlas Schlammgrube gewesen? Oder rannte Anton einfach viel schneller durch die Zeit als ich? Ich setzte mich neben ihn, schloss die Augen und strich mir mit den Fingerspitzen über Wangen, Lippen und Kinn, so wie es unser Vater machte, wenn er die Tageszeitung beiseitelegte und in kompakten Gedanken die Weltlage resümierte. *Ahn-drreh,* hallte es durch meinen Kopf. Ein leichter Schwindel waberte mir in den Gliedern. Es war ein Fehler, sich auch nur für kurze Momente die schmalen Pfade, die Schleichwege oder endlosen Straßenzüge auszumalen, auf denen sich jeder von uns allein und ahnungslos durch die Tage manövrierte. Wenn ich mit Simon auf die Dächer zog und er, kaum waren wir oben, noch einmal zurückmusste, weil er etwas vergessen hatte oder noch etwas holen wollte, ein Fernglas, ein Seil oder bloß eine dickere Jacke, und ich auf einen Schornstein kletterte, um in Ruhe zu warten, konnte es passieren, dass ich angesichts der in alle Himmelsrichtungen ins Unsichtbare ausufernden Stadt plötzlich in mich zusammensackte und mir die vertrautesten Menschen auf Nimmerwiedersehen zu entgleiten schienen. Was wusste ich von den Leben der anderen? Anton kreuzte meine Tage, eine Weile liefen wir nebeneinanderher, bis er wieder in seine eigenen, mir völlig unbekannten Gefilde abtauchte. Mein Vater erschien mir im Abendlicht einer Leselampe. Er fragte mich, wie es mir geht, wo ich war, ich antwortete irgendetwas, er strich mir über den Kopf, wir sahen uns an, wir umarmten uns sogar, es war wirklich alles in Ordnung. Dann drifteten wir in unsere eigenen Köpfe zurück, ich rannte ins Spielzimmer, wo meine Legomännchen in komplizierte Geschichten verstrickt auf mich warteten, mein Vater schloss für einen Moment die Augen. In was für Räumen er seine Tage verbrachte, was genau er dort tat, wenn er arbeitete, mit wem er gern sprach und mit wem nicht, wie er sprach und wie mit ihm gesprochen wurde, woran er dachte, wenn er am Abend vom Gendarmenmarkt über den Bebelplatz über die Behelfsbrücke am Bodemuseum durch die Krausnickstraße zur Großen Hamburger am Koppenplatz vorbei nach Hause spazierte, von der einen Welt in die andere, davon wusste ich nichts. Und was unser älterer Bruder die Tage über trieb, davon hatte ich gar keinen Schimmer. Alles, was uns zusammenhielt, waren die wenigen Begegnungen am Küchentisch oder im Badezimmer, die gemeinsamen Wege oder die Streifzüge mit Anton und Simon, Simon, den ich seit Wochen nicht mehr gesehen hatte.

»Hast du eigentlich mal was von Simon gehört?«, fragte ich Anton, der aber nur mit den Schultern zuckte und Lilly entgegenschielte, die die Treppen wieder heraufgetrampelt kam, zwei handtellergroße Kekse in den Händen, einen im Mund.

»Selbst gebacken«, nuschelte sie zwischen den Zähnen hervor und hielt sie uns entgegen.

Wie schnell sich dieses hektische Piratenvolk durch die Bruchbude gearbeitet hatte, war erstaunlich. Die Schaltzentrale des Ganzen, ebenjene Küche, in der jetzt schon *true american cookies*, wie Lilly erklärte, aus der Röhre kamen, war in einem langen, breiten Gang innerhalb kürzester Zeit entstanden. Und die Besetzer blieben unermüdlich: Es wurde gehämmert, geschweißt, gebohrt, Wände wurden gestrichen, bemalt, geschmückt, Räume freigeräumt, nur um sie wieder vollzuräumen. Löcher im Dach immer wieder neu provisorisch geflickt. In diesem andauernden Rumoren wandelte sich das Haus, streckte sich, ächzte und fand keine Ruhe. Unverändert blieb einzig das Treppenhaus als das unverzichtbare Rückgrat für all die Arme, Beine und anderen Körperteile, die sich über die Stockwerke erstreckten. Dort saßen wir jetzt fast täglich auf den morschen Stufenbrettern, wischten unsere Namen mit den Fingerspitzen in den Staub und unterhielten uns, so gut es ging.

»Das Wetter ist gut«, sang Lilly, jede Silbe vorsichtig, in kristallklaren Tönen.

»*The weather ist good*«, übersetzten wir laut und zackig.

Wir warteten auf Lilly, und Lilly wartete auf irgendein Zeichen, eine Veränderung der Luft oder eine bestimmte Stille, die erst einkehren musste, vielleicht wartete sie auch auf das schiere Anwachsen unserer Unruhe, eine hartnäckige Unruhe, die sich in dieser Zeit unmerklich in uns festzusetzen begann. Dann, kurz bevor Lillys gesungene Vokabel-Übungen, ihre Grimassen und ihre artistischen Verrenkungen, die sie wie ein Mantra in der immer gleichen Abfolge durchspielte, in einem leblosen Tanz verendet und die Langeweile auf einen Schlag unerträglich geworden wären, sodass wir unverichteter Dinge hätten auseinandergehen müssen, wie drei, die am Beginn einer langersehnten Reise merken, dass sie die Kraft zum Aufbruch gar nicht mehr haben und ohne ein Wort des Abschieds umkehren, zurück in ihre noch körperwarmen Wohn- und Schlafzimmer, zögerte Lilly für einen Augenblick.

»Ich zeig euch was«, rief sie. Wir sprangen auf, bereit für alles, was kommen mochte, und rannten hinterher.

Die Treppen hoch, hinein ins Stockwerk. Durch unverputzte Durchbrüche, über niedrige Mauern, über Türschwellen ohne Türen, durch eine Flut von Zimmern, denen nicht anzusehen war, ob sie bewohnt oder verlassen waren, immer tiefer hinein ins Labyrinth. Bis wir durch einen schweren Vorhang zurück ins Treppenhaus stürzten. Ob wir im Kreis gerannt waren oder in einer unmerklich ansteigenden Spirale uns in eine zweite, andere Ebene hinaufbewegt hatten, spielte keine Rolle. Wieder stürmten wir ins Stockwerk und nahmen diesmal andere Abzweigungen, ein Seil hinauf durch eingestürzte Böden, auf Zehenspitzen an schlafenden Männern und Frauen vorbei, tasteten uns durch einen dunklen Flur, wo spitze Schrottteile an Stricken von der Decke hingen, krabbelten auf allen vieren über eine Badewanne, die quer durch die Küche von Wand zu Wand gebaut war, über eine Badende hinweg, deren Arme und Beine wie die Fangarme eines Tiefseekraken aus dem trüben Seifenwasser ragten – es muss dieselbe Badende gewesen sein, von der schon unser Vater erzählt hatte. Er hatte uns in der Kleinen Hamburger Nr. 5 suchen wollen, hatte aber die Orientierung bereits nach wenigen Schritten restlos verloren, als hätte er kein Haus in unmittelbarer Nachbarschaft, sondern ein ihm völlig unbekanntes Universum betreten. Als er über die Schwelle der Küche stolperte, hatte er unvermittelt in die Augen der Nackten geblickt. Sie fragte nicht, wer er war oder was er wollte. Träge hob sie den dampfenden Arm und winkte ihm wortlos zu, einfach über sie hinwegzusteigen, ein flüchtiges Wippen ihres Zeigefinger wies ihm die Tür am weit entfernten anderen Ende des Raumes. Zusammenhanglose Silben stammelnd, tappte mein Vater auf sie zu, beugte sich über die Wanne, hielt sich an den schläfrigen Augen der Frau fest, die ihm ein geduldig-amüsiertes *Mona-Lisa*-Lächeln schenkte. Er hievte erst ein Bein, dann das andere über sie und die Wanne, zuletzt löste er die Hände vom Wannenrand, zu aller Letzt seinen Blick von ihrem.

Wir kamen durch Räume, in denen der Staub unberührt wie Neuschnee die Böden bedeckte, Kabel und Tapetenfetzen wie Lianen von den Decken hingen, Stalagmiten aus Taubenkot bis auf Knöchelhöhe angewachsen waren. Eisern führte uns Lilly weiter, immer weiter, wir stampften hinterher, marschierten wie in Trance die Treppen runter und wieder rauf, tauchten ein in einen Korridor, in dem es schlimmer noch als in den Gewölben der Pissburg stank, zuletzt gelangten wir in einen immer enger zulaufenden Seitenflügel des Hauses. Zimmer flogen vorbei wie hingeblätterte Ansichtskarten, graue, schwarze, gelbliche Zimmer, in denen im Staub gefangene Sonnenstrahlen wie Nebelbänke in der schlaftrunkenen Luft hingen. Abrupt strandeten wir in einer quadratischen, fensterlosen Kammer. Aber Lilly hielt nicht an. Sprosse für Sprosse balancierte sie eine zwischen den Wänden verkeilte Leiter hinauf und verschwand kopfüber in einem mit grauem Filz verhängten Loch in der Wand.

Anton kletterte auf allen vieren. »Nicht so dicht«, rief er, als ich sofort hinter ihm auf die zittrig schwingende Leiter stieg.

Die Sonne stach so grell, dass ich die Augen zusammenkneifen und mich wie ein Welpe in den hellen Tag blinzelnd über die raue Planke tasten musste. Ich richtete mich auf, beugte mich in den schmalen Schatten einer Eisenstange und erkannte Lilly, die ans Geländer gelehnt ungeduldig darauf wartete, uns dieses Wunderwerk aus Schrott, das von Besetzerhänden an die kahle Außenwand gezaubert worden war, mit einer majestätisch verächtlichen Geste zu präsentieren.

»Lilly«, riefen wir, Anton und ich, wie aus einem Mund.

»Der Balkon«, beschwichtigte sie – Lilly liebte es, uns erst aufzuputschen bis zur Raserei und dann alles wie eine Alltäglichkeit mit einem Gähnen abzutun. Müde sah sie hinab auf das weite Fußballfeld, wo Gruppen von kleinen und großen Kindern dem winzigen Punkt des Balls hinterherjagten.

»*I'd like to play soccer too*«, sagte sie traurig, als stünde sie schon unendlich lang hier oben im Geschrei der Fußballkinder.

»*Why not*«, antwortete ich.

Lilly seufzte. »*My family* mag das nicht, da unten, die u-ni-formier-ten Kinder, blau-weiß, wie strahlender Himmel.«

Ich wollte erzählen, dass ich es einmal versucht hatte und mich in eine der durchnummerierten Mannschaftslisten eingetragen hatte, wild entschlossen zum Training angetreten war, um mich dem Pfiff der Trillerpfeife zu unterwerfen, wollte beschreiben, wie ich mich unzählige Male am Ende sich ständig neu formierender Schlangen angestellt hatte, um auf der Stelle zu tippeln, bis ich an der Reihe war, auf den Ball zuzuhechten, ihn zu irgendeinem Spieler A oder B zu schießen, nur um schleunigst weiterzurennen, zur nächsten Station.

Viel lieber spielte ich mit der himmelhohen Rückwand der Volkshochschule, die groß war wie ein Gott und jeden meiner Schüsse parierte.

»*It's not so many fun*«, sagte ich schließlich.

»*I saw you, you play with the wall, that doesn't seem like fun to me*«, antwortete Lilly und beugte sich ausatmend weit hinaus übers Geländer, dass mir für einen Augenblick schwindelte.

»*I hate sport*«, sagte Anton bestimmt, während er das merkwürdige Konstrukt des Balkons untersuchte. Es stammte eindeutig von den Händen der selben urigen Schweißernatur, die über das ganze Haus ihre dämonischen rostroten Skulpturen verteilte. Dieser kleine, breite Mann, mit seinem zehn Zentimeter breiten Gürtel um den Hüften, den abgeschorenen Haaren und dem breiten, listigen Grinsen, schweißte aus Rohren, rostigen Schrauben, Zahnrädern, Lenkerstangen, aus allem, was er unter die Finger bekam, im Grunde ganz normale Dinge: Stühle, Tische, Aschenbecher. Diese versah er derart mit schmerzverkrampften Geisterköpfen und stumm schreienden Monstermasken, dass es schien, als würden versklavte Höllenwesen ihren Frondienst zu allgemeinem Nutzen ableisten. Auch der Balkon glich auf einen zweiten Blick einer monströsen Klaue, die sich im bröckelnden Putz der Hauswand festgekrallt hatte. In ihrem hohlen, windgeschützten Handteller hockten wir wie in einem Schwalbennest.

Ich versuchte, eine schlanke kupferne Mutter vom Geländer zu brechen. Ich würde sie polieren, bis sie funkeln würde wie rotes Gold und an einem geflochtenen Bindfaden um den Hals tragen, ich drückte daran herum, ohne Erfolg. Anton pulte Zigarettenstummel aus einer Rille zwischen den Bodenplatten und schnipste sie hinunter auf das gewellte Dach der Umkleidebaracken. Lilly beobachtete uns, dann schloss sie die Augen, legte den Kopf in den Nacken, ihr Gesicht ins Sonnenlicht.

»Ich muss aufs Klo«, sagte ich.

Lilly nickte, ohne die Augen zu öffnen. Anton sah mich reglos an, sah einfach zu, wie ich zurück ins Haus kroch, und sagte kein Wort. Die Leiter schaukelte unter meinen Händen und Füßen. Zielstrebig durchquerte ich die Zimmer, schlüpfte am Vorhang vorbei ins Treppenhaus, stieg ins obere Stockwerk und schlich den schmalen Flur hinunter. Die letzten Meter robbte ich auf dem Bauch.

Alles im Haus hatte uns Lilly gezeigt, sie war die Anführerin, die uns ehrgeizig in ihre Geheimnisse einweihte, sie enthüllte uns Passagen, die sich hinter einem unscheinbaren Laken oder einer an die Wand genagelten Steppdecke auftaten, öffnete uns Türen, auf denen in fetten Druckbuchstaben »Betreten verboten« stand, sie war großzügiger, als ich es je gewesen wäre. Kein Wort hatte ich über diesen Raum verloren, den Raum, den niemand betreten konnte, auf den ich allein und ohne Warnung gestoßen war, beinahe wäre ich hinuntergestürzt, der Boden war restlos weggebrochen.

Ich kniete mich auf die Türschwelle, um vorsichtig ins Zimmer darunter zu spähen. Auf dem schmalen Bett, zwischen den bunt bemalten Wänden, schliefen sie, die Frau mit den langen bunten Haaren und der Mann, der sonst immerzu Schwarz trug, beide nackt und trotz der Hitze eng ineinander verschlungen. Ich streckte mich aus und legte die Wange auf meinen Handrücken. Ich lauschte auf ihr ruhiges Atmen, das mir ihre Schläfrigkeit in die eigenen Augen wehte. Langsam schob ich ein kleines Steinchen mit der Fingerspitze immer näher an die Kante, bis es fiel. Ein einziger klarer Trommelschlag in der Mittagsstille. Ich rutschte ein Stück zurück. Die Frau sagte etwas, behutsam, mit hoher Stimme, viel zu leise, als dass ich es hätte verstehen können, sie sprach und hörte nicht mehr auf. Vielleicht hatte sie gar nicht geschlafen, sondern nur lang und gründlich nachgedacht. Der Mann seufzte in unregelmäßigen Abständen, auch er begann wach zu werden und hörte ihr zu. Sie wunderte sich über das Zimmer, worüber sonst sollte sie sprechen: Dass wir ausgerechnet in dieser winzigen Zelle gelandet sind, wer oder was hat uns gerade hierher verpflanzt, wie kann es denn sein? Sie drehte dem Mann ihr Gesicht zu. Aus seinen halb geöffneten Augen blickte er auf die vier Beine, die sich als reglose Dünenlandschaft über das knittrige Laken erstreckten. Dieselbe kindliche Gottheit, die alle Menschen wie Puppen in Häuser steckt und ihnen einflüstert, was sie zu sagen, zu tun und zu lassen haben. Die Frau blickte auf seinen Mund, ließ ihn reden. Als er wieder schwieg, rückte sie so nah an ihn heran, dass ihre Lippen bei jedem Wort sein Ohr berührten: Unter dieser grauen Zimmerdecke, die so fern, in doppelter Höhe, über uns hängt, fühle ich mich verloren wie am Grund eines ausgetrockneten Brunnens, ich will nicht aufhören, die Wände zu bemalen und sie immer bunter und weiter zu machen, sie sollen hinter meinen Bildern verschwinden, bis sich die Landschaft, die ich in meinen Träumen durchschreite, über die ganze Stadt ausbreitet und es keine Mauern, keine Häuser, keine Zimmer mehr geben wird, die Menschen werden unter fünf kleinen Sonnen, die mit ihren roten, blauen, grünen, lilafarbenen und weißen Strahlen die Zeit in so viel mehr als nur Tag und Nacht einteilen, miteinander leben wie Geister friedlich Verstorbener; die Welt wäre untergangen, aber wir Menschen hätten überlebt. Die Frau murmelte in das Ohr des Mannes, und ihre Stimme verschmolz mit den leisen Geräuschen des Hauses.

Schnelle Schritte tappten den Flur hinunter. Ich wollte mich aufrichten, aber Lilly stand schon über mir, bohrte ihr Knie in meinen Rücken, um mich am Boden zu halten. Sie rief etwas zu den beiden hinunter, die aufblickten, Lilly zuwinkten und auch mich entdeckten. Sie sahen, wie ich den roten Kopf zwischen die Schultern zog und mich langsam rückwärts zwischen Lillys Beinen hindurch, außer Sichtweite schob. Lilly erzählte etwas, lachte, kicherte, drehte sich auf einmal zu mir um und drohte mit dem Zeigefinger.

»Let's play outside«, sagte sie und lief, ohne eine Antwort abzuwarten, voraus.

Selbst an uns hatten die Besetzer gedacht und uns einen einzigartigen, aus Schrott geborenen Spielplatz gebaut. Sie hatten eine ausgeschlachtete Ente auf Stelzen gehoben, aufs Wagendach riesige Flügel montiert, die Türen rausgebaut. Wenn wir gegen einen Baum, einen Wolkenkratzer oder gegen irgendein anderes wirr herumfliegendes Ufo rammten, konnten wir uns über die Rutsche, die vom Beifahrersitz aus in einen extra angekarrten Sandhaufen führte, retten. Die helle Narbe, die bis auf meine vom Vergessen zerfressenen Erinnerungen mein einziges Andenken an die Kleine Hamburger geblieben ist, verdanke ich einzig diesem Spielplatz: Kopfüber war ich die Rutsche hinunter in den grauen Sand geschlittert, hinein in eine dunkelgrüne Scherbe, die mir eine winzige Tür in den rechten Handballen schnitt.

Im Badezimmer habe ich sie auf- und wieder zugeklappt und das knallrote Innere meines Körpers bewundert. Bis meine Mutter das Blut abtupfte, mir einen Verband um die Hand wickelte und die Wunde im Verborgenen zu verheilen begann.

Hinter einer dicken Maske, im Augenschlitz schwarzes Glas, arbeitete der Schweißer an einem Netz unentwirrbarer Verstrebungen, mit denen er das große Schaufenster im Erdgeschoss verbarrikadierte. Er stand mitten im Funkenflug, über das grelle Licht wie über einen brennenden Stern gebeugt. Nachdem wir einige Sekunden zugesehen hatten, erlosch der Stern, der Schweißer klappte seine Maske hoch.

»Nie ins Licht schauen«, sagte er und funkelte uns mit seinen stahlblauen Augen an.

»Sonst wirst du blind«, flüsterte Lilly.

Als ich fragte, warum die Fenster solche Gitter brauchten, zog er die Maske wieder übers Gesicht.

»Wegen Faschos und so«, antwortete er noch und machte sich zurück an die Arbeit.

»Yes, wir sind im Krieg«, sagte Lilly ernst. Dann hüpfte sie hinter den Schweißer, schlängelte ihre Arme um seinen Rumpf und presste ihre Wange an seinen verschwitzten Rücken. Sie war in ihn verliebt, wie sie sagte, aber Lilly liebte sie alle, manchmal sagte sie selbst zu mir: »*Hey Love*«, was mich verstummen und versteinern ließ.

»Haut ab, spielt«, rief der Schweißer und schüttelte seine breiten Hüften.

Anton saß längst am Steuer, Lilly und ich zwängten uns auf den Beifahrersitz, dann brausten wir los, ich warf meine Hände in die Luft und griff in den Fahrtwind, der mir durch die Finger strömte.

Im Winter 1991 oder 1992 oder 1993, vielleicht war es auch 1994, wer weiß das schon so genau, 1991 ist, deshalb bleibe ich dabei, die schönste dieser Zahlen, im Winter 1991 also geschah etwas Erstaunliches. In einer eiskalten Nacht, einer *sibirischen* – die Ofenklappen aller drei Öfen glühten und zischten, wenn wir dagegen spuckten –, wuchs der Kleinen Hamburger Nr. 5, ihrer alten Kriegsfassade, ein neues Gesicht. Als wir am frühen Morgen, es war ein Wochentag, ein Schultag, aus unserem Haus traten und müde ins graue Dämmerlicht stierten, zog es mich plötzlich, als hätte ich die besondere Kälte da bereits gespürt, nach rechts, zur Sackgasse.

Anton kratzte mit den Fingernägeln ein Gittermuster auf die vereiste Windschutzscheibe eines Pkws, stupste mit der Schuhspitze einen gefrorenen Haufen Hundekot in die Mitte des Fußwegs. Als ich an der Kreuzung stehen blieb und mich nicht rührte, rief er mit schläfriger Stimme: »Was denn los?« Aber da war ich schon hinter der Ecke unseres Hauses verschwunden. Wie er dann hinterhergelaufen kam, anscheinend stolperte und nach meiner Schulter griff, sich gerade noch halten konnte, irgendwelche erstaunten Worte stammelte, alles das erreichte mich nur noch aus weiter Ferne.

Die Kleine Hamburger hatte sich vollkommen verwandelt,

zumindest war sie vollkommen verborgen. Von der gegenüberliegenden Bordsteinkante aus blickten wir auf ein grelles Gebilde aus Eis. Panik, dass etwas Schreckliches passiert war, blitzte auf, erlosch und stieg als neugierige Hitze wieder in mir auf. Meterlange baumdicke Zapfen schraubten sich die Stockwerke hinunter, eingebettet in ein zartes Geäst aus fingerdicken Zapfen, die bunt waren wie Blütenblätter, grün, rot und dunkel-blau. Antons Hand glitt von meiner Schulter, als ich mich langsam, in einen Sog geraten, auf diese uns völlig unbekannte Kleine Hamburger Nr. 5 zubewegte.

Das Eis schien von innen her zu leuchten, heller als der Tag. Ich blinzelte diesen rauschend in die Tiefe stürzenden Wassermassen entgegen, die im freien Fall erstarrt waren. Aber nie hatte ich das Haus lebendiger erlebt. Das Eis glitzerte wie tausend Augen, die lebhaft ihre Umgebung bewunderten, und ein untergründiges Knistern und Knacken, ein stetes Tropfen war von überall zu hören, eine sprechende Musik, die ich nicht verstehen konnte. Immer lauter wurde dieses klirrende Glockenspiel.

Als ein Schatten durchs Eis schnellte, schrak ich auf. Kaum drei Meter war ich noch vom Haus entfernt. Ich wollte mich schon umdrehen und sehen, wo Anton geblieben war, da spürte ich vom Eis her einen Windhauch auf meinem Gesicht. Ein dunkler Fleck schwebte in der Tiefe, der schwärzer und größer wurde, je näher er der Oberfläche des Eises entgegentrieb: das Auge eines Riesen, wie eine Naturgewalt schaute es mich an, stumm und ausdrucksleer wie ein Stein. Doch es hielt mich fest, wendete mich hin und her, begann, unaufhaltsam in mich vorzudringen. Mein bisschen Vergangenheit, die horizontlose Zukunft, ja mein ganzes im Entstehen begriffen noch völlig gestaltloses Wesen lagen vor diesem urigen Auge offen zutage. Ich glaube nicht, dass ein Urteil gefällt wurde oder eine Prüfung vollzogen, es war ein Auge ohne Sprache. Schwere Lider senkten sich, und das Auge verschwand im Schatten eines geisterhaften Wals; einen Moment lang schwebte dieser Koloss noch vor mir, schon schoss er davon, warf sich mit einem gewaltigen Flossenschlag zurück in die Abgründe, aus denen er vielleicht das erste Mal an einem derart ungewöhnlichen Ort aufgetaucht war. Ich streckte meine Hand aus und legte sie auf die gefrorene Haut seines Ozeans. Einige Sekunden umhüllte mich angespannte Stille, dann erreichte mich ein fernes, erlösendes Beben, das aus mir selbst zu dringen schien, dumpf und schwer, der Herzschlag des Wals.

»Lilly!«, kreischte Anton.

Wie aus dem Eis selbst kam sie aus dem Haus gesprungen, stand da zwischen meterhohen Zapfen, die sich in die Erde bohrten, unsere Eisprinzessin, funkelte mit ihren bernsteinfarbenen Augen, Raureif im Haar; fassungslos starrte ich sie an.

»He«, rief sie, beugte die Knie und leckte am grünen Eis. Sie streckte uns ihre Zunge entgegen und wackelte mit der Hüfte – das ganze eiszeitliche Ungetüm war für sie nichts weiter als ein großartiger Scherz.

Ich versuchte, Lillys Lachen zu erwidern, öffnete und schloss aber nur lautlos die Lippen, auch von Anton war kein Wort zu hören. Als wir uns nach einigen Sekunden noch immer nicht rührten, verlor Lilly die Geduld, sie rannte auf mich zu, packte mich an den Schultern, »*Come on*«, befahl sie und schubste mich zum Haus.

»Los, los los«, lotste sie uns unter dem Eis hindurch, die Treppen hoch in den obersten Stock, um uns die Schläuche zu zeigen, die dort überall aus den Fenstern lugten. Aus abgeschnittenen dunkelgrünen Gartenschläuchen war Tropfen für Tropfen dieses Wunderwerk gewachsen. Entsetzt blickte ich Lilly an, sie zuckte nur mit den Schultern. Die Daumen hinter die Riemen seines Ranzens geklemmt, drückte Anton seine Stirn ans glänzende Eis. Ich schüttelte mir die Fausthandschuhe ab, hielt meine Hände unter einen der Schläuche, wartete, bis sich eine Pfütze gesammelt hatte, und schlürfte sie auf.

Schon drei oder vier verirrte Frühlingstage später, noch mitten im Winter, schmolz das Eis. Die riesigen Zapfen verloren an Halt, zerschellten auf den Granitplatten des Bordsteins, rissen auch die letzten Reste von Putz und Schmuck von der Fassade, ganze Fenstersimse waren unter ihrer Last gebrochen und stürzten nun ab. Die Nachbarschaft empörte sich über diese himmelschreiende, schlicht fahrlässige Dummheit, von der man eben noch als Kunstwerk gesprochen hatte, und unsere Eltern verboten uns, der Kleinen Hamburger auch nur nahe zu kommen. Als wir am Nachmittag trotz des *lebensgefährlichen Steinschlags* zur Kleinen Hamburger zurückkehrten, war das Haus zerschundener denn je, eine schrundige Wunde in allen Abstufungen von Grau. Bis aufs Mauerwerk hatte das Eis die Hauswand abgeschürft und jegliche Spur von Ornament und Stuck weggesprengt, die Fensterbänke waren verstümmelt, und alles triefte von modrigem Schmelzwasser. Wir taumelten mit eingezogenen Köpfen die Bordsteinkante entlang, schlichen hinüber zur Ente. Anton pochte zittrig mit den Fingerknöcheln auf das Blech der Rutsche, er schaffte es kaum, den Kopf zu heben. Verstohlen spähte ich zu den Fenstern, auf denen der Dreck dichte Schlieren zog. Einige standen offen, Lilly hätte uns hören können, aber weder Anton noch ich fanden den Mut, nach ihr zu rufen. Nach einer Weile kam sie trotzdem aus dem Haus, sah zu uns herüber mit scheuen Augen, rief etwas, *deutsche Kälte* hörte ich und *Fuck*, dann lief sie in Richtung Torstraße weiter.

Das Haus glotzte gleichgültig, ein trostloses Labyrinth, das uns ausgespien hatte, kurz nachdem sich mir das Ziel unserer kreiselnden Streifzüge zum ersten Mal offenbart hatte. Von Angesicht zu Angesicht hatte ich dem gewaltigen Etwas gegenübergestanden, das im Chaos der Kleinen Hamburger schlummerte. Ich hatte seinen Herzschlag gespürt. Jetzt war es verschwunden, vom Erdboden aufgesaugt, in den Pfützen spiegelte sich nur der graue Ozean des Himmels.

Seltsam leer, erschöpft und wie betäubt tappten wir zurück und schafften es gerade mal bis zum verwaisten Eckladen, auf dessen Eingangsstufe wir niedersanken. Wie lange wir dort hockten, ließ sich von keiner Uhr ablesen. In dichtem Nebel und vollkommener Windstille saßen wir auf dem Sitzbrett eines winzigen Ruderboots, kein Laut war zu hören, kein Licht blinkte, seit Tagen hielt ich meine selbst gebaute Angelrute, ein krummer Stock, ein zu kurzes Stück Sehne, ein stumpfer Haken, ins schwarze, regungslose Wasser.

Wie wir letztlich an unsere Haustür gelangten, weiß ich nicht mehr. Langsam lichtete sich der Nebel, ein goldener Punkt blitzte auf, der Kopf einer Reißzwecke; kaum hatte ich die Notiz abgerissen und die ungelenk hingeschmierten Buchstaben entziffert, schöpfte ich wieder Mut. Lillys Geburtstag. Eine Einladung. Ein Ziel vor Augen. Zurück in die richtige Spur, hoffte ich, unbeirrbar.

Nur einen Spalt weit öffnete Lilly die schwere Tür und ließ uns ins Dunkel herein. Als wir zu einem Geburtstagsständchen anhoben, rannte sie davon, wir schlichen unschlüssig hinterher. Den Strauß Blumen, den wir im Blumenladen wählerisch zusammengestellt hatten, nahm sie an, flüsterte: »Vielen Dank«, wie eine ihrer Vokabelübungen, und versenkte ihn in einem Plastikeimer in einem Rest trüben Wischwassers.

Sie zog sich einen Barhocker an den Küchentisch, verstreute ihre Buntstifte über die Tischplatte und starrte auf ein weißes DIN-A4-Blatt, bis sie hektisch loskrakelte, mit ausdruckslosem Gesicht.

Ich sah zu Anton, wollte ihm schon eine Frage zuflüstern, so schnell und undeutlich, dass Lilly sie nie verstanden hätte, aber er erwiderte meinen Blick derart unbeeindruckt, dass ich es bleiben ließ. Als hätte er nichts anderes erwartet, zwängte er sich hinter den zusammengeschraubten Küchentisch und begann, in Lillys Stiften zu scharren.

»Lilly, don't you want to …«

»You've seen it all«, unterbrach sie mich.

Ich konnte es nicht glauben. Ohne sie aus den Augen zu lassen, wankte ich rückwärts zum Fenster, stieß gegen das Fensterbrett. Selbstvergessen saß Lilly über ihrem Norm-Papier, kritzelte, radierte, pustete die Gummiflocken vom Blatt.

Anton blickte kurz auf, als wollte er sehen, ob ich noch da bin.

We don't have time for this shit, reimte ich mir Wort für Wort zusammen und lief zurück an den Tisch … Lilly trank Tee, ohne von ihrem Blatt aufzusehen. Anton kaute auf dem Ende eines Buntstifts herum, fixierte die wenigen Striche, die wohl der Anfang von etwas Großartigem sein sollten. Ich pendelte zurück zur Fensterbank und wieder zum Küchentisch.

»You've seen it all«, wiederholte Lilly, während sie einem Berg Ohren malte.

Ich sah auf ihr Blatt, auf den unförmigen Hasen, und beobachtete, wie sie in kratzigen Großbuchstaben *Bunny* über seinen Kopf schrieb. Vielleicht hätte der winzige Raum, in dem wir uns da schon auf Englisch und Deutsch, mit Hand und Fuß verständigen konnten, gereicht, um zu fragen, woher sie eigentlich kam, ob sie bald schon wieder dorthin zurückgehen würde, wieso sie überhaupt hier war? Ich habe aber, soweit ich mich erinnere, nie versucht, irgendetwas über sie herauszufinden. Sie war Lilly aus der Kleinen Hamburger Nr. 5, und alles, was darüber hinausreichte, lag jenseits meiner kindlichen Vorstellungskraft.

Lilly malte dem Hasen einen Mund, einen aufsteigenden Bogen, plötzlich sah sie mich an und lächelte. Es war, als würde ich auf eine unscharfe Fotografie eben des Mädchens schauen, das mich im letzten Sommer mit braunen Augen auf dem Balkon der Besetzer angestrahlt hatte.

»*I'm sorry, I just don't like* Geburtstage«, sagte sie.

»*Yes, me too*«, antwortete ich.

»Red keinen Scheiß«, nuschelte Anton.

»Fick dich«, zischte ich zurück.

Lilly blickte fragend erst ihn, dann mich an. Anton malte Blütenblätter rot aus, ich pendelte zurück ans Fenster. Zwei Kinder standen gegenüber am Bordstein und sahen sich ungläubig unseren Spielplatz an. In ihren aufgeplusterten Winterjacken, mit ihren Pudelmützen und ihren erstaunt glotzenden Kinderaugen ähnelten sie Astronauten, die durch die gekrümmten Scheiben ihrer kugelrunden Helme die Oberfläche des Monds bewunderten. Vorsichtig betraten sie die graue, von Kratern übersäte Sandfläche, tasteten sich voran zum Rand der Rutsche des unbekannten Flugobjekts, krabbelten ungeschickt hinauf, zwängten sich hinters Steuer und rauschten davon – eine Zeit der Rückschläge hatte begonnen.

Eines Morgens fand mein Vater unser Auto verwüstet vor. Er hatte in der Linienstraße vor einer *Besetzerbude*, wie es jetzt fast durchgängig hieß, geparkt. Aus einem der Fenster im ersten, zweiten oder dritten Stock musste ein zentnerschwerer Müllsack direkt auf das Dachfenster unseres nagelneuen Japaners geflogen sein. Das Dach war eingedrückt, das Dachfenster rausgeplatzt, Kaffeesatz, Joghurtbecher, ausgepresste Zitronen, Zigarettenstummel hatten das Innere überschwemmt. Mein Vater war traurig und wütend, erschlagen und aufgebracht, auf Knien hockte er vor der offenen Beifahrertür und klaubte den Müll auf. Ich kam gerade die Straße hinuntergelaufen, als einer der Besetzer aus dem Haus trat, sich streckte, lauthals gähnte, bis er meinen Vater sah und mit kratzig matter Stimme rief: »Sag mal?«

Mein Vater blickte auf.

»Hast 'ne Zigarette?«, fragte der Besetzer.

Es dauerte, bis mein Vater überhaupt verstand, was er da gehört hatte. Dann zerdrückte er langsam die Bierdose, die er gerade unter dem Gaspedal hervorgezogen hatte. Seine Augen weiteten sich, auf seinen Wangen leuchteten dunkelrote Flecken auf. Seine Atmung stockte … aber die Wut bekam er nicht heraus. Mit einem Seufzer sog er sie in sich zurück, die Augen verengten sich. Bis sie von Neuem anrollte, immer wieder, Welle auf Welle. Wut ließ sein Gesicht entflammen und wieder erblassen. Zuletzt krümmte sich sein Rücken, und mein Vater blickte zu Boden, die Hände zu Fäusten verkrampft. Es war nicht mit anzusehen. Mit keinem Wort, keinem Blick schleuderte er dem Besetzer seinen Zorn entgegen. Stumm wandte er sich dem Wageninneren zu, zupfte einen Teebeutel zwischen Beifahrersitz und Handbremse hervor und schwenkte ihn in den Müllsack vor seinen Füßen – das Dach war bald repariert, der Gestank verflogen, der Zauber des Neuwagens war jedoch ein für alle Mal dahin, von nun an hasste mein Vater den Mitsubishi, *die olle Dreckskarre,* und begann, von einem fabrikfrischen Honda Accord zu träumen.

Der Besetzer schaute mich an. Und ich hielt seinem Blick stand, obwohl da nicht viel war, dem ich standhalten musste: Seine Augen in den schattigen Höhlen schienen durch mich hindurch in trübe Luft zu stieren, seine Haut schimmerte grau, über den kantigen Wangenknochen beinahe weiß, die Haare klebten wie nasses Gras an seinem Gespensterkopf. Auf einmal verzog sich sein papierenes Gesicht zu einem Grinsen.

»Da guckste, was?«, sagte seine erschöpfte Stimme.

Mit schlackernden Schritten bewegte er sich an meinem Vater vorbei, zwinkerte mir aus der höflich grüßenden Grimasse zu; jetzt erkannte ich ihn, es war Bernardo, der mich einst im Hinterhof der Kleinen Hamburger willkommen geheißen hatte.

Auch der nächste Rückschlag endete im selben sumpfigen Hinterhof.

Seit einigen Monaten hatten wir einen schwarz-dunkelgrau gescheckten Hasen, den wir auf den Namen Hansi getauft hatten. Unsere Eltern hatten ihn unter dem spärlich gedeckten Geburtstagstisch hinter der tief hängenden Tischdecke versteckt. Zuerst war die Freude überlebensgroß gewesen, Hansi unser neues Lieblingstier, doch unvermeidlich und schneller als gedacht war er an den Rand unserer Tage abgedriftet, bis wir uns nur noch selten und nur für kurze Augenblicke zu ihm hockten, nicht einmal die Käfigklappe mehr öffneten, um ihn mit den Fingerspitzen im Nacken zu kraulen, kaum eine Kniebeuge lang blieben wir noch bei ihm, ein Blick genügte. Hansi mümmelte an altem Gemüse, verkroch sich unter die tiefen Schichten der Sägespäne oder floh in seinen wattegestopften Schuhkarton. Der Käfig war seine Spielwiese, nicht unsere.

Trotzdem war er uns nicht gleichgültig. Als unser Vater fragte, ob wir Hansi zurückgeben wollten – der Tierhändler habe es ihm exakt für diesen Fall angeboten –, protestierten wir leidenschaftlich. Hansi musste bleiben. Und im Grunde hatte unser

Vater nichts dagegen. Als Kind hatte er selbst eine Zeit lang einen Hasen gehabt, in einem geräumigen Stall draußen im Hof, hatte ihm das Heu gewechselt, Löwenzahn gepflückt, die Wasserschale an der Pumpe ausgespült und nachgefüllt, bis er ihn, genau wie wir Hansi, innerhalb weniger Tage aus den Augen verlor. Eines Sonntags, als seine Mutter ihm den Hinterlauf des Hasenbratens auf den Teller legte, teilte sie ihm beiläufig zwischen die Sätze geschummelt mit, dass dies *übrigens* sein Hase sei.

»Übrigens«, antwortete mein Vater, als ich ihn später einmal darauf ansprach, dass Hansi für ihn ja sicherlich eine Art Ersatz für diesen ersten, ihm so fürchterlich abhandengekommenen Kindheitshasen gewesen sei, »habt ihr dem Hasen nie einen Namen gegeben, ihr habt ihn schlicht ›Hase‹ genannt. Ich war es, der sich erbarmt hat, und habe ihn ›Hassan‹ getauft, und zwar ›HASSan‹, weil ich es so gehasst habe, dieses Tier, das keiner wollte. Der Händler hatte sich geweigert, es zurückzunehmen. ›Wo käme ich da denn hin?‹, hat er mich abgewimmelt. In alle Ecken unserer Wohnung hat HASSan geköttelt, und ich, nur ich, habe sie alle einzeln wieder aufgekehrt, als wären es heilige Bohnen. HASSan war der Schlimmste. Einen Hansi hat es nämlich schon gegeben, so hieß das Streifenhörnchen oder euer Meerschwein oder dieses kurzlebige Chinchilla oder eine der sich so zahlreich vermehrenden Mäuse oder war Hansi der Hamster? Nie wollte ich diese ganzen Kriech- und Nagetiere, die jämmerlich verreckt wären, hätte ich mich nicht gekümmert, so ist es gewesen, so und nur so.«

Doch Hansi war unser Hase, und daran war nicht zu rütteln, aber wir wussten eben nichts mit ihm anzufangen und er ja auch nicht mit uns. Er liebte sein kleines Hüttchen, liebte seinen Salat, liebte frische Sägespäne, liebte die Stimme unseres Vaters, der sich manchmal zu ihm setzte und mit ihm sprach. Er liebte es nicht, angestarrt, herausgehoben und gestreichelt zu werden, liebte es nicht, kleine Hütchen zu tragen.

Doch als Ostern näher rückte, geriet Unruhe in Hansis friedvolle Existenz unter den Sägespänen.

Wir wollten über die Osterferien ins Dorf meiner Oma fahren, ein kleines sächsisches Dorf an der Mulde, in dem mein Vater blondgelockt und fröhlich aufgewachsen war – wahrscheinlich sollte ich versuchen, später auf die Reisen in die Heimatorte meiner Eltern noch zurückzukommen, für alle Fälle sei aber so viel schon einmal gesagt: Während dieser Reisen entwickelte sich das, was ich als meine Familie bezeichnen würde. Dort entstand und lebte dieses ominöse Ganze, das wir, wenn uns die Umstände nur lang genug aneinanderfesselten, bilden konnten, meine Eltern, meine beiden Brüder und ich. Wie eine einzige Person mit vielen Mündern, Augen und Händen, mit vielen Launen, Gedanken und Stimmen, als ein einziges Familienmonstrum würden wir uns durch die urvertraute Landschaft des Rochlitzer Bergs bewegen. Es war ein Weltensprung, wenn wir gen Muldental fuhren, der Familienwagen unser Wurmloch.

Bevor es jedoch losgehen konnte, stellte sich die Frage, was in der Zwischenzeit mit Hansi geschehen sollte. Im immer noch süßsäuerlich stinkenden Mitsubishi fehlte der Platz, ihn mitzunehmen.

»Wir könnten den Nachbarn einen Schlüssel geben«, warf meine Mutter ohne jegliche Überzeugung in die Runde. Mein Vater seufzte nachdenklich, wir sagten gar nichts dazu. Der Unwille, mehr oder weniger bekannte Menschen, geschweige denn fremde, in die eigene Wohnung zu lassen, hatte sich wie eine Erbkrankheit von unseren Eltern, die zumindest den offenkundigsten Spitzel im früheren Freundeskreis zielsicher erahnt hatten, auch auf uns übertragen.

»Und wenn du ihn zu Simon bringst?«, fragte meine Mutter, sah mich an und wartete.

Wie ich diese weltfremde Vernunft, der sie sich mitunter so leichtfertig bediente, verabscheute: Hansi war nicht für Simons Zuhause gemacht, was nicht allein an Cäsar lag. Auch Simon war nicht der Richtige, seit einer Ewigkeit hatte ich ihn nicht mehr gesehen. Ich blickte zu Anton, der alte Hanuta-Aufkleber von der Küchenbank kratzte, hoch konzentriert, als hätte er einen Auftrag zu erfüllen. Hansi musste … haltsuchend sah ich mich um, schloss die Augen, Hansi …

»Zu Lilly«, sagte ich, und ein prickelnder Schauer rauschte mir durch den Körper.

Mein Vater schob die Unterlippe vor, meine Mutter musterte mich schweigend – der Ruf der Besetzer hatte deutlich gelitten.

»Die freut sich, hat letztens erst von Hasen geschwärmt, genau das Richtige, ein waschechter Osterhase, als Belohnung: Schokoeier«, stammelte ich mein Plädoyer.

»Warum nicht?«, war alles, was Anton dazu sagte.

Ungeduldig wippte ich von einer Pobacke auf die andere, während meine Eltern noch zögerten, und malte mir insgeheim ganz andere Pläne aus. Ich war dem Geheimnis der Kleinen Hamburger, und ja, auch Lilly, keinen Schritt mehr näher gekommen; jetzt würde ich Hansi losschicken, er würde mein Agent sein. Niemand war besser geeignet, sich unmerklich bei den Besetzern einzuschleichen und heimlicher Zeuge ihres Lebens zu sein, so wie es stattfand, wenn keine Außenseiter wie wir zugegen waren. Und später, wenn wir ihn zurückholten, würde sich mir durch Hansi etwas mitteilen, eine Ahnung vom Ganzen, vom großen Verborgenen, das ich hinter der eisigen Fassade, hinter den bunt bemalten Wänden und in den verschachtelten Wohnungen gespürt hatte. Mit solchen vagen Hoffnungen machte ich mich schließlich auf den Weg zu Lilly, um zu fragen, ob sie einverstanden sei.

»Ja klar«, sagte sie und erwiderte meinen erwartungsvollen Blick mit einem Schulterzucken.

Am Abend vor der Abreise trugen wir Hansi dann in seinem Käfig über die Straße. Lilly, die uns erwartete, zeigte uns, wo wir ihn abstellen sollten. Sie hatte einen Platz unter einem Fenster freigeräumt, ein kleines Büfett aus Möhren und Salatblättern und einer Flasche Wasser aufgebaut.

»Na dann, gute Reise«, sagte sie, als wir noch am Käfig hockten, um zu sehen, ob Hansi sich aus seinem Verschlag heraustrauen würde.

»Danke«, antwortete ich, stand auf und blickte Lilly an.

»Ja, ja«, sagte sie, trat plötzlich auf mich zu, um mich mit einem abschließenden Schulterklopfen zu umarmen.

»*I see you around*«, rief sie uns ins Treppenhaus hinterher.

Schon als wir an der menschenleeren Zuschauertribüne vorbei auf die AVUS jagten, hatte ich Lilly, Hansi, die Kleine Hamburger, die Besetzer, unser Viertel vergessen. Jetzt waren wir unterwegs, verließen Zeit und Raum; auf dem Rücksitz eingekeilt zwischen meinen Brüdern starrte ich geradeaus, bis das Surren des Motors und die leichte Vibration mich immer schläfriger machten. Antons Kopf sackte gegen meine Schulter, Johann lehnte sich gegen die Scheibe der Seitentür, mein Kopf sank langsam vorneüber, zuckte hoch, sank, zuckte, ab und auf. Und erst als wir Tage später zurück in die Zielgerade einbogen, auf den Funkturm zu, ich allmählich erwachte, begann ich mich erneut an Lilly und Hansi zu erinnern, an das besetzte Haus am Ende der Sackgasse, die rostige Ente mit den schmalen Flügeln, den grauen Sand. Stadtteile flogen vorbei wie fremde Länder, ich konnte es jetzt kaum erwarten, in unser Viertel zu kommen, in unsere Straße. Von Ampel zu Ampel brauste uns der trockene Frühlingswind durch die heruntergekurbelten Fenster in die Gesichter. Instinktiv wippten wir mit den Köpfen zum fatalistischen Techno, der aus einem glitzernden Wagen auf der Nebenspur herüberschmetterte. Mit langem, kraftvollem Anlauf schraubte sich das Gemenge aus Melodiefetzen, vereinzelten Piepstönen, blechernen Klangfolgen und dem eisern hämmernden Bass zum finalen Höhepunkt hinauf, der in einem metallischen Knall wie Gischt an einem Felsen zerstob und den Raum einer neuen, leise knisternden Spur von Tönen überließ. Es war eine verheißungsvolle Einfahrt in die große Stadt, über der gleichmütig die silbrige Kugel des Fernsehturms thronte.

Die Räder schrammten am Bordstein entlang, der Motor wurde abgewürgt, die Gurte surrten zurück. Als wären wir seit Wochen in dieser engen Kiste gefangen gewesen, rissen wir die Türen auf und setzen Fuß auf die vertrauten Gehwegplatten. Ich lief los, hörte noch, wie mein Vater rief: »Erst das Auto ausräumen …«, und bog um die Ecke.

Wie der Frühling selbst ragte die hohe Front der Kleinen Hamburger Nr. 5 vor mir auf, erblüht in allen erdenklichen Farben, Schattenmenschen tanzten auf orangem Grund, die grimmigen Masken des Schweißers grinsten, Hieroglyphen, Symbole und Zeichen warteten darauf, dass jemand ihnen Bedeutung verlieh, und unter dem Dach leuchteten drei riesige Sonnen wie göttliche Augen. Als gigantischer Totempfahl hatte sich das Haus aus seiner Wintererstarrung befreit, eine Aufmunterung für Lilly, ein verheißungsvoller Wink für meinen Bruder und mich, eine Ablenkung für die ernsten Fußballer, die jeden Sonntag durch die Sackgasse anrückten, in der nie totzukriegenden Hoffnung, das entscheidende Tor zu schießen, und eine laute

Kampfansage an all die düster sterbenden Fassaden unseres Viertels.

Ich trommelte gegen die Tür, lief zurück in die Mitte der Straße, um nach Lilly zu rufen. Hinter den Fenstern zeigte sich niemand.

Anton kam angerannt und fragte mich, warum denn keiner aufmacht. Als ich ratlos den Kopf schüttelte, begann er an der Tür zu rütteln und mit der Fußspitze zu pochen. Endlich waren Schritte aus dem Inneren zu hören, jemand näherte sich, langsam, viel zu langsam, Lilly konnte das nicht sein. Ein dünnes Besetzergesicht zwängte sich in den Türspalt, schaute uns an und rätselte, wer wir waren. Aber auch wir hatten diesen Menschen noch nie gesehen.

»Wir wollen zu Lilly«, sagte Anton.

»Lilly«, wiederholte der Besetzer, »nee, die is nicht da, weiß nich, wo, was wollt ihr denn?«

»Unseren Hasen«, platzte ich heraus.

»Ach so, ja, der steht in der Küche, könnt ihr holen«, sagte er und verschwand ins Innere.

Zurück im Wohnzimmer, an seinem angestammten Platz, war es mein Vater, dem es als Erstes gelang, Hansi mit einem Stück Zwieback und leiser brummender Zurede aus seinem Schuhkarton, in dem er sich zwischen Watte, Pappe und Sägespänen vergraben hatten, herauszulocken. Hansi schnupperte misstrauisch an den Fingern meines Vaters, seine Augen glänzten feucht, und dicke Tropfen Schlafsand hingen in den Augenwinkeln. Mein Vater zupfte ihm vereinzelte Sägespäne aus dem Fell, strich ihm mit den Fingerspitzen über den Kopf und grummelte skeptisch: »Mein Guter, mein Guter.«

Auch in den nächsten Tagen war Hansi selten aus seinem Versteck zu bekommen. Lustlos hockte er dann an seinem Napf, mümmelte unendlich langsam und ließ sich ungewohnt geduldig streicheln; vielleicht fehlte ihm einfach die Kraft wegzulaufen. Er war wortkarg, wenn ich das so sagen kann, das lauteste Geräusch, das er regelmäßig von sich gab, war ein abruptes Niesen. Und eines Morgens, ohne letzten Kampf, ohne Aufschrei, war es endgültig aus mit ihm. Mein Vater drehte den Schuhkarton, unter dem er gut gepolstert lag, vorsichtig um, streute noch eine Handvoll Sägespäne über den leblosen Körper und klappte einen Deckel drauf, dann drückte er ihn meiner Mutter in die Hand.

»Das machst du jetzt«, sagte er und ließ uns mit dem toten Hansi allein.

Meine Mutter wog den Karton unschlüssig in der Hand, sie zog die Augenbrauen hoch, seufzte, doch bevor sie etwas von »Mülltonne oder so« sagen konnte, bestimmte ich: »Wir brauchen ein Kreuz, dann bringen wir ihn rüber in den Hof der Kleinen Hamburger, da können wir ihn begraben.« Anton nickte und stellte keine Fragen. Auch meine Mutter richtete sich tief einatmend auf und sagte: »Also dann.«

Aus einem entzweigesägten Besenstiel bauten wir ein einfaches Kreuz, tranken dann jeder ein Glas Wasser, das meine Mutter uns der Reihe nach am Hahn nachfüllte. Sie ging noch schnell aufs Klo, während wir im Flur warteten. Als die Spüle rauschte, öffnete ich schon einmal die Wohnungstür, meine Mutter rief: »Ja, ja, ich komm ja schon«, dann mussten wir noch auf Anton warten, der in seine Schuhe nicht hineinkam, weil die Schnürsenkel zu fest verknotet waren. Mit Gewalt zwängte er sich schließlich rein, klemmte sich das Kreuz unter den Arm und legte sich den Spaten über die Schulter. In Dreierprozession machten wir uns auf den Weg, Anton am Schluss, unsere Mutter, die den Pappkarton trug, in der Mitte, ich lief voran.

Die Tür zur Kleinen Hamburger sprengte ich mit einem entschiedenen Fußtritt, wie es der breitschultrige Außerirdische nicht im Traum geschafft hätte. Den überrumpelten Besetzergestalten, die ängstlich die Treppe heruntergetippelt kamen, rief ich entgegen: »Hier hat er sich den Tod geholt, hier soll er begraben sein.«

Als wir auf den Hinterhof herauskamen, stand Bernardo schon bereit, genau an der Stelle, wo ich den Holzscheit im Kühlschrank gefunden hatte. Wie er da zwischen den dürren Birken stand, mit seinem bleichen Gesicht, den öligen Haaren, den hängenden Schultern, den schlammverschmierten Stiefeln, verkörperte er den Totengräber besser, als es ein Totengräber je getan hatte. Anton übergab ihm den Spaten, und Bernardo machte sich wortlos an die Arbeit, Spatenstich auf Spatenstich, eine kleine Grube genügte völlig. Das Kreuz sackte in die Erde wie ein Wanderstock ins Moor.

Bernardo ließ sich auf die Knie sinken, streckte meiner Mutter seine dürren Hände entgegen und bat sie um den Schuhkarton, Hansis warmen, weichen Sarg. Dann legte er ihn behutsam am Boden der Grube ab, sah zu mir auf, aber ich hatte nichts zu sagen, wir schwiegen, und jeder machte sich seine Gedanken. Zuletzt schob Bernardo mit den bloßen Händen die schwarze, feuchte Erde über dem Grab zusammen und klopfte sie fest.

Lilly blieb verschwunden, doch keiner hatte mehr die Kraft oder Lust, nach ihr zu suchen. Ich dachte an sie, wenn ich an der Kleinen Hamburger vorbeilief, da echoten mir ihr Name, ihr Gesicht, ihre Stimme durch die Brust. Monate später erzählte Anton, dass sie ihm zufällig in der Auguststraße begegnet sei. Er sei mit ihr bis zur Ecke Tucholsky gelaufen, an der sie nach links und er nach rechts abgebogen war. Sie lebte jetzt im Friedrichshain, wo sie auch zur Schule ging, habe sie erzählt und sich auf Nimmerwiedersehen verabschiedet. Zumindest wussten wir nun, dass sie nicht hinter irgendeinem Fenster der Kleinen Hamburger mutlos in ihren Buntstiften wühlte. Von da an begann ich, das einst so anziehende Haus zu übersehen; am letzten Ende der Sackgasse löste es sich mehr und mehr zur reinen Bruchbude auf. Es verwahrloste, wurde aber weder geräumt, noch krachte es zusammen. Soviel ich weiß, hatten sich die Besetzer untereinander derart zerstritten, dass beim letzten großen Abendessen, das der Schlichtung dienen sollte, der Entenbraten längs über die Tafel flog und im anschließenden Handgemenge unter die Stiefelsohlen geriet. Die einen vertrieben die anderen, die aus Trotz alle Farbreste, die von der großen bunten Frühjahrsaktion noch übrig waren, verrührten und mit diesem braunen Brei das Haus anstrichen und so grotesk verunstalteten, dass das ganze Viertel zu guter Letzt keinem Haus die Grundsanierung mehr wünschte als der Kleinen Hamburger Straße Nummer 5, das jedoch eines der letzten Häuser bleiben sollte, das unter frischem Putz in die neue geschichtslose Zeit eingehen würde.

Mir fiel mein Lego wieder ein, die zwei großen Kisten, die, ohne dass ich es bemerkt hatte, oben auf dem Wäscheschrank gelandet waren. Ich war schon fast zu schwer, die dicken Eichenbretter der Fächer wie eine Leiter hochzuklettern. Dieses hundert Jahre alte Möbelstück, seit Generationen weitervererbt, hatte von Anfang an seinen Platz in unserem Kinderzimmer gehabt; es knarzte und zitterte, als ich ihm vorsichtig tastend aufs Dach stieg. Auf dem Gipfel angekommen, strich ich zum Gruß mit der schwitzenden rechten Hand über die Zimmerdecke, kniete mich dann nah an den Rand des Schrankes. Vielleicht war es das letzte Mal, dass ich von hier oben in unser alt gewordenes Kinderzimmer blicken würde. Die Wände hatten wir noch im Vorschulalter mit Strichmännchen, Sonnen-, Baum- und Haussymbolen geschmückt und Landschaften in wilden Krakeln hingemalt, aus denen noch andere primitive Zeichen hervorragten, deren ursprüngliche Bedeutung mir inzwischen abhandengekommen war. Die winzigen Beulen in der Raufasertapete waren von grauem Kohle- und rotem Aschestaub bedeckt, auch die Fetzen von Spinnweben, die unter der Zimmerdecke hingen, waren dunkel und schwer vom Staub. Brandlöcher, graue Flecken, die wer weiß woher stammten, Köpfe eingetretener Reißzwecken und schmierige Spuren von Klebstoff waren über den hellbraunen Teppichbelag verteilt. Langsam kippte ich die erste, dann die zweite Kiste über der Kante des Schranks aus, ein lauter knackender Regen, der bis in die letzten Ecken des Zimmers spritzte, und sprang hinterher.

Mit zwei quadratischen Bodenplatten kehrte ich das meiste wieder zusammen; ich brauchte einen guten Haufen, um anzufangen. Alle Bodenplatten, die ich finden konnte, schob ich aneinander, verschaffte mir einen Überblick und begann die Grundrisse der Häuser und Straßen, die ich in meiner Siedlung haben wollte, mit einzelnen Bausteinen festzulegen. Mit der linken Hand wühlte ich mich durch den Haufen, um Einzelteile zu suchen, die ich mit der rechten auf die kleinen Erhebungen drückte, dass es knirschte. Stein auf Stein entstanden Häuser und Hallen, die ich von hinten offen ließ wie Puppenhäuser. Zuerst versuchte ich, einfarbige Fassaden hochzuziehen, was aber schnell zu mühselig wurde. Eine bunt gescheckte, niedrige Stadt setzte sich Stück für Stück vor meinen Augen zusammen. Ich versammelte meine Leute, um sie weitschweifig zu durchstreifen: Tankstellenwärter, Verkäuferinnen, Rennfahrer, ein Astronaut und eine Astronautin, viele Bauern, Arbeiter und Arbeiterinnen. Auch ich war längst erwachsen, trug einen Motorradhelm mit schwarz getöntem Visier und war über die graue Wüste des Teppichbelags gekommen, um dieses Geisterdorf mit Schwert und Pistole einzunehmen.

Stundenlang zogen wir durch die Straßen, während um uns herum die Häuser um Stockwerke wuchsen und Glasbauten und hohe Türme entstanden, für keinen Menschen außer uns, dachten wir. Ich postierte meine Truppe über das Gebiet verstreut, zog mich selbst hinter eine Wand zurück, die aus modernsten Computerbausteinen zusammengesetzt war und auf der ich alles im Blick hatte.

Später begann ich, meine zusammengewürfelte Einheit in Camouflage zu kleiden. Unser älterer Bruder hatte sein Hobby aufgegeben; die Flugzeug- und Panzermodelle baumelten zwar noch an Angelsehnen von der Decke seines Zimmers oder waren oben auf seinem Bücherregal aufgereiht, aber die Modellbaufarben interessierten ihn nicht mehr. Mit einem hauchdünnen Pinsel betupfte ich meine Legokrieger in den tarnenden Grüntönen und schickte sie zum Trocknen auf Wachdienst. Die Stadt musste verteidigt werden, da Haufen von herumstreunenden Raubrittern einen Überfall vorbereiteten, so ging die Kunde, aber wir waren bereit, wir liebten den Kampf.

Als einer meiner Späher mit durchbohrtem Unterleib hinter die Stadtmauern zurückkehrte, das Blut hatte ich ihm eigenhändig auf den Bauch gemalt, wurden hektisch die letzten Waffen, die ich unter den Schränken, unter meiner Matratze oder in der Schublade meines Schreibtisches finden konnte, in die gelben Hände meiner unbeirrt lächelnden Soldaten und Soldatinnen geklickt, eine Streitaxt für mein fingergroßes Alter Ego. Das Telefon klingelte.

Ich rührte mich nicht und lauschte.

»Ja, warte«, wurde gemurmelt, dann hörte ich laut die Stimme meiner Mutter: »Andrej, Telefon, Simon.«

Simon. Ich rannte los.

»Na«, rief ich in den Hörer.

»Na«, antwortete er leblos.

»Was machst du?«, rief ich wieder.

»Nichts. Opa ist tot.«

Hinter der Stille im Hörer hörte ich den Fernseher, der leise vor sich hin plapperte.

»Und jetzt?«, fragte ich.

»Keine Ahnung. Ich bin hiergeblieben.«

»Was? Aber warum denn?«, rief ich wieder, viel zu laut.

»Kommst du vorbei?«, sagte Simon.

Ich warf ein weißes Laken über meine Stadt, ließ sie im Nebel versinken, sodass niemand sie entdecken würde – im Grunde war ich zu alt für Legospiele –, und machte mich auf den Weg. Wieso Simon auf diese Reise verzichtet haben sollte, war mir ein Rätsel, ganz egal, wie lang ich ihn nicht mehr gesehen hatte, kein Mensch hätte sich so sehr verändern können. Nie hätte er sich eine derart unabdingbare Erfahrung entgehen lassen, außerdem war es doch sein Haus, sein Land, sein Gebiet gewesen. Und dass seine erste Leiche sein eigener Opa sein würde, hätte ihm nichts ausgemacht, im Gegenteil, viel klarer hätte er den Tod vor Augen gehabt, da er auch das Leben dieses Körpers gekannt hatte. Simon hätte ihm die Hand auf die Stirn gelegt, um die Kälte zu spüren, er hätte versucht, ihm den Arm anzuheben, um auch die Starre zu spüren. Der erste Tod, die erste Leiche, ein Wunder der Natur, nein, kein Wunder, sondern eines ihrer grundlegenden Gesetze, die einzigen Gesetze, die Simon widerspruchslos gelten ließ. Die Naturgesetze waren der Anfang und das Ende, alle anderen waren Kopfgeburten, von den Menschen mehr oder weniger klug in die Welt erklärt. Simon war von einem mit der Muttermilch aufgesogenen Atheismus derart durchdrungen, dass er jede religiöse, abergläubische oder irgendwie spirituelle Regung wie einen bösartigen Verrat an seiner Person empfand. Einmal war er in Wut ausgebrochen, erinnerte ich mich, nur weil ich erzählt hatte, dass es mich beruhigte, wenn meine Oma zum Abschied versprach, für uns zu beten. Trotzdem stellte ich mir vor, wie Simon seinem Opa ein letztes Mal seinen Wunsch ins Ohr geflüstert und den Schwur bekräftigt hätte, ein letztes, endgültiges Wort ins Riesenohr gewispert. Auf dem Friedhof hätte er ein ernstes Gesicht gemacht, über das gegen seinen entschiedenen Willen drei, vier schwere Tränen gerollt wären.

»Ich bins«, sprach ich in die Gegensprechanlage, bekam kein Hallo, nur das Surren der Türöffnung als Antwort. Als ich am letzten Treppenabsatz um die Ecke bog, stand Simon auf der Schwelle und sah mir entgegen. Ich hob den Kopf und musste lächeln. Viel zu lang hatten wir uns nicht mehr gesehen: seine rotbraunen Haaren, die trocken um seinen Kopf flirrten, seine ernsten hellblauen Augen, in denen sich für einen kurzen Moment mein Lächeln spiegelte. Er wippte kurz mit dem Kopf, drehte sich um und lief zurück in die Wohnung.

Ohne mich umzusehen, ob es etwas Neues gab, ohne mir die Schuhe auszuziehen, lief ich sofort los, suchte ihn in seinem Zimmer, wo das Chaos unverändert und doch ein völlig anderes war, neue Spielzeuge hatten Simons Tests nicht bestanden und stapelten sich auf einem Haufen, eine Hängematte hing zwischen einem Pfosten der Schlafecken und der Sprossenwand und war gefüllt mit Büchern und amerikanischen Comics, am liebsten hätte ich mich hineingeschwungen, in die Hängematte und in die Comics. Ich warf noch einen Blick auf das Podest, auch da war er nicht, und lief durchs Zimmer seiner Eltern, vorbei an der Boa, die silbrig schimmernd vor sich hin züngelte, ins Wohnzimmer. Simon saß auf dem Sofa, die Fernbedienung in der einen und ein Tetrapak Grießpudding in der anderen Hand.

»Was gibts?«, fragte ich.

»*McGyver*«, antwortete er.

Ich ließ mich aufs Sofa fallen, schüttelte mir die Schuhe von den Füßen und versuchte, in die Folge hineinzufinden: McGyver lötete konzentriert und spannte Drähte, er musste sich beeilen, das war klar. Er schaute auf die Uhr, sorgenvoller Blick, die Musik flimmerte bedrohlich. Als wir ein paar Minuten auf den Bildschirm gestarrt hatten, stellte Simon den Ton aus.

»Warum bist du nicht mitgefahren?«, fragte ich.

»Ach so, ja, nee, bin ich nicht«, antwortete Simon mit angezogenen Schultern und drückte auf der Stumm-Taste herum, sodass der Ton auf und ab flackerte. Wir mussten etwas tun.

»Hast du nichts, wo er ein bisschen drin steckt, dein Opa, meine ich«, stammelte ich, während Simon wieder zum Bildschirm schaute, wo in diesem Augenblick eine Lagerhalle in gewaltigen Feuerbällen explodierte.

»Wieso?«, fragte er, als McGyver schon fröhlich in seinen Jeep sprang, den er unter einer Tarnplane am Waldrand versteckt hatte.

»Wir begraben ihn, hier bei uns, was nützt ein Grab im Harz.«

Simon sah mich an, der Tag war gerettet.

Er fand eine alte Schulmappe seines Opas, ein Geschenk von ihm, das Simon nie benutzt hatte, viel zu schmal war dieser urtümliche Ranzen für die Stapel an Schulbüchern, die wir inzwischen täglich hin und her zu schleppen hatten. Wir stopften sie voll mit Brot, Käse, Gemüse, Wurst und einem Eisbergsalat.

»Fraß für die Würmer, so wie Opa jetzt«, sagte Simon, aber etwas fehlte noch.

»Hast du kein Foto?«, fragte ich.

Es dauerte, bis er in einer der Schubladen eines staubigen Sekretärs seiner Mutter ein Foto fand. Ich hatte den Opa nie gesehen, er war nie nach Berlin gekommen, und Fotos von Verwandten spielten sonst keine Rolle. Es zeigte einen alten Mann mit grauem Gesicht, die Nase zu dicht an der Linse, porös und übergroß, die Augenbrauen weiß und struppig, die Augen darunter, klein und wässrig, starrten ratlos in die Kamera und uns entgegen, als fragte er sich, wer wir seien, was wir wollten und warum wir ihn behelligten. Ich wünschte, wir hätten ihm die Augen schließen können, sanft, aber bestimmt, ein »Ruhe in Frieden« murmelnd.

Simon schrieb mit dem Klebstift ein dickes, schmieriges O auf die Vorderseite der Tasche und drückte das Foto fest – jetzt hatte unser Toter sein Gesicht. Er lag aufgebahrt auf dem schwarzen Sofatisch, klein und kompakt wie die Kindermumien im Pergamon. Simon zündete eine Kerze an, zog die Vorhänge zu und löschte das Licht, dann begann die Totenwache. Der nächste Verwandte saß mit gebeugtem Kopf, atmete ruhig und bewahrte die Fassung. Auch ich schwieg, keiner lachte.

Ich dachte an den Tod, das Ende, dachte an Hansi, an sein einsames Grab im Hinterhof, an die vielen Toten, aber Hansi war ja doch nur ein Hase gewesen. Mein einer Opa war lange vor meiner Geburt gestorben, kurz nachdem seine jüngste Tochter von einer Brücke in die Elbe gesprungen war, so ging die Familiensaga. Mein Vater hatte die letzten wirren Nächte bei ihm im Ehebett geschlafen. Der Wahnsinn, der zum Schluss über ihn gekommen war, hatte meine Oma ans Ende ihrer Kräfte gebracht, sie war beschimpft und verflucht worden. »Was bildet diese Person sich ein«, hatte mein Opa aufgebracht meinen Vater gefragt, nachdem er seine Frau aus dem gemeinsamen Schlafzimmer gescheucht hatte.

Nächtelang lauschte mein Vater den herausgeschimpften Fetzen eines im Traum geführten Selbstgesprächs, dem knarzenden Atem, den kurzen Weinkrämpfen und wachte neben diesem zu guter Letzt vollständig Entfremdeten, dessen Hemden und Hosen seine Frau bereits aufbügelte und zusammenlegte, um sie meinem Vater dann, wenn es geschafft sein würde, wie zum Lohn für seine Mühen mitzugeben.

Als eines Nachts, auf dem Gipfel der Erschöpfung, schließlich die letzte Ruhe einkehrte, wälzte sich mein Vater auf die Seite und kehrte seinem Bettgenossen den Rücken zu. Er zog sich die Decke bis unter die Nase und schlief zwölf Stunden lang. Als er aufwachte, war mein Opa schon steif und kalt, die toten Augen standen weit offen.

Da fiel mir ein, was wir vergessen hatten.

Am Abend vor der Beerdigung, als mein Opa aufgebahrt im ungeheizten, seit Jahren unbenutzten Kinderzimmer lag, hatte mir mein Vater erzählt, waren zwei Herren in weißen Kitteln gekommen, um seinen aberwitzigen Letzten Willen zu vollstrecken, eine letzte Extravaganz, mit der sich mein Opa, dieser geizige, gebieterische, vor allem aber ängstliche Eigenbrötler, seinen unvergesslichen Platz in der Familienchronik sichern wollte.

»Simon«, sagte ich, »wo hat deine Mutter ihre Stricknadeln?«

Simon sah mich lange an, seine Unterlippe pochte gegen die Oberlippe.

»Guck ihn dir an, seine Augen sind offen, er lächelt sogar. Woher willst du wissen, dass er … ?«, sagte ich schließlich.

Wieder verging eine Weile, in der Simon mich stumm fixierte.

»Ach so«, seufzte er plötzlich, sichtlich erleichtert, dass er verstanden hatte.

»Da weiß ich was Besseres«, sagte er und lief hinaus.

In der Küche zerrte er Schubladen auf, Besteck klapperte, dann kam er zurückgerannt, riss die Wohnzimmertür hinter sich zu und übergab mir einen langen stählernen Schaschlikspieß.

»Ich«, rief ich, fing mich aber sofort: natürlich ich. Es war ja sonst nur Simon da, der Enkel, und das würde zu weit gehen.

Ich hielt den Spieß in die Kerzenflamme, bis die Spitze schwarz war, strich mit der Hand einige Male darüber, murmelte die ersten und letzten Zeilen des Vaterunsers, hob den Spieß über meinen Kopf. Ich blickte Simon noch einmal in die Augen, er nickte zustimmend. Dann setzte ich an, sprach einen letzten Friedensgruß und durchbohrte dem winzigen Opa mit einem kräftigen Stoß die lederne Brust. Ich legte ihm die Hand über die offenen Augen, als ich den Spieß mühsam wieder hervorzog.

Simons Opa wurde kurz darauf auf dem Friedhof hinterm Tacheles in sandiger Erde beigesetzt. Zuletzt umarmten wir uns, Simons Gesicht an meinem Hals, sein Kopf an meiner Wange. Auf meinem T-Shirt blieb der feuchte Abdruck von Tränen.

Bleibt hinzuzufügen, wie ich Jahre später *Die Aufzeichnungen des Malte Laurids Brigge* aus dem Bücherregal meiner Eltern zog, eine staubige Reclam-Ausgabe der Universal-Bibliothek. Von einem verkommenen Paris wurde da erzählt, von grausigen Hospitälern, ich las vom schweren Tod des Kammerherrn Christoph Detlev Brigge auf Ulsgaard, vom Gespenst Ingeborgs, von Schulins Haus, und plötzlich stieß ich auf die Geschichte meines Opas: »Sie sind wegen des Herzstichs da: bitte«, sprach der Sohn des Jägermeisters. Wie einen Traum erlebte ich diese zwei, drei Seiten und erwachte aus langem Schlaf. Etwas war durcheinandergeraten. Mein Vater hatte die Aufzeichnungen zwanzig Jahre zuvor gelesen und erinnerte sich an nichts mehr. Auch mein Opa habe auf nichts Derartigem bestanden, nicht einmal im Wahn der letzten Nächte, »wirklich nicht«, insistierte mein Vater. »Wie komme ich dann zu diesen Erinnerungen?«, fragte ich ihn fast verzweifelt, aber das blieb auch meinem Vater schleierhaft.

Als wir die Brachfläche des Tacheles wieder verließen und auf die Friedrichstraße hinaustraten, waren wir wie ausgehöhlt, leer und ohne Ideen. Ich brachte Simon noch an seine Haustür, dann schlich ich langsam und willenlos nach Hause. Ich klingelte nicht, sondern schloss leise die Tür auf, tappte in meine Zimmerhälfte, trat beinahe mitten hinein in meine verlassene Stadt.

Langsam zog ich das Laken hoch und kniete mich zu meiner Hauptfigur, die unverändert durch die getönte Scheibe ihres Schutzhelms auf die Bildschirme der Überwachungsanlage stierte. Ich überlegte, wo ich stehen geblieben war. Es fiel mir nicht ein. Meine Soldaten in ihrer zu dick aufgetragenen, verkrusteten Camouflage waren hässlich, sie konnten kaum noch ihre Arme und Beine bewegen. Außerdem funktionierte ihre Tarnung in der bunten Legolandschaft überhaupt nicht, was sie einer hilflosen Lächerlichkeit preisgab. Wozu verteidigten sie diesen Ort überhaupt so krampfhaft? Die Stadt glich einem nie fertiggestellten, den Geistern überlassenen Gewerbegebiet in einer vom Bergbau zerfurchten Kiefernlandschaft, unter der tief im Stollen die letzten Kohlevorkommen, einst von hoffnungslosen Grubenmännern in Brand gesetzt, vor sich hin schwelten. Evakuiert und entkernt blickte sie seit Jahrzehnten ihrem endgültigen Untergang entgegen. Wahrscheinlich würde ich zum Feind überlaufen. Diese barbarischen Ritter, die auf ziellosen Raubzügen die Weltmeere durchstreiften, waren mir jetzt sympathischer. Einer von ihnen trug einen grauen, mit winzigen Ornamenten verzierten Helm, ein glitzerndes Kettenhemd und lächelte grimmig – meine alte Streitaxt wechselte die Plastikhände, und plötzlich war ich einer unter vielen. Wir hatten zwar einen Häuptling, dem auch ich ewige Treue schwor, doch der war eher eine Art Maskottchen, eine Opa-Figur, zu der wir aufsahen, die aber nie und nimmer eine eindeutige Entscheidung gefällt hätte, sondern ausschließlich geheimnisvolle und vieldeutige Ratschläge erteilte. Als meine Gefährten einen feindlichen Späher aufgriffen und ihn vor unseren Häuptling zerrten, kniff er die Augen zusammen, zeigte mit knochigem Finger auf den Gefangen und orakelte: »Lasst mich mit diesem nicht allein.«

Wir durchbohrten dem Spitzel den Unterleib und ließen ihn

laufen. Mühsam kroch er davon, während meine Gefährten ihm ihre Kriegsschreie hinterhergrölten, ich stimmte ein. Die Feinde lagen auf der Lauer und wiegten sich mit ihren ausgeklügelten Strategien in Sicherheit, doch die schiere Wucht unserer Kampfeslust würde sie hinwegfegen, da half keine List, auch keine neuartige Kriegstechnologie. Die Schlacht stand kurz bevor, wir waren bereit, bereit für dieses laute und blutige Fest, das es zu feiern galt.

Es klingelte.

Und es klingelte noch einmal.

Da ich anscheinend allein war, riss ich mich los. Vor der mit einer silbrigen Stahlplatte verstärkten Wohnungstür rief ich: »Ja?«

»Wir sinds«, kam als Antwort, ich sah durch den Spion. Maik und Nadine, Schulhoffreunde, standen da und schienen ungeduldig an mir vorbeizuschielen.

Als ich öffnete, begrüßten wir uns nicht. Unmittelbar erklärten sie, dass sie die *Arbeitsblätter* abholen wollten, die unsere Lehrerin mir doch mitgegeben habe.

»Oder nicht?«, fragte Nadine, die schöner war als alle Postermädchen, sodass ich mich in der ersten und zweiten Klasse kaum getraut hatte, sie anzuschauen.

»Ja, ja, stimmt, Arbeitsblätter, sind noch im Rucksack, wartet kurz«, sagte ich, lief in mein Zimmer, um meine Stadt herum, und hockte mich vor meinen Rucksack. Nervös kramte ich mich durch die Bücher, zog Zettel hervor, die immer die falschen waren.

»Hastdus«, riefen sie, ich rief: »Ja, ja, bin gleich wieder da«, aber da kamen sie mir schon hinterher, standen auf der Türschwelle.

Maik trat an die Stadt heran, hob seinen rechten Fuß, er war der Fußballer der Klasse, und stupste einen Scharfschützen vom Wachturm.

»Lego, ja?«, fragte er.

»Bring uns die Blätter einfach morgen mit, das reicht ja, wir wollten nicht stören«, sagte Nadine. Ich sah noch, wie sie Maik am Arm wegzog, dann klackte die Wohnungstür leise, geradezu rücksichtsvoll ins Schloss. An einem kühlen Frühlingstag, etwa vier, höchstens acht Jahre später, lag ich auf der Küchenbank unterm Fensterbrett und sonnte mich durch die staubigen Scheiben hindurch. Hinter den geschlossenen Augenlidern flimmerte rot das Sonnenlicht, die Gasflamme der Küchenheizung rauschte wie ein sanfter Wind; ich hätte einschlafen können. Halb im Traum, halb in meiner Fantasie ließ ich Frieda und Melissa, zwei Mädchen aus meiner Klasse, mit den Fingerspitzen über meine Lippen streichen, mit den Zungenspitzen über meinen Hals lecken, sie würden ihre Beine über meine Beine reiben, meine Schultern, meine Brust küssen, ihre kühlen Hände meinen Bauch hinabschieben, und ich onanierte dazu. Als ich für einen Moment die Augen öffnete, nur einen Moment lang auftauchte, um sofort wieder abzutauchen, erkannte ich drei grinsende Köpfe hinter einem der Fenster im Nebenhaus, die zu mir hinabschauten, als wäre ich ein Tier, und dieselbe schmerzhafte Scham wie damals, als Nadine und Maik mich beim Legospielen erwischten, brannte auf.

Wieso ich gerade in dieser Zeit die Einschlaglöcher bemerkte? Wahrscheinlich lag es daran, dass die Zahl der frisch verputzten Fassaden einen bestimmten Punkt überschritten hatte: Etwas, das immer da gewesen war, war spürbar am Verschwinden. Noch fand ich die winzigen Krater, die übers Viertel verstreut waren, überall, wie Augen zwinkerten sie vielsagend zu mir herab und ließen mir keine Ruhe.

»Einschusslöcher, weißt du, vom Krieg«, hatte mein Vater kurz und knapp geantwortet, als ich nach den Kratern fragte. Bislang hatte ich sie genauso selbstverständlich wahr- und hingenommen wie die üblichen und unvermeidbaren Spuren der vergehenden Zeit, die schattigen Falten in alten Gesichtern, das allmähliche Verblassen der Farben, das Laub, das jeden Herbst aufs Neue durch die Straßen wehte. Aber mein Vater hatte Krieg gesagt. Krieg war ein Kapitel im Geschichtsunterricht und fand im Zimmer des Geschichtslehrers statt, bis das Pausenklingeln die Rückkehr zur Wirklichkeit einläutete. Jetzt wurde es mir zur fixen Gewohnheit, wenn ich zwischen den Wohnungen, Treffpunkten, zwischen Schule, Sportplatz und Mombi unterwegs war, alle Häuser nach diesen vorzeitlichen Narben abzusuchen. Unser früherer Kindergarten, in der Bastion des Postgebäudes, war von allen Seiten zerschossen, die Sophienkirche und die

Wohnblocks rundherum, die Krausnickstraße gesprenkelt von größeren und kleineren Einschlägen – Krieg? Ich versuchte, mir die Schlachten und Feuergefechte auszumalen, die wer auch immer in den Straßen geführt hatte, Häuserkampf, das sagte sich so leicht. Oft legte ich selbst an, mein Luft-Gewehr, und zielte über meine Zeigefinger hinweg die Schusslinien zu den Löchern hinauf, die auch jetzt noch wie Explosion, wie Krach aussahen. Und obwohl auf der Straße bis auf die wenigen Autos, die hier und dort parkten, oft keine Deckung zu finden war, brauchte ich in diesem Spiel keine Angst vor Gegenwehr zu haben: Die Granitblöcke der Fußwege und Bordsteine waren unversehrt, als hätte nie ein Schuss die Erde erreicht. Nur in den Ornamenten, Figuren und Masken, die die Fenstersimse und Hauseingänge verzierten, im Backstein und den Sandsteinklötzen mancher Fundamente hatte sich der Krieg vorerst verewigt.

Einschusslöcher auf Augenhöhe untersuchte ich genauer. Ich popelte in ihnen herum und kratzte am aufgeplatzten Putz. Vielleicht steckte irgendwo noch der Rest eines Geschosses, das möglicherweise einen Körper durchschlagen oder zumindest eine Wange oder eine Schulter gestreift hatte, bevor es in der Mauer zur Ruhe gekommen war. Ich sah mich schon, mit einem feinen Bohrer Löcher in ein platt gedrücktes Projektil bohren, ein Lederband hindurchfädeln und es stolz wie den Eckzahn einer ausgestorbenen Raubkatze um den Hals tragen, ich fand aber nie etwas.

Ein Bekannter meiner Eltern erzählte am Küchentisch vom *Ausblühen*, was bedeuten sollte, so verstand ich es, dass die stecken gebliebenen Projektile, wenn sie anfingen zu rosten, unmerklich anwuchsen und sich wie von selbst über lange Zeit aus den Wänden schoben. Da ich bis auf die Einschlagskrater nie auf Spuren von Munition stieß, musste ich davon ausgehen, dass es längst so weit gewesen war: Eines Nachts, unter klarem tiefschwarzem Himmel, im diesigen Licht der Straßenlaternen, hatte mit einem Mal ein klimpernder Regen eingesetzt. Die Mauern drückten ihre Parasiten aus. Golden glänzende Metallteilchen ploppten aus ihren Löchern, purzelten auf den glitzernden Granit, an diesem Haus wie eine kurze Husche die Überbleibsel einer hektischen Gewehrsalve, an jenem wie ein harter Regenguss die ganze Saat eines zähen, andauernden Gefechts, und am einsamen Ende einer Sackgasse klirrte eine einzelne Kugel, ein Querschläger, und rollte wie eine schlecht geworfene Münze in den Rinnstein.

Die Einschusslöcher verwiesen auf tödliche Augenblicke, auf Geschosse, die mehr als alles andere den Raum der Straßenschluchten abertausendmal durchquert hatten. Ich wollte ihnen ihre Geschichten ablesen, die Geschichten einzelner Schüsse erfahren. Wohin hast du gezielt, fragte ich die Schützen, wer hat sich versteckt, da in der Fensternische oder da im Hauseingang? Welcher Cowboy ist bis in meine Straßen vorgedrungen, um Nazis aus den Häusern zu scheuchen, auf sie zu schießen oder kurz vor Schluss selbst erschossen zu werden? Wie hatten diese Menschen es geschafft, so weit zu kommen und trotzdem noch genügend Kugeln im Lauf zu haben, um sie hier in den engen Straßen zu verballern? Wie oft ist ein Getroffener vornüber auf das Kopfsteinpflaster gestürzt, mit letzter Kraft in Deckung gekrochen, wo er im ersten, kurzen Augenblick vermeintlicher Sicherheit sein Leben erleichtert aushauchte?

Diese Szenarien, in die ich mich angesichts der zerstörten Fassaden hineinversetzt fühlte, speisten sich aus Kriegs- und Actionfilmen, die ich nach der Schule bei Freunden gesehen hatte. Ohne diese Anhaltspunkte wäre es unvorstellbar gewesen, wie in einer abgelegenen Nebenstraße ein scheinbar beliebiges Haus über und über zerschossen worden war. Denn so redselig die Einschusslöcher im Ganzen wirkten, im Einzelnen sagten sie nichts. Sie waren stumm wie hohl, und vielleicht warteten sie nur darauf, endlich verputzt und vom Antlitz unserer Häuser getilgt zu werden.

Um mich über ihr Schweigen und vielleicht auch die Löcher über ihr Warten hinwegzutrösten, begann ich, während langwieriger Unterrichtsstunden aus meinen Schulbüchern, Heften oder A4-Blöcken kleine Fetzen Papier herauszureißen und darauf Namen und Stichpunkte zu notieren, die auf einen Blick ganze Lebensgeschichten heraufbeschworen. Diese Zettel knüllte ich zu weißen Kugeln zusammen und stopfte sie auf meinen Wegen in die Einschusslöcher, mit etwas Spucke blieben sie dort haften. Es waren schnell dahin erfundene Namen wie *J. M. »I killed them all« Murdock aus Alabama* oder *Jack »The Crow« Robertson*, deren Geschichten ich so schnell vergaß, wie ich die Zettel in den Löchern versenkte.

Bis ich erfuhr, dass ich mir wieder einmal etwas völlig Irrsinniges vorgestellt hatte, mussten noch einige Jahre vergehen: Mein Vater oder meine Mutter waren es, die mich um die Abiturprüfungen herum etwas verwundert darauf hinwiesen, dass während der Häuserkämpfe in Berlin doch keine Amerikaner, sondern Russen gefallen waren. In einer gewaltigen Anstrengung, wie ich sofort nachschlug, hatten sich die russischen Heerscharen durch die Straßen gekämpft, Verteidigungslinie nach Verteidigungslinie durchbrochen und waren trotz schwindelerregend hoher Verluste unerbittlich und unaufhaltsam vorwärtsgerückt, bis sich der deutsche Wahnsinnsführer mit seinem *politischen Testament* zu guter Letzt in den Selbstmord verabschiedete und kopfüber in das Meer der Toten stürzte.

Diese im Grunde wesentliche Information sollte es jedoch

nie bis in meine Vorstellungswelt hinein schaffen, was sicher daran lag, dass diese quasi vollständig von Amerika gefüttert wurde: Alles blickte und horchte nach Westen. Die erste östliche Musik überhaupt, die ich bewusst wahrgenommen habe, war Blechblasmusik vom Balkan, die im ersten Jahrzehnt des neuen Jahrtausend eine Zeit lang extrem *in* gewesen ist. Und außer dem *Panzerkreuzer Potemkin* würde mir spontan kein anderer russischer oder wenigstens aus russischer Sicht erzählter Kriegsfilm einfallen. Amerikanische Kriegsfilme dagegen könnte ich etliche aufzählen. Daher werde ich wohl bis in alle Ewigkeit, wenn ich versuche, mir diese letzten, zermürbenden Gefechte des Zweiten Weltkriegs vorzustellen, dieselben drecktriefenden, gebeugten, ausgemergelten, zugleich zynisch witzelnden und im breiten Englisch lässig dahinschwatzenden Amerikaner vor mir sehen, gleichzeitig jedoch wissen, dass es eigentlich Russen waren.

Übrigens glaube ich nicht, dass ich der Einzige war, den die Einschusslöcher umtrieben, auch wenn wir nie darüber redeten. Sie waren zu natürlich, zu selbstverständlich, um überhaupt erwähnt zu werden. Wir hatte ja auch nie gefragt, warum Feuerkäfer hießen, wie sie heißen, sondern sie in unsere kleinen Kokelfeuer geschnipst, weil Feuerkäfer eben ins Feuer gehörten, so hatten wir es verstanden.

Im Winter, wenn wir uns wie gewohnt auf dem Sportplatz an der Weinmeisterstraße trafen, auf dem eingeschneiten Platz aber nicht mehr tun konnten, als mit taubgefrorenen Fingern ein paar Körbe werfen, teilten wir uns nicht etwa auf, um gegeneinander eine Schneeballschlacht auszufechten, nein, wir zogen los, unsere kleine Einheit, in die nahe gelegenen Straßen. Simon war der beste Werfer, der beste Stratege, Anton der beste Späher, und ich, ich gab einfach mein Bestes; im Grunde lösten wir uns ohnehin in der Truppe auf, zu der ein wechselnder Kreis aus guten, besseren und schlechten Schul- und Sportplatzfreunden gehörte. Die Gormannstraße hoch und dann rechts hinein in die Mulackstraße, kleine, niedrige Häuser, mit Fenstern, die auch im dritten Stock gerade noch zu erreichen waren. Jedes offene Fenster wurde sofort aus der Deckung parkender Autos heraus mit einer Salve beschossen, bis ein oder zwei Schuss trafen, dann rannten wir geduckt und kichernd weiter. Immer wieder lüfteten naive Menschen ihre überheizten Wohnzimmer, Küchen oder guten Stuben und sprangen erschrocken aus ihren Sesseln auf, wenn ein Schneeball die Deckenlampe oder den Fernseher traf oder ein Glas vom Couchtisch fegte. Ihr wütendes Geschrei, meist ein empört lang gezogenes *Ey*, verhallte in der schneeweißen Nacht, ohne uns noch einzuholen.

Angekippte Fenster, vor allem in höheren Stockwerken, waren die größte Herausforderung. Wenn endlich ein Treffer landete, war die Hauswand um solche Fenster herum schon gesprenkelt von den hellen Flecken haften gebliebenen Schnees. Und es war offensichtlich: Die Streuung unserer verfehlten Würfe entsprach der Streuung, in der auch die Einschusskrater an viel umkämpften Häuserfronten sich um die Fenster verteilten.

Natürlich erfuhren wir nie genau, was oder wen unsere Schüsse letztlich trafen. Die Bälle flogen durchs offene Fenster und fielen ins Ungewisse, schlugen leise gegen einen Vorhang oder klatschten mit einem dumpfen Laut aufs Parkett, wo sie nichts als rätselhafte Wasserflecken hinterließen. Vielleicht landeten sie im Schoß eines Schlafenden, den das kalte Schmelzwasser Minuten später weckte, oder auf der Fahrerkabine eines Traktors, mit dem ein Kleinkind angestrengt den Wohnzimmerteppich pflügte, oder trafen mitten durch eine offen stehenden Ofenklappe ins lodernde Feuer oder von den Bewohnern unbemerkt ins

Spülbecken, wo sie stumm und spurlos im Abfluss versickerten, wer weiß, alles war möglich.

Ein einziges Mal, als ich allein durch Neuschnee die Große Hamburger hinaufstapfte – vielleicht hielt ich diese unauflösbare Ungewissheit unserer Treffer einfach nicht länger aus –, warf ich den sorgsam geformten Schneeball, den ich seit ein paar Hundert Metern von der rechten in die linke hatte hüpfen lassen, nach einer Passantin auf der gegenüberliegenden Straßenseite. Ich zielte schlecht oder überhaupt nicht, traf sie aber trotzdem hart aufs Ohr, in dem Schnee stecken blieb, auch nachdem sie sich eilig mit ihrem Fausthandschuh das Ohr abgerieben hatte. Sie sah zu mir herüber, völlig entsetzt, und brachte kein Wort heraus. Fassungslos wie über Kimme und Korn gezielt, geradewegs getroffen zu haben, stand auch ich wie festgenagelt und war ihrem Blick sekundenlang wehrlos ausgeliefert. Erst als ihr das Blut in die Wangen schoss und sie einen kurzen, wütenden Schritt auf mich zumachte, konnte ich mich losreißen. Ich rannte die Straße hinauf, bog in die Sophienstraße ab und verschwand in einer langen Kette verwinkelter Hinterhöfe, in der ich jeden Verfolger hätte abschütteln können.

Aber unser Viertel war klein. Am nächsten Morgen fragte mich ein Mädchen aus meiner Klasse, ob wirklich ich es gewesen sei, der ihrer Mutter hinterrücks einen Schneeball an den Kopf geknallt habe. Ihre Mutter meinte, mich erkannt zu haben; wahrscheinlich hatte mich eines der alljährlich geschossenen Klassenfotos verraten. Ja, stammelte ich, zum Geständnis genötigt. Blut schoss jetzt mir ins Gesicht, und meine Schultern zuckten unentschlossen. Als die Lehrerin endlich ins Klassenzimmer trat, die Tür ins Schloss klackte, wir uns still und eilig auf unsere Plätze zurückzogen, alle Gespräche verstummten, die Köpfe zwischen den Schultern einsanken, die Hälse sich krümmten, kramte ich noch minutenlang nervös in meiner Federtasche.

Über viele Jahre, wenn ich auf dem Fahrrad, zu Fuß oder auf einem Beifahrersitz im Auto in der Stadt unterwegs war, tauchte ein mit dieser Geschichte fern verwandter Tagtraum immer wieder in meinen Gedankenspielen auf: Aus irgendeinem Grund war ich im Besitz einer schweren schwarzen Handfeuerwaffe, mit der ich umzugehen wusste. Ohne lange zu zielen, traf ich, auf wen auch immer ich anlegte, und ich legte einfach so auf beliebige Passanten an; eine amoklaufende Allmachtsfantasie, die ich nicht weiter ernst nahm und die ich ohne langes Grübeln als Verarbeitung diverser Drive-by-Shootings in amerikanischen Filmen über Bandenkriege, der groß und fett gedruckten Berichte tatsächlich stattgefundener Amokläufe oder der endlosen Schießereien in Western-, Ganoven- und Kriegsfilmen gerechtfertigt hätte. Unbestimmte Aggressionen, die dieser hautnahe wie unerreichbar ferne Fernsehkosmos hervorrief, konnte ich auf diese Weise in den Äther meiner Einbildungskraft kanalisieren, niemandem war geschadet, mir aber geholfen, außerdem hatte ich meinen Spaß dabei. Stillschweigend ging ich sogar davon aus, dass wir alle uns in solchen Hirngespinsten ergingen, und stellte mir ohne Angst vor, wie auch ich selbst schon viele Male im Geist von einem Unbekannten oder auch Bekannten geprügelt, getreten oder in den Hinterkopf geschossen worden war. Mit der Zeit aber nahmen diese Tagträume immer größeren Raum ein, bis ich kaum mehr auf die Straße treten konnte, ohne dem angenehmen Gefühl einer Waffe im Holster nachzuspüren. Als ich dann in vereinzelten, zaghaft begonnenen Gesprächen herausfand, dass meine nächsten und besten Vertrauten in keiner Weise wie ich dem Faszinosum Amoklauf erlegen waren, veränderte sich meine Einstellung.

Bis zu diesem Punkt war mein Rollenspiel geradezu automatisch vor meinem inneren Auge abgelaufen, und ich hatte mich ihm gedanken- und willenlos anvertraut. Nun versuchte ich, wenn ich wieder einmal dem Impuls nachgab, meine Waffe auf jemanden abzufeuern, konzentriert anwesend zu bleiben, und erkannte, dass sich meine Einbildung schon mit dem Knall des Schusses ins Vage verflüchtigte. Bevor der Schuss ins Ziel einschlug, blickte ich wieder auf die unversehrte Straße, wich einem Kothaufen aus, sah einer Fahrradfahrerin hinterher, die vor mir auf dem Gehweg in verspielten Schleifen schlingerte, oder feuerte sofort auf den nächstbesten, ahnungslosen Fußgänger.

Ich nahm mir also vor, das Spiel bis zum Ende durchzuhalten, was deutlich mehr Aufmerksamkeit erforderte. Ich schoss und versuchte, genau festzulegen, wo ich traf. Traf ich von hinten ins Bein, knickte die Person ein, stürzte auf die Knie und kroch an den Straßenrand. Traf ich in die Schulter, riss es die Person herum, sie stolperte rückwärts und tastete an der Hauswand oder einem geparkten Auto nach Halt. Zielte ich auf den Hinterkopf, schlug der Kopf mit dem Kinn auf die Brust, und die Person fiel wie ein gefällter Baum der Länge nach hin, wendete sich aber im Sturz noch reflexartig nach mir um, eine knappe halbe Drehung, um mit einem letzten, verwunderten Blick zu erfahren, was geschehen war. Egal, wie ich sie traf, zuletzt suchten alle nach mir, in den Augen einen Blick wie vibrierendes Glas, das jede Sekunde zerspringen würde. Ein Blick, der keinem Film, keinem Comic oder Ähnlichem abgeguckt war. Sein Ursprung lag im Blick der Mutter meiner Klassenkameradin, die mich in einer so viel harmloseren Situation zutiefst erschrocken, verängstigt, wütend, voller Hass, Verzweiflung und Enttäuschung angesehen hatte, bis ich weggerannt war. Doch selbst wenn ich mich von den Blicken losriss, um wieder zu rennen, die heiße Waffe fest umklammert, stieß ich in den Gesichtern der vom Knall aufgescheuchten Passanten auf denselben entsetzten Blick, dieselbe abgrundtiefe und angsterfüllte Verachtung. Kein weiterer Schuss hätte an diesen Blicken etwas ändern können.

An diesem Punkt beendete ich mein Spiel, schüttelte den Kopf, schüttelte meine Hände, öffnete die Augen weit und sah mich um. Mit meinem Kindergesicht lief ich durchs Viertel und grüßte alle Menschen so freundlich, dass sie gezwungen waren, mir ihr Lächeln zu zeigen. Ich sammelte dieses Lächeln ein wie Manna, wie Ambrosia, wie die magischen Bohnen von Meister Quitte, ich konnte gar nicht genug davon kriegen.

Ich liebte Revolver mit Knallpatronen, Pfeil und Bogen, alle Arten von Taschenmessern, selbst die Gewehre, Pistolen, Schwerter und Kanonen meiner Lego- und Playmobilfiguren hütete ich wie einen Schatz. Eines der schönsten Geschenke, das meine Eltern mir je machten, war eine reich verzierte Piratenpistole zu meinem neunten Geburtstag. In den Nächten hielt ich sie umklammert wie ein mächtiges Kuscheltier. Eine Liebe, die sehr viel später erst mit der eher nüchternen Erkenntnis, dass ich für Waffen einfach keine Verwendung hatte, ein definitives Ende finden sollte. In den Dreispitzpassagen gab es einen Waffenladen, zu dem Simon und ich immer wieder pilgerten, um die Messer im Schaufenster zu bestaunen. Jeder von uns hatte seinen Favoriten. Ich hatte mich in ein riesiges archaisches Buschmesser verliebt, Simon begeisterte sich für ein Überlebensmesser mit langer, dünner Klinge und hohlem Griff, in dem wesentliche lebensrettende Utensilien verstaut waren. Durch ausdauerndes Bitten, das sich zu quälender Bettelei auswuchs, erreichten wir, dass unsere Eltern nicht nur das Geld abzählten, sondern uns auch begleiteten, um für uns Minderjährige die Messer zu kaufen.

Es war, als hätten wir in blauen Farben schimmernde Flusssteine aus dem Wasser gehoben. Hinter der Schaufensterscheibe hatten unsere Messer kraftvoll und elegant, klug und praktisch ausgesehen, jetzt, in der unverglasten Wirklichkeit, zeigte sich schnell, wie grau und nutzlos sie waren. Die Klinge meines Messers war stumpf und viel zu schwer für meinen dünnen Arm. Und Simon musste einsehen, dass ein Stück Angelsehne und ein Angelhaken keinen Angler aus ihm machten und dass es unendlich mühsam war, mit der kurzen Säge an der Rückseite seiner Klinge mehr als einen trockenen Ast zu bearbeiten.

Auf Wochenendausflügen ins Grüne trugen wir sie noch eine Zeit lang mit uns herum. Wenn wir querfeldein durch ein kurzes Waldstück stapften, verschaffte es ein gutes Gefühl, sie an der Seite zu haben, die Enden der Lederscheiden mit Strick straff an die Oberschenkel gebunden, doch ein triftiger Grund, sie aus diesen Scheiden zu ziehen, ergab sich nie. Bald blieben unsere großen Messer am hintersten Ende verschließbarer Schreibtischschubladen versteckt oder unter Schränke geschoben, wo nur wir sie wiederfinden würden, irgendwann, wenn eine andere, rauere Zeit angebrochen wäre.

Aber wir gaben nicht auf.

Durch einen Aushang im Jugendklub in der Auguststraße, durch Mundpropaganda oder schlicht durch Zufall erfuhren wir von einer Fahrradreise für Jugendliche, die ein Jugendzentrum in Pankow organisierte, und meldeten uns kurzerhand an. Ziel war ein grenznahes Örtchen in Polen. Nie waren wir so viel Rad und so viel Bus gefahren, hatten nie so viel Corny-Riegel gegessen, waren aber auch nie auf so stumpfe Halbstarke gestoßen, die uns sofort auf die oberen Hälften der Doppelstockbetten im gemeinsamen Schlafraum verwiesen, Knast- oder Kasernengepflogenheit, und uns mit Wörtern wie Hunger-Ast, Rudelbumser oder Pollacke beeindrucken wollten. Es war eine Reise, die in keinerlei Bezug zu uns und unserem Leben stand, eine kurze Fahrt in ein gescheitertes Vergnügungsland, in dem wir in willkürlicher Begleitung aus langer Hand geplante Rundfahrten absolvierten, abends im Speisesaal der Jugendherberge trockene Wurst- und Käsebrote zerkauten, dazu aufgefordert wurden, über den schwarzen Resten Hunderter abgebrannter Lagerfeuer wiederrum ein Lagerfeuer aufzuschichten, wir immer eine Uhr im Blickfeld behielten und uns, so gut es ging, innerhalb der Gruppe unsichtbar machten.

Wären wir nicht auf einer als Fluchtweg gekennzeichneten Außentreppe auf Pavel gestoßen, hätte ich keinerlei Erinnerung an diese Reise bewahrt. Pavel war dürr und zwei Köpfe größer als wir, er trug einen Parka in amerikanischen Tarnfarben, hatte einen stechenden Blick und sprach ein abgehacktes, ebenso derbes wie lautes Deutsch, das ich sofort und vergeblich zu imitieren versuchte. Er rauchte, trank, war anarchisch bis zum Klischee, er teilte seine Büchse Bier mit uns, bot uns Zigaretten an, die er uns hinter die Ohren steckte und es uns überließ, ob wir sie rauchen oder gegen kleine Gefallen weiterverschenken würden.

Er lud uns in sein Zimmer ein: derselbe Grundriss, die gleichen Doppelstockbetten, der gleiche winzige Tisch, dieselbe Sorte Stuhl – gern würde ich diese Möbel bis ins kleinste Detail beschreiben, ich erinnere mich aber an keine Details, es waren Jugendherbergsmöbel, die wie neu aussahen, obwohl sie seit Jahren in Gebrauch waren, unscheinbare, der Zeit trotzende Nutzmöbel, wie sie jeder kennt und auf oder an denen jeder schon gesessen hat, im Krankenhaus, im Warteraum eines Einwohnermeldeamts, in Grund- und allen weiterführenden Schulen; nie hat jemand sich insgeheim gewünscht, ausgerechnet diesen Stuhl zu Hause zu haben, am Küchentisch oder auf dem

Balkon, arme, seelenlose Möbel der Jugendherbergen – trotzdem verströmte Pavels Zimmer im Gegensatz zu unserem eine Atmosphäre waghalsiger Lebendigkeit. Er wohnte allein, ein Privileg, das ihm der Leiter seiner Feriengruppe aus Angst, wie Pavel erklärte, zugestanden hatte. Über die Betten verstreut lagen eine ganze Auswahl an Tarnkleidung, einige Päckchen Zigaretten, abgegriffene Bücher. Auf dem Tisch stand inmitten eines Haufens durchwühlter Kassetten ein Kassettenrekorder; das schwarze Stromkabel führte, über eine Stuhllehne gespannt, fast waagerecht zur Wand und schien jeden Augenblick aus der Steckdose zu reißen, und auch der dünne Rest eines A4-Spiralblocks ragte weit über die Tischkante hinaus und schien unendlich langsam, aber doch abzurutschen. Vom Hof her stieß ein schwacher Wind gegen die weiße grobmaschige Gardine, die im offenen Fenster zappelte. Pavel hatte sich auf eines der Betten geworfen, wir standen winzig klein im Licht der Leuchtstoffröhre.

»Was is los?«, rief Pavel.

Möglichst gleichgültig ließen wir uns am Tisch nieder und antworteten spät und mit nichtssagenden Gesten. Pavel griff unter die Bettdecke, zog eine dicke schwarze Pistole hervor, wedelte sie hin und her. Dann zielte er auf eine Bierbüchse, die aufs Pfostenende eines der Doppelstockbetten gestellt war. Wir hielten den Atem an. Pavel feuerte, kein Knall, nur ein deutliches Klacken, als die Kugel aufs Blech traf. Die Büchse fiel und landete scheppernd im Papierkorb. Pavel schob die Pistole zurück unter die Decke, strich sie wieder glatt, blähte die Wangen auf und sank ausatmend noch tiefer in den Schatten des Doppelstockbettes zurück.

Wie zwei blasse und biegsame Fremdkörper saßen Simon und ich auf den harten Sitzflächen der Stühle, schauten stumm aneinander vorbei, bis Pavel, wahrscheinlich enttäuscht und genervt von diesen eingeschüchterten Jünglingen, die er sich wie eine lähmende Krankheit ins Zimmer geholt hatte, zu uns herüberrief: »Wirf mal Bier rüber, nehmt euch, und drück mal einer *Start*.«

Simon langte nach der Tüte mit Bier, die unterm Bett stand, und reichte eins in Pavels Richtung, der es schnell und ansatzlos wie ein in seiner Höhle lauernder Krake aus seiner Hand fischte, ich drückte *Start*.

Gedämpfte Paukenschläge zerteilten unser Schweigen, ein knisternder, funkensprühender Rhythmus setzte ein, eine kurze, eingängige Melodie, aus wenigen Tönen zusammengesetzt, legte sich drüber, eine Musik in Endlosschleife, gleichförmig, doch mitreißend, zehn Sekunden, zwanzig Sekunden, dann tauchte eine helle, gepresste Stimme auf, gab ein, zwei unbestimmte Laute von sich und begann erst leise, dann selbstbewusst eine Rede zu singen, ein ewiger Monolog, nur von kurzen Pausen unterbrochen, in denen eine traurige Mädchenstimme zwei sehnsuchtsvolle Zeilen sang.

Es war polnischer Rap, wie Pavel in einem Aufschrei erklärte, dann kopfwippend sein Bier ansetzte und trank. Simon und ich verstanden natürlich kein Wort, trotzdem saßen wir vor dem Rekorder wie vor einer Schauspieltruppe, die für uns eine spontane Privatvorstellung gab. Wir glotzten in die schwarzen Boxen, schlürften Bier, ich hielt den Kopf geneigt, drückte meine Lippen gegen die Büchse, spürte, wie die Musik durch meine Ohren in den Körper rauschte und sich die Worte in meinem Inneren entfalteten, als würde ein Voodoo-Priester mir in Zungen direkt ins Herz predigen, von der tiefen Wahrheit, die unserer Existenz zugrunde lag und auf die ich, höchstwahrscheinlich, in meinem ganzen Leben nie derart unmittelbar und hart gestoßen werden würde, wie es diesen einsamen, am Rand der

Gesellschaft sich aufbäumenden Rappern geschehen war, die das Schicksal immer wieder und ohne erkennbares Ziel im Nacken gepackt und in die Exkremente ganzer Städte getunkt hatte. Immer neue Prediger traten hervor, sangen zu Varianten ein und derselben monotonen Musik und beschworen ein und dieselbe düstere Melancholie herauf. Das Bier schmeckte wie bittere Medizin, doch ich zwang mich, Schluck für Schluck bis zum letzten metallischen Tropfen diesen Wein zu trinken, ohne jenes idiotische Grinsen aufzusetzen, das ich bei den Messdienern in der bedeutungsschwangeren Klosterkirche im Dorf meiner Oma beobachtet hatte, wenn sie an der Reihe waren, den blutgefüllten Kelch an die Lippen zu führen. Auch Simon trank still und stoisch, sein Arm hob und senkte sich wie eine der tickenden Ölpumpen in der öden Pampa der Walachei, ein Landstrich, den ich erst zehn Jahre später, doch dann sehr gut, kennenlernen würde.

Betrunken, dachte ich, endlich betrunken; es fühlte sich okay an, kein Schwindel, keine Übelkeit, nur eine klebrige Ruhe hatte sich ausgebreitet. Durch einen engen Schacht im Nebel meiner Benommenheit sah ich in die schwarze polnische Nacht hinaus, die hinter der weißen Gardine glänzte. Wie ein Kanonenschuss klackte der Rekorder, als das Band, das eine lange Weile unbespielt vor sich hin gelaufen war, abrupt ans Ende kam.

Wir standen auf, stellten unsere Büchsen mit einer gewissen Wehmut in das Wirrwarr, das auf dem kleinen Jugendherbergstisch herrschte – es war unser erstes gemeinsam, in einvernehmlichem Schweigen getrunkenes Bier –, und verließen sehr leise, um den schlafenden Pavel nicht zu wecken, sein Zimmer.

Über die Außentreppe, auf der wir viele Stunden früher auf

Pavel getroffen waren, stiegen wir in den Hof hinunter, zogen uns die Zigaretten hinter den Ohren hervor, zündeten sie an der kaum mehr glimmenden Glut des täglichen Lagerfeuers an und pafften stehend.

»*Softair* heißt das«, sagte Simon, »kriegst du in Deutschland erst mit sechzehn oder achtzehn, wir jedenfalls nicht.«

»Hm …«, machte ich.

Schon am nächsten Morgen suchten wir Pavel erneut auf. Wir hatten unser letztes Geld zusammengekratzt, fünfzig DM, vierzig davon wollten wir ihm anbieten.

»Besorgst du uns zwei von diesen Pistolen?«, fragten wir ohne langes Herumreden.

Pavel wischte sich über die müden Augen.

»Klar«, sagte er und musterte uns mit einem grinsend stolzen Blick.

So kam es, dass wir bald schon mit polnischen Waffen im Gepäck und der Kassette polnischen Raps, die mir Pavel mit einem gleichgültigen Schulterzucken überlassen hatte, die Rückkehr antraten. Unsere Pistolen waren tief in den Rucksäcken vergraben, die Kassette trug ich, wenn ich lief, in der Arschtasche meiner knapp unter dem Knie abgeschnittenen Jeans. Wenn ich mich setzte, zog ich sie hervor und behielt sie in der Hand wie einen Wegweiser in die Zukunft.

Zwei Tage verstrichen schnell und unbemerkt wie ein Augenzwinkern, schon liefen Simon und ich über die schwarzen Flachdächer unseres Viertels; der Teer dünstete seinen Gestank aus und wurde weich unter den klaren Strahlen der Mittagssonne. Wir rüttelten an etlichen Dachluken, bis wir endlich eine offene fanden und eine Leiter hinab in die Gluthitze eines verwaisten Dachbodens kletterten. Durch zwei winzige Fenster fiel das Sonnenlicht und ließ schwerelose Staubpartikel, die in der reglosen Luft um die eigene Achse kreisten, wie Sterne funkelten. Hier würde uns niemand stören, niemand finden, niemand hören und niemand von uns wissen. Hier zückten wir unsere Waffen, ließen die Magazine aus den Griffen rutschen und prüften die Ladung.

Fünfzehn gelbe Schuss. Mit zu viel Anstrengung, um es den Revolverhelden und Pistoleros, deren Bilder wir im Kopf hatten, gleichzutun, zogen wir den Verschluss bis zum Anschlag und ließen ihn zurückschnappen. Wir klappten noch die kantigen Schutzbrillen herunter, die wir nach dem Chemieunterricht unauffällig in die Stirn geschoben aus dem Laborraum getragen hatten, dann rannten wir in entgegengesetzter Richtung auseinander, um uns zwischen Balken und Gerümpel zu verstecken.

Aus der Deckung eines riesigen Pappkartons heraus feuerte ich meinen ersten Schuss. Blindlings, ohne irgendwohin zu zielen, hielt ich die Waffe nur in die ungefähre Richtung, in der ich Simon vermutete, und zog dann hektisch die nächste Kugel in den Lauf. Vorsichtig spähte ich am Karton vorbei. Bestimmt hatte auch Simon einen ersten Probeschuss abgegeben und mühte sich jetzt mit dem Nachladen ab, einen Knall hatte ich nicht gehört, was nichts bedeuten musste, Softair kam leise und hinterrücks. Hinter einen Balken gezwängt, erkannte ich ihn, seine Ellenbogen, seine Schultern und Fußspitzen ragten zentimeterweit hervor, ein zu kleines Ziel, trotzdem schoss ich, um ihm keinen Augenblick Ruhe zu lassen, auf mich anzulegen. Drei Sekunden, und ich hatte die Waffe wieder schussbereit, spähte erneut, aber jetzt war Simon verschwunden. Also musste auch ich die Stellung wechseln. Fünf Meter weiter lehnte eine Tür gegen einen Querbalken. Ich ging in die Hocke, bereit loszupirschen, aber rührte mich nicht, einige Male zuckte ich vorwärts, zuckte aber sofort wieder zurück. Vielleicht könnte ich Simon dazu verlocken, einen leichtsinnigen Schnellschuss abzufeuern, um dann selbst die kurze Pause des Nachladens zu nutzen. Langsam schob ich meinen Kopf aus der Deckung, Simon war nirgends zu entdecken. Wahrscheinlich spähte ich eine Sekunde zu lang. Ich spürte einen leichten Stups zwischen meinen Augenbrauen, schreckte zurück, lauschte, kein Wort, nichts, vielleicht hatte Simon gar nicht bemerkt, dass er mich erwischt hatte … da hörte ich seine Stimme: »Hab ich getroffen? Ich hab doch getroffen, komm raus, du bist tot.«

Ein winziger roter Punkt über der Nasenwurzel, Simon legte seinen Zeigefinger darauf, kicherte stolz und rieb sich die Hände, perfekter Treffer, schmerzfreier Tod, stellte er fest und faselte wie zur Entschuldigung von seiner Schwester und seiner Mutter, die beide zielsichere Schützen am Luftgewehr seien, es wohl in seiner Familie liege, perfekter Treffer, wiederholte er überglücklich. Und ich begriff, dass er mich abgeschossen hatte wie ein auf der Lauer liegender Jäger ein junges, dummes Reh, nicht wie einen Erzfeind, einen verhassten Rivalen oder einen gefürchteten, doch respektierten Gegner, nein, er hatte mich zur Zielscheibe abstrahiert, sich strategisch klug positioniert, geduldig den richtigen Zeitpunkt abgewartet und dann wie ein gut geölter Mechanismus den Abzug gedrückt. Jetzt freute er sich, als hätte er ein Geduldsspiel nach kurzem Ringen überraschend schnell gewonnen.

»Gut, Simon, dann bin ich tot, dann kann ich gehen«, sagte ich und ging, stieg schweren Schrittes die Leiter hinauf, dem grellem Sonnenlicht entgegen wie eine himmelwärts aufsteigende Seele dem blassen Gleißen des Jenseits, und ließ Simon auf dem stickigen Dachboden allein, wo er in einem Schuhkarton ein Dutzend kaputte Glühbirnen finden und auf der Lehne eines durchgesessenen, von Motten zerfressenen Sofas aufreihen würde, um sie eine nach der anderen, ohne einen einzigen Fehlschuss, mit den gelben Plastikkügelchen zu zerschmettern, wie er mir beim nächsten Treffen mit demselben fiebrigen Stolz erzählen würde.

Ich kletterte ein Baugerüst hinunter, dessen Arbeiter blaumachten oder aus Kalkül heraus gefeuert worden waren, da bald schon billigere Kräfte aus dem Osten anrücken würden, zehn oder mehr kurze Leitern, fühlte mich wie ein Hamster im Laufrad, bis ich endlich unter der Bauplane hervorschlüpfte, wo die Sonne mir wieder gnadenlos in die Augen stach.

Die Waffe drückte gegens Steißbein. Ich rieb mir die Stirn, obwohl da keine Schmerzen waren, presste die Lippen aufeinander und fluchte vor mich hin. Bordsteinplatten funkelten unter meinen Schritten wie ein von Blitzen durchzucktes Wolkenmeer, ich trat auf die Rillen zwischen den Platten, als würde ich etwas zertreten. Dann, mit jedem zurückgelegten Meter, wurden meine Flüche verspielter, verdamm mich noch einmal, Herr Gott du, ich sprang von Rille zu Rille und begann unmerklich, etwas Neues ins Auge zu fassen: nach Hause oder zum Sportplatz, Anton suchen, vielleicht zum Comicladen an der Weinmeister oder doch umkehren, wo bin ich überhaupt? Ich sah auf, sah mich um, blickte mit einem Mal direkt ins blinde Einauge eines Einschusskraters.

Ohne mich dafür entschieden zu haben, ohne zu wissen, was ich tat oder warum, griff ich unter mein T-Shirt, schloss meine Hand um den Griff der Waffe, zog sie aus dem Hosenbund, hob sie Zentimeter für Zentimeter am ausgestreckten Arm, bis sie direkt ins schattige Loch des Einschusses zielte. Ich spannte meine letzte Kugel, natürlich die letzte, in den Lauf. Mein Schuss knackte und hallte zwischen den steilen Wänden der Straßenschlucht wider. Die Kugel prallte zurück, fiel und warf einen winzigen weißen Schatten, der leicht und sanft zu Boden glitt, eine Kugel aus Papier, die mir zwischen die Füße rollte. Wie von allein entfaltete sie sich zwischen meinen Fingerspitzen – meine Spucke war seit Langem getrocknet.

Carl »Flatfish« Peterson
Ein einsamer Junge aus Idaho, rechtzeitig geboren, um einer der Jüngsten und Ersten zu sein, die windstille, unter der Sonne brütende Heimat, in der die Eltern mit dem Boden, wie sie sagten, verwachsen waren, zu verlassen und sich gemeinsam mit seiner gesamten Generation nach Europa einschiffen zu lassen. Seine Befehlshaber, verwachsen mit ihren Uniformen, wie sie sagten, waren Männer, wie er sie sich immer erträumt hatte, sie lebten ihre Träume in die Wirklichkeit hinein, Männer, die urplötzlich verstummen konnten, um in einem langen, wachsamen Blick den Horizont zu segmentieren, zu planieren, zu annektieren. Carl ritt auf diesem Blick wie auf einem Regenbogen in den Krieg. Über seinen dürren, langgliedrigen, spinnenhaften Körper witzelten die Kameraden, er sei der Reisig, der den Krieg erst richtig in Brand setzen würde, aber Carl wusste, dass er nur so viel wie möglich essen musste, immer essen, alles, was ihm in die Finger kam, dann würde es schon werden mit ihm, darauf vertraute er. Wie ein junger, gerade ins Leben erwachter Hirsch sprang er in die Brandung und rannte und rannte, bis er sich in die Deckung seiner toten Kameraden warf, seine Hände, Füße, Arme und Beine, Knie, Brust, Ellenbogen, seinen zur Seite gekehrten Kopf in den schlammigen Sandboden drückte und die Augenlider

mit der Kraft seines gesamten Gesichts zusammenpresste. Wochenlang kampierten sie auf dem blutdurchtränkten Boden ihres Triumphs, wie manche seiner Kameraden scherzten, die aus einem anderen Holz geschnitzt waren als er, wie Carl vermutete, jedoch nicht allesamt aus demselben anderen Holz, wie er weiterhin vermutete. Carl, das Landei; mit einer Handvoll Kameraden watete er in die knietiefe Brandung und versuchte, mit aufgepflanztem Bajonett Flundern zu stechen, was ihm, der nun schon seit einer unvorstellbar langen Zeit in einer Art schulterbreitem Tunnel lebte, in dem er bewegungslos, mit starrem Blick ausharrte, besser als allen anderen gelang. Durch die endlosen Wälder Europas – obwohl Carl wusste, dass diese Wälder im Vergleich zu seiner Heimat winzig waren, auch die Felder, die Berge, die Städte, einfach alles in diesem gestauchten Kontinent, der ehrlicherweise nur als Wurmfortsatz des viel größeren, eurasischen Kontinents zu bezeichnen war, war so niedlich, überschaubar, so putzig, dass es die Menschen haufenweise in den Wahnsinn trieb, nicht umsonst, so erschien es Carl, hatten sie die ganze Welt dazu eingeladen, sich hier, in den eingezäunten Vorgärten, in einem monströsen Krieg zu veräußern – ging es im Bauch der Armee voran und voran. Carl, ein willenloses Blutkörperchen in einer einzigen, ausufernden Verschleißerscheinung, schnappte kaum mehr nach Luft, aber lief und aß und trank und sprach und hatte ein Gesicht, machte Witze und Gesten und schlief, gähnte, kratzte sich, fluchte, fror, leckte sich die Lippen oder biss sich auf die Lippen oder biss sich schmerzhaft ins Wangenfleisch, wenn er hektisch und geistesabwesend aß, was es zu essen gab. Er konnte grinsen, lächeln, skeptisch die Augenbrauen zusammenziehen oder die Schultern heben, er konnte einem erschöpften Kameraden auf die Schulter klopfen, er konnte ins Gras pissen, und wenn er seinen Strahl sah, der in der Abendsonne glitzerte, dachte er manchmal, wo pisse ich da eigentlich hin? Das Leben des Soldaten ist nicht zum Erinnern gemacht, alles oder nichts, plötzlich standen sie vor den Toren Berlins, putzten vor dem Einmarsch noch einmal ihre Gewehre, zählten die Granaten, und Kiril »Kambala« Petuchow – wie er der historischen Wahrheit zu Liebe von nun an heißen soll – fühlte sich wie jemand, der es vielleicht doch noch bis nach Hause schaffen könnte. Auf leisen Sohlen schlich die abertausendköpfige Armee voran, Schritt für Schritt und Schuss für Schuss, und stieß mit jedem gewonnenen Häuserblock auf neuen heimtückischen und immer verzweifelteren Widerstand, den sie auf Gedeih und Verderb niederstrecken musste, um weiter und weiter vorzurücken, aufs Zentrum zu, wo ein grotesker und unerreichbar ferner Endgegner hauste. Kiril dachte an einen Spielsüchtigen, der bereits den Reichtum des halben Casinos vor sich auf dem Roulettetisch aufgetürmt hatte und doch immer wieder alles setzte, um zu verdoppeln und wieder zu verdoppeln, der spielen würde, bis alles verloren war. Sobald ein Schuss fiel, fiel auch Kiril, ließ sich reflexhaft in den Staub fallen und kroch auf jedes Dunkel zu, dass Deckung bedeuten konnte. Neben ihm erwischte es seine Kameraden, die auch nichts anderes taten als er. Es war nur eine Frage der Zeit, dachte Kiril, oder eine Frage des Schicksals, eine Frage der Religion, eine Frage des Zufalls. Wäre ich doch bloß eine Ratte, wünschte sich Kiril, dann könnte ich mich unter die Trümmerhaufen zurückziehen und würde, ohne würgen zu müssen, alles fressen, was fressbar ist. Wäre ich doch nur eine Ratte, dachte Kiril und schüttelte den Kopf. Da schlug eine Kugel durch seine rechte Wange, zerschlug die zusammengebissenen Zähne, zerfetzte seine Zunge und seine Luftröhre, zerschmetterte einen Halswirbel, streifte noch den Rand seines Helms und prallte gegen die Hauswand, gegen die auch der getroffene Kiril stolperte und langsam in die Knie sank.

Ich rollte den Zettel zwischen den Fingerspitzen zu einer winzigen Perle zusammen, warf sie mir in den Mund und schluckte sie mühsam mit klebriger Spucke hinunter.

Schüsse, Sirenengeheul, quietschende Bremsen, während ich auf dem Sofa lag und geistesabwesend meine Unterarme betrachtete. Die weißblonden Härchen waren gewachsen, zumindest schien es so, eine optische Täuschung durch den im Sommer stärkeren Kontrast zur sonnengebräunten Haut. Auf eine mir noch völlig unbekannte Weise wirkten meine Arme alt. Auch die tiefe, elegant gebogene Falte, die sich über der Ellenbogenbeuge bildete, wenn ich den Arm anwinkelte, faszinierte mich, sie schien zu lächeln, ein siegessicheres, selbstbewusstes Lächeln, es löste sich auf, als ich den Arm streckte. Ich strich mit dem Zeigefinger über die blassen Schraffuren, die am Grund der Falte verborgen gewesen waren, ein verschlüsseltes Rätsel über den Ursprung der Welt, unlesbar, unlösbar, ich ließ die Arme sinken.

Durch die offene Flügeltür sah ich zu Anton und Simon, die am Computer von Simons Eltern saßen und eine kurze, als Testversion ausgekoppelte Sequenz von *Grand Theft Auto* spielten. In den fünf Minuten, in denen sie tun und lassen konnten, was sie wollten, bevor die Uhr und der Spielstand wieder auf null gestellt werden würden, versuchten sie, so viele Passanten wie möglich zu überfahren, ganze Joggertrupps auf einen Streich, Rentner, die nicht schnell genug ausweichen konnten, immer die Bürgersteige entlang und am besten ein Kommando Streifenpolizisten niedermähen. Selten gelang es, dass ihr Wagen vor Ende der Fünf-Minuten-Frist nicht gestoppt, ihr Fahrer nicht erschossen oder im Autounfall getötet wurde. Eine Weile hatte ich hinter ihnen gestanden und über ihre Schultern hinweg zugeschaut, es war aber schnell langweilig geworden. Im Wohnzimmer verschwamm der leise Lärm der Verfolgungsjagden und das Geschrei der empörten Unfallopfer mit dem echten Straßenrauschen, das von der Oranienburger durch ein offenes Fenster heraufwehte. Ich fuhr mir mit den Fingerspitzen über meinen Unterarm, dass mich ein leichter Kitzel durchzuckte, dann kratzte ich mehrere Male meinen Arm entlang. Weiße Spuren leuchteten auf und sanken wieder zurück in den rötlich braunen Farbton der Haut. Ich blickte auf die Mattscheibe des Fernsehers, in das dunkle Spiegelbild des Zimmers, in dem ich mich nur als grauen Schatten erkennen konnte.

Letzte Woche hatte mir ein Mädchen, das ich noch nie gesehen hatte, einen Brief in die Hand gedrückt, hatte mir für einen Augenblick zugelächelt oder vielmehr: mich lächelnd angeschaut, wie sie auch ein flauschiges Haustier oder das Poster ihres liebsten Disneyhelden angeschaut hätte, und war ohne ein Wort weitergerannt. Inmitten von bunten Kringeln, Blümchen und Sternchen stand in blauer Tinte und makelloser Schreibschrift *Ich mag dich* geschrieben. Ich hatte den Brief sofort wieder zusammengefaltet, erst in die Hosentasche geschoben, später im Klassenzimmer in meinem Rucksack versenkt, an dessen Grund er zwischen angesammelten Zetteln und nie ausgefüllten Arbeitsblättern verloren ging. Heute hatte sich in der großen Pause ein Mädchen, das mich um viele Köpfe überragte, vor mir aufgebaut und mit schwarzen Augen auf mich herabgeblickt. Wann ich vorhätte, auf den Brief ihrer Schwester zu antworten, wollte sie wissen. Ich öffnete den Mund, brachte auch einen kurzen, nachdenklichen Laut heraus, wurde dann aber sehr still. Versteckt hinter einem ausdruckslosen Gesicht starrte ich auf ihren sehnigen Hals und wartete. Wahrscheinlich hätte sie mich gern geschlagen oder zumindest vor meine Füße gespuckt; sie tat nichts dergleichen, nach einigen Sekunden hob sie den Kopf, rieb sich ihr Kinn und zog wieder ab. Ich blickte ihr hinterher, auf ihre knochigen Schultern, die schwarzen Haare, die zu einem dünnen Zopf geflochten waren: Dieses Mädchen würde mich nie wieder bemerken, nie wieder ansehen, für sie gehörte ich, ein für alle Mal, zu diesen hoffnungslosen Idioten, die, wenn es drauf ankam, Augen und Mund zusammenkniffen und die Hände tief in ihren ausgeleierten Hosentaschen vergruben. Aber was hätte ich sagen sollen … Ihre Schwester hatte mich beobachtet, ich sie aber nicht. Ihr Gesicht hatte ich bestimmt schon oft gesehen, in der Aula oder wenn sie mir in den Gängen des Schulgebäudes über den Weg gelaufen war, aber sie wahrgenommen oder mich gefragt, wie sie wohl heißt, hatte ich nie. So lief es nun mal. Für das Mädchen, das ich beobachtete, das Mädchen aus der Nachbarklasse, mit den Augen, die keine Langweile kannten, dem kastanienbraunen Haar, den Händen, die immer in Bewegungen waren, war ich genauso unsichtbar, wie es das Mädchen mit dem Brief für mich war. Wenn ich mich in den Hofpausen in der Nähe der Tischtennisplatten herumtrieb, mich über die Tischtennisspieler lustig machte, die sich nervös um die Platte drängelten, oder den Großen beim Basketballspielen zusah, konnte ich gar nicht anders, als ständig zu diesem Mädchen hinüberzuschielen. Meistens hing sie mit ihren Freunden bei den Mülltonnen rum, diskutierte lauthals und ballte dabei voller Entschlossenheit die Fäuste. Einmal war ihr von irgendwoher ein Fußball gegens Ohr geknallt, und sie hatte so laut und kantig über den Schulhof gebrüllt und den Schützen verflucht, der sich zu Recht nicht traute, ihr entgegenzutreten, dass ich noch Tage später den Kopf einzog, wenn ihr Blick mich zufällig zu streifen schien. Heute hatte ich sie nirgends entdeckt, weder war sie bei den Mülltonnen, noch befand sie sich unter den Tischtennisspielern, unauffällig hatte ich den Blick kreuz und quer über den Schulhof springen lassen, während mir Simon von aufwendigen Umbauplänen für sein Zimmer erzählte. Ich hörte kaum zu, ich war abgelenkt von der Suche nach dem Mädchen aus der Nachbarklasse, auch der Überfall der großen Schwester klang als wirre Unruhe nach. Schließlich scheuchte uns die Pausenklingel auf. Simon rannte voraus, er habe noch etwas zu erledigen, meinte er, wahrscheinlich wollte er einfach nur aufs Klo. Die Ordnung der Zweier-, Dreier-, Vierer-, Fünfergrüppchen, in die wir uns, kaum eingeschult, leichtfertig und unwiderruflich aufgespalten hatten, löste sich auf und verwischte zu einem lauten Strom von Schülern, der sich vor den Türen der Schule staute. Unaufhaltsam begann das Schulgebäude uns aufzusaugen, immer kleiner mussten wir uns machen, die Arme am Körper halten, in winzigen, zögerlichen Schritten ging es auf die viel zu schmale Tür zum hinteren Treppenaufgang zu. Es war ein Ritual, das uns auf die Klassenräume vorbereitete: die niedrigen Schulbänke, die engen Lehrerköpfe, die unzerstörbaren Stühle aus braun lackiertem Stahl und beigefarbenem Plastik. Wie eine Erscheinung tauchte plötzlich das Mädchen vor mir auf. Es war ihr Nacken, der mit einem Mal mein gesamtes Gesichtsfeld ausfüllte, ich blickte auf zarte Härchen, blasse, dunkle Haut, sanfte Wärme wehte mir entgegen, ich atmete ihren Duft ein, konnte ihn auf meinen Lippen spüren, die schon die Worte formten, die ich ihr zuflüstern wollte.

»Was haben wir jetzt?«, spuckte Anton in mein Ohr, ich stammelte, blinzelte, das Mädchen zwängte sich durch die Masse der Schüler und trieb weg von mir.

»Weiß ich nicht, weiß ich doch nicht«, schimpfte ich leise.

Anton blieb an meiner Seite, lief mir hinterher, setzte sich neben mich im Klassenraum, lieh sich meinen Anspitzer, aber würde mich, sobald der Unterricht vorbei war, wieder allein lassen und in den langen Gängen des Schulgebäudes verschwinden – wenn er mit seinen neuen Freunden aus den älteren Jahrgängen in einer der hintersten Ecken des Schulhofs stand, führte für mich kein Weg mehr zu ihm.

Simon und ich oder ich und Simon. Vielleicht lag ich deshalb in diesem tauben Dämmerzustand auf dem Sofa seiner Eltern, weil Simon nicht mehr daran glaubte, das Probehalbjahr auf dem Gymnasium schaffen zu können. Ich legte den Kopf zurück, beobachtete einige zerfetzte Spinnweben, die über dem Fenster hingen, suchte die dazugehörige Spinne, die aber nicht aufzufinden war, lauschte auf zwei ferne Stimmen, deren Geschrei über das Rauschen der Straße hinweg bis zu mir herauftönte, Sätze, die sie sich von einer Straßenseite zur anderen zubrüllten; was genau sie brüllten, konnte ich nicht verstehen, eine nichtssagende, weder hohe noch tiefe Stimme und eine energische, fast schrille Stimme, eine Mädchenstimme, dachte ich, vielleicht das Mädchen aus der Nachbarklasse, das Lea hieß oder Annika oder Jessica, ich wusste es nicht, aber diese drei Namen wurden häufig in ihre Richtung gerufen, worauf sie und das Grüppchen, mit dem sie immer unterwegs war, sich umwendeten, um den Rufer oder die Ruferin zu suchen. Der Impuls, sofort aufzuspringen, ans Fenster zu rennen und hinunterzuschauen, ging vorbei. Einige Sekunden später waren auch die beiden Stimmen verschwunden, wahrscheinlich hatte eine der beiden nachgegeben und die Straße überquert, die nichtssagende Stimme, nicht das Mädchen, da war ich sicher. Und ich lag noch immer unverändert im Wohnzimmer von Simons Eltern, durch das jetzt ein warmer Wind zog – jemand musste das Fenster im Bad oder in der Küche geöffnet haben. Schon knallte die Tür zum Flur ins Schloss, ich sah auf. Der kleine Ganoven-Avatar aus *Grand Theft Auto* stand in den Knien wippend auf dem Bürgersteig. Auch diesmal wäre ich beinahe aufgestanden, um zu sehen, wo Anton und Simon waren und was sie machten, stattdessen schloss ich die Augen und drückte meine Wange an die Rückenlehne des Sofas. Ich würde versuchen einzuschlafen, dieser Nachmittag war langweilig, vielleicht würde im Traum etwas passieren.

Der Schlaf blieb aus, und ich musste weiter meinen Gedanken zusehen, die noch immer in der Schule festhingen: Die Gesichter meiner Klasse tauchten auf, grinsende Gesichter, stumme Gesichter, träumende Gesichter; ich hörte den Lärm von Stühlen, die hin und her gerückt wurden, das Geschrei der Schüler, das losbrach, wenn die Stunde vorbei war, und widerwillig verebbte, wenn eine neue begann. Ich sah den Klassenraum mit den gelblich gestrichenen Wänden, die Lehrer, die immer schon wussten, was wir in der nächsten Stunde, in der nächsten Woche, in der nächsten uferlosen Zeit würden lernen müssen, in den endlosen Fächern, die offenbar nichts miteinander zu tun hatten. Im Musikraum zwang uns die Musiklehrerin, Wald- und Wiesenlieder zu singen, im Kunstraum hatten wir unsere Federtaschen erst mit Bleistift zu zeichnen, dann mit Tusche zu malen, die Biologielehrerin beschwor die Beschaffenheit von Amöben als »gallertartige Masse« herauf und gab uns zum Abschluss der Stunde einen gut gemeinten Rat mit auf den Weg: Zehennägel waren gerade und Fingernägel rund abzuschneiden. Eine

Fünf-Minuten-Pause später saßen wir über unsere Arbeitshefte gekrümmt und lösten schweigsam und jeder [redacted]r sich allein die Rechenaufgaben, die der Mathelehrer hekt[redacted]n an die Tafel kritzelte. Unsere Lehrer waren Gespenster, s[redacted]hockten auf harten Stühlen hinter ihren jämmerlichen Schre[redacted]ischen, starrten zum Fenster hinaus oder wühlten in Schub[redacted]en, in denen sie nie fanden, was sie suchten; so geisterten s[redacted]urch den ewigen Schultag und durften weder in den Himm[redacted]uf- noch in die Hölle absteigen, dazu verdammt, eine letz[redacted]ache zu Ende zu bringen, von der sie jedoch keinen Schim[redacted] hatten, was sie war. Wenn man die Lehrer ansprach, be[redacted]ie Schulglocke läutete, zuckten sie erschrocken zusam[redacted]oder antworteten mit nervösem Gestammel, sobald ab[redacted] Glocke losheulte, sprangen sie auf, begrüßten die Kla[redacted]it einem reflexhaften Lächeln und dem Aufsagen eine[redacted]grüßungsfloskel, in die sie die Ziffer der jeweiligen K[redacted]einfügten, sieben a, b oder c. In irrwitzigem Tempo fa[redacted] sie den Inhalt der vergangenen Stunde zusammen, an den [redacted]ich von uns niemand mehr erinnern konnte, zählten auf, was in der anstehenden Stunde auf dem Plan stand, teilten Arbeitsblätter oder fleckige Kopien von Schulbuchseiten aus, warfen noch einen skeptischen Blick auf ihre Armbanduhren und zogen sich, während wir uns ungläubig über die Aufgaben beugten, wieder hinter ihre Schreibtische zurück, um weiter aus dem Fenster zu starren, in Schubladen zu wühlen oder langsam im Klassenheft die Liste der Schüler mit dem Finger entlangzufahren und lautlos unsere Namen aufzusagen. Ich verstand nicht, wie die Schule funktionierte, verstand einfach nicht, was wir dort taten, was wir dort lernten und wer wir dort sein sollten.

Ich riss die Augen auf. Es war Freitag. Die Woche war zu Ende. Tagelang keine Schule. Freie Tage. Verschwende keine Gedanken. Vergiss die Schule. Außerdem war es besser, besser für Simon, für uns alle wäre es besser gewesen, wir hätten die Schule schmeißen sollen, alle auf einmal und sofort. Erst einmal würde Simon gehen, wie er auch schon von einer Grundschule in die nächste geflohen war – keine einzige Stunde hätte er es mit Frau Stänzel, seiner allerersten Klassenlehrerin, mehr ausgehalten, so sehr hatte er sie und sie ihn gehasst. Unsere Freundschaft hatte überlebt, natürlich, wir lebten in einem Viertel, waren Nachbarn und kannten uns von klein auf. Ich stellte die Füße auf den Boden und erhob mich wie ein alter Mann, der noch lange zu leben hat.

Vom Badezimmer oder der Küche her war leise Simon zu hören, wie er konzentriert und bestimmt Sätze wie »gut so«, »noch ein bisschen« oder »geht noch« sagte. Ich ging zur Balkontür, rüttelte daran, bis sie sich krachend öffnete, und trat hinaus. Die Blumenkästen waren überwuchert von Pflanzen, wie ich sie aus den Steingärten im Dorf meiner Oma kannte. An den Steilhängen der Vorgärten liebte ich sie – hier, in den schmalen Brutkästen, waren sie zu einem ekligen Brei verwachsen. Sternförmige Gebilde aus fleischigen Blättern, so dick und glänzend wie Nacktschnecken, die sich an- und übereinanderdrängten, ein unerbittlich geführter Platzkampf, dessen Verlierer unter den Gewinnern vergammelten oder vertrocknet an den Rändern der Blumenkästen herabhingen. Und die wenigen dürren Blütenstängel ähnelten den faserigen Polypen, deren vergilbte Abbildungen im Raum des Biologieunterrichts die Wände schmückten. Ich stieg auf einen Blumenkübel, in dessen trockener Erde Zahnstocher und einige Zweige steckten, und beugte mich vorsichtig über die Brüstung, darum bemüht, die Pflanzen nicht zu berühren.

Tief unter mir spazierten winzige Köpfe den Bordstein entlang. An den Tischen des Cafés im Nachbarhaus hingen Menschen in Klappstühlen, streckten ihre erschöpften Beine aus und griffen mit tentakelhaften Armen nach Kaffee, Wasser oder sonst was, an Land gespülte Seesterne, dachte ich.

»Na, was guckst du?«, fragte Anton, der aus einem Fenster des Schlafzimmers zu mir herübergrinste.

»Nichts, nur so, wollte gerade jemandem auf den Kopf spucken, weiß nur noch nicht, wem«, antwortete ich.

»Warte mal, wir haben was Besseres.«

Da hievte Simon einen schweren, fußballgroßen Luftballon aufs Fensterbrett und grinste. »Wer will, wer will?«

Aber bevor wir antworten konnten, hatte er die übergroße Wasserbombe wie ein Kugelstoßer ans Kinn gedrückt, trat zurück und stieß sie mit kurzem Anlauf hinaus. Sie explodierte auf der Straße, spritzte meterweit, ein kraterhafter Schatten breitete sich auf dem Asphalt aus. Einige erschrockene Fußgänger sahen zu uns herauf, wir lachten nur und zogen für einen Augenblick die Köpfe ein. Unbeeindruckt hievte Anton die nächste Bombe aufs Fensterbrett, wie einen Medizinball warf er das schwere Ding von sich weg, es rutschte ihm noch halb durch die Finger und flog in kurzem Bogen direkt auf den Fußweg.

Die Leute schüttelten ihre nassen Füße, drängten sich gegen die Hauswand, sie fluchten, zeigten uns einen Vogel. Schon stand Simon wieder bereit, denselben energischen Blick im Gesicht, mit dem er damals den Psychogangster ins Visier genommen hatte, und schleuderte die nächste Bombe hinaus. Die Leute sprangen nach links und rechts, aber diesmal traf es nicht den Fußweg, nicht die Straße, sondern die Windschutzscheibe eines schwarzen Pkws, der am Straßenrand parkte.

Wir trauten uns kaum rauszugucken: Die gesamte Scheibe

war eingedrückt und von Rissen durchzogen. Ich duckte mich und schlich durch die Balkontür wieder hinein.

Anton und Simon kauerten am Boden unter dem Fenster, wussten nicht, ob sie lachen oder weinen sollten, stammelten nur fassungslos: wie krass, wie krass. Bis Anton sagte: »Krass gut, dass wir keinen Menschen erwischt haben.« Und Simon: »Ja … krass gut, dass ich kein fahrendes Auto erwischt habe« – Einsichten, die sofort Erleichterung verschafften.

Etwa eine Viertelstunde hockten wir so da und starrten einander erschrocken an, brachen aber immer wieder in Kichern aus. Dann klingelte es und klopfte an der Tür, jemand rief: »Aufmachen!«

Im Hausflur standen ein Streifenpolizist und ein Mann im schwarzen Anzug. Beide waren beschäftigt: Der Polizist schrieb in einem handtellergroßen Notizblock und hob nur kurz die Augenbrauen, als wir öffneten. Der Anzugmann redete gehetzt in ein winziges Telefon, das er zwischen Wange und Schulter geklemmt hielt, gestikulierte dabei angestrengt, was einen leicht unsinnigen Eindruck machte.

Wer wohnt hier, wo sind eure Eltern, einmal vor die Tür treten bitte, spulte der Polizist eine Reihe von Fragen ab, ohne den Blick von seinem Notizblock zu heben, während der Anzugmann uns jetzt wütend ins Auge fasste und sein Telefonat mit einigen abgehackten Jas zu Ende brachte. Er hatte kein unangenehmes Gesicht, es war schön, männlich auf eine klassische, geradezu märchenhafte Weise, wenn auch ungewohnt glatt rasiert. Seine Augen funkelten zwar zornig, doch feine Lachfalten ließen erahnen, dass er Humor haben musste. In anderer Kleidung, Jeans und Pullover oder einem simplen karierten Hemd, auch nicht derart frisiert – die glänzenden Locken waren in dekorativen Strähnen penibel über die Stirn drapiert –, hätte er vielleicht sympathisch wirken können, dieser Anzugmann aber hielt seinen Rücken kerzengerade, selbst als er zu uns viele Köpfe kleineren Kindern herabsah. Hätte er sich auf eine Stufe gesetzt, die Ellenbogen auf den Knien abgestützt und uns von Angesicht zu Angesicht erzählt, wie scheiße es war, dass wir ihm die Windschutzscheibe zertrümmert hatten, hätte es uns sicherlich leidgetan. So wurde sein ganzes gepflegtes Charisma jedoch von einer bedrückenden Anspannung verschlungen, dass ich den Blick lieber dem Polizisten zuwandte.

Simon erzählte, dass seine Eltern auf Montage und im Büro nicht erreichbar seien, und fragte, worum es denn gehe, was der Polizist mit einem drohenden Blick überging.

»Und deine Eltern?«, sagte er und beäugte Anton, der blitzschnell unsere Telefonnummer preisgab: »Zwei-acht, zwei-drei, eins-null-zwei.«

Der Polizist brummte, klappte sein Notizheft zu und wandte sich zum Anzugmann: »Gut, Herr Lilienthal, mehr kann ich erst mal nicht tun.«

Er riss ein Blatt aus seinem Notizheft und reichte es dem Herrn: »Setzen Sie sich mit den Eltern dieser drei in Verbindung. Ich nehme mal an, dass ist ein Versicherungsfall ...«

Der Anzugmann rührte sich nicht, er starrte den Polizisten an und atmete mit offenem Mund. Der Polizist trat noch einen Schritt auf Herrn Lilienthal zu und berührte mit dem Zettel fast sanft seine in der Luft stehende, zittrige Hand.

»Ja«, schwappte es abrupt aus diesem heraus, er griff den Zettel und richtete sich mit einem lauten Schnaufen noch weiter auf.

»Und jetzt«, sagte der Polizist: »Alle mal entschuldigen beim Herrn Lilljethal, dem ihr ja sein Auto demoliert habt und, wie ich ihn verstanden habe, auch das Wochenende ruiniert.«

Wir gehorchten und entschuldigten uns, laut und deutlich, was sich der Anzugmann stumm, mit leicht hervortretenden Augen und gerötetem Gesicht anhörte; er wollte etwas sagen, wahrscheinlich herausschreien, hielt aber die Lippen fest aufeinandergepresst. Ich lächelte ihm höflich zu.

»Danke, Wiedersehen«, verabschiedete er sich beim Polizisten und machte sich eilig daran, die Treppen hinunterzutippeln. Wir alle, Simon, Anton, der Polizist und ich, sahen ihm geduldig hinterher, bis das Klackern seiner mit Sicherheit maßgefertigten Herrenschuhe verhallt war. Der Polizist räusperte sich und kehrte sich wieder uns zu. Eine sich ewig hinziehende Belehrung folgte. Der Polizist in seiner Uniform tat seine Arbeit und wir unsere: »Stellt euch mal vor, ihr hättet …«, und wir schüttelten reumütig die Köpfe.

Dann schaute der Polizist auf seine Uhr, meinte, »gut«, blickte jedem Einzelnen von uns noch einmal ins Gesicht, »ich behalte euch im Auge«, sagte er und verschwand im staubigen Treppenhaus, dieser Großstadtsheriff, mit seiner klobigen Knarre im Holster.

Als wir uns erst spät am Abend nach Hause trauten, saßen meine Eltern vor den Resten des Abendbrotes am Küchentisch, mein Vater trank Wein, meine Mutter ein Glas Bier.

»Na?«, begrüßte uns meine Mutter, und die Kerze, die gerade noch geflackert hatte, erstarrte. Auch mein Vater, den Stiel des Weinglases zwischen Daumen und Zeigefinger, Anton, ich, alles erstarrte, verstummte, auch der Tisch, das Besteck, das Licht. Es war eine Stille, die zurückgebrüllt hätte, hätten wir nur ein unvorsichtiges, falsches Wort gesagt. Dann aber lächelte meine Mutter, das Kerzenlicht flackerte wieder auf, warf zweideutige Schatten über ihr Gesicht, es war ein schwieriges, untiefes Lächeln, das alles hätte bedeuten können. Mein Vater hob sein Glas, trank einen Schluck, wischte sich mit den Fingerspitzen über den Mund. Abrupt und unmittelbar, mitten in die angespannte Stille hinein, begann mein Vater, beschwingt und amüsiert von Lilienthals Anruf zu erzählen.

Nichts ahnend hätte er abgehoben, freundlich in den Äther gegrüßt, seinen Namen gesagt, schon war eine wütende Suada losgebrochen: vernachlässigte Aufsichtspflicht, Schande, versautes Wochenende, keine Mietwagen verfügbar … Mein Vater, geistesgegenwärtig, wie er manchmal war, hatte fürs Erste sein eigenes Auto angeboten, aber da hatte Lilienthal nur lachen können, er fuhr ja irgendein deutsches Wundercoupé und lehnte es ab, sich in etwas anderes zu setzen.

»Ok, ok«, hatte mein Vater beschwichtigt; im Grunde seines Herzens hatte er Verständnis für Lilienthals Ärger und wünschte sich insgeheim, damals, als ihm auf ähnliche Weise der Tag versaut worden war, derart aus sich herausgegangen zu sein. Selbst die Drohungen, mit denen sich Lilienthal dann verabschiedete, »wir hören noch voneinander«, hatte mein Vater väterlich entgegengenommen, »gut, gut«, geantwortet und »trotz allem ein schönes Wochenende« gewünscht.

»Lilienthal«, resümierte mein Vater bedeutungsvoll, »ein wesentlicher Immobilienbaron.«

»Hai«, unterbrach ihn meine Mutter, »Immobilienhai!«, und dann stürzten sie sich in ein Gespräch über unser Viertel, raunten von ganzen Straßenzügen, von Unsummen. Wir hörten zu, ohne viel zu verstehen, warteten vielmehr misstrauisch auf den Moment, in dem die gute Laune kippen würde, sie mussten einfach wütend sein, zumindest meckern mussten sie. Aber sie spöttelten nur unbeirrt über den Coupé fahrenden Lilienthal, der um sein Wochenende bangte.

Endlich fragte meine Mutter doch noch, wie wir überhaupt auf diese dumme Idee gekommen seien. Als wir aber nur verunsichert herumstotterten, winkte sie ab und beruhigte uns: »Die Versicherung macht das, keine Sorge, nur bitte nichts mehr aus Fenstern schmeißen.« Unser Vater hatte längst Kontakt mit der *Allianz* aufgenommen.

Daraufhin ließen wir sie reden, rutschten auf die Küchenbank und aßen hungrig. Das Fenster war von der Nacht verschlossen, unsere kleine Runde um den Küchentisch unscharf in der Scheibe zu erkennen, als säßen wir in einer unterirdischen Kammer, an einem letzten Rückzugsort, der immer da sein würde; unser Vater war Mitglied bei der *Allianz*, also waren auch wir Teil dieses Geheimbundes, der für die Belange unserer Familie Verantwortung übernahm. Ein machtvolles Gefühl wärmte uns die Gesichter und ließ uns die Aufregung der letzten Stunden vergessen. Wir aßen, bis nichts mehr da war, tranken die Milch aus, ließen uns vom leichten Gespräch unserer Eltern berieseln. Zuletzt krabbelte ich, wie ich es früher immer getan hatte, unter dem Tisch hindurch, drückte erst meinem Vater, dann meiner Mutter einen Kuss auf die Wange. Einen Moment lang musterten sie mich wie aus großer Entfernung, dann strich mir mein Vater über den Kopf, meine Mutter sagte: »Gute Nacht.« Ich winkte Anton, der mit einem abgekauten Bleistift auf einem Stück Zeitung krakelte. »Schlaft gut«, murmelte ich noch und ließ sie allein.

Während ich Zähne putzte, schloss ich die Augen und spürte schon den Schlaf, der wie ein warmes, dunkles Bad auf mich wartete. Der Tag hatte ein gut gelauntes Ende gefunden, ich kroch ins Bett und freute mich auf den nächsten. Als ich mir die Decke über die Lippen zog, am weichen Bezug roch und es allmählich still wurde in der Wohnung, gelang es mir jedoch nicht, die Augen geschlossen zu halten. Ich kniff sie zusammen, doch sobald ich sie entspannen wollte, öffneten sie sich wieder von ganz allein, und ich blickte ins Dunkel über mir. Leise zuerst, dann immer lauter begannen meine Gedanken um das *Hätte* zu kreisen, um diese schwarze Möglichkeit, die sich für einen Augenblick aufgetan hatte, von der wir, dem Zufall sei Dank, verschont geblieben waren. Wie sähe die Welt jetzt aus, wenn Anton einen dieser winzigen Köpfe getroffen hätte, auf die ich von Simons Balkon aus hinunterspucken wollte? Wer wäre der Mensch gewesen, der höchstwahrscheinlich … aber vielleicht ja auch nicht, versuchte ich, mir einzureden. Was hätten meine Eltern dann gesagt? Und Anton … aus einem naiven Bombenwurf hätte ein sehr finsterer Stern hervorgehen können, der ihn über Jahre oder sein ganzes Leben lang begleitet hätte. Tiefer und tiefer versank ich in fatalistischen Gedankenschleifen, Bilder tauchten auf, auf denen mein Bruder von einer aus dem Nichts fallenden Wasserbombe erschlagen wurde, es folgten leere Straßen, blasse, leblose Gesichter, es folgten Friedhofsbilder, wie ich sie aus Filmen kannte: Ich war in einen engen schwarzen Anzug gekleidet, widerstand zitternd den Tränen, während die übrigen Angehörigen in langer Schlange darauf warteten, meine Hand zu halten und mir ihr Beileid entgegenzuschluchzen. Echte Tränen sammelten sich unter meinen zusammengepressten Augenlidern … Plötzlich war da nichts als Scham, ich warf mich herum, drückte mein Gesicht ins Kissen, atmete angestrengt in den Stoff. Eine ganz andere Furcht erwachte jetzt: Solche Fantasien würden die Wirklichkeit herausfordern, sie auf sich aufmerksam machen, würden … abergläubischer Quatsch, der sich in der nächtlichen Dunkelheit überwältigend wahr anfühlte. Ich rieb meine Wange über das Laken, rieb mir mit dem Daumen über die Lippen, versuchte, alle Bilder abzuschütteln. In einem Gefühl großer, trostloser Einsamkeit, das noch lange nachklang, muss ich letztlich eingeschlafen sein. Ich träumte nichts und wachte am Morgen erfrischt und zuversichtlich auf. Ich würde einen Weg finden, dieses Mädchen kennenzulernen, heute oder morgen oder erst nächste Woche, es würde passieren, so entschied ich es. (Tatsächlich dauerte es dann noch ein ganzes Jahr, bis wir uns im freiwilligen, vor allem jedoch klassenübergreifenden Religionsunterricht gegenübersaßen, uns einander vorstellen mussten und uns, als wir an die Reihe kamen, endlich unsere Namen sagten.)

Eines Nachmittags explodierte ein Auto am Straßenrand vor dem Tor unserer ehemaligen Grundschule. Hinter der Absperrung, aber in erster Reihe hatten wir beobachtet, wie der Kofferraum vorsichtig mit großen, prall gefüllten Beuteln beladen worden war, Benzin oder eine Art Sand-Benzin-Gemisch, wie wir vermuteten. Von da an war eine prickelnde Nervosität in die Körper gekrochen; Anton und ich reckten und reckten die Köpfe, obwohl wir gute Sicht hatten, die Menge um uns war stiller geworden, auch das Filmteam arbeitete jetzt leise und hektisch in großem Sicherheitsabstand. Jedes laute Wort klang in dieser allgemeinen Anspannung wie eine Warnung und ließ uns zusammenzucken. Wir bewegten uns kaum mehr, starrten nur mit trockenen Augen in Richtung des Autos. Je länger es dauerte, desto stärker wuchs sich die Spannung zu einer kurzatmigen Lähmung aus, und es dauerte und dauerte, aber da wir nichts taten, nur unbestimmt auf den Knall und das Feuerwerk warteten, verging die Zeit wie ein einziger, sich ewig hinziehender Augenblick. Als es plötzlich »Achtung« hieß, von einem unscheinbaren Männlein durchs Megafon gerufen, und der Polizist uns bat, noch fünf weitere Meter zurückzutreten, wären wir beinahe umgefallen wie Holzfiguren.

»Was wird denn jetzt?«, fragte Anton.

»Keine Ahnung, es wird schon gleich«, antwortete ich.

Wieder rief das Männlein Anweisungen durch sein Megafon, die anscheinend nur für Filmleute verständlich waren; überall um uns flüsterten die Leute: Was, was? Was hat der gesagt? Antworten hörte ich keine. Niemand schien zu wissen, was genau vor sich ging. Simon fehlte. Er hätte uns den Verlauf so einer gut geplanten Explosion mit Sicherheit erklären können, hätte vom Sprengmeister und der anzunehmenden Druckwelle gefaselt, vor allem hätte er uns sagen können, wie lange wir noch warten müssten. Vielleicht würde er zufällig zu uns stoßen – wenn er von der Schule nach Hause lief, müsste er eigentlich hier vorbeikommen, überlegte ich. Hätte ich schon ein Handy besessen, hätte ich natürlich angerufen und ihm ins Ohr geschmettert: Unbedingt herkommen, zum Koppenplatz, schnell, gleich knallts hier, und dann wäre er, egal, wo er gerade war, losgerannt. Hätte ich damals schon ein Handy gehabt, so ein Smartphone mit all den unbegrenzten Möglichkeiten, hätte ich ihm während des Unterrichts, wenn mich der Lehrer mit seinen Ausführungen bis zum Platzen langweilte, Nachrichten, Fotos, Filmchen schicken können, es wäre herrlich gewesen, als hätte er die Schule nie gewechselt. Aber so, ohne diese raumtrotzenden Kommunikationsgeräte, blieb Simon so lange verschwunden, bis ich ihn von zu Hause aus anrief und wir uns verabredeten.

»Ich geh jetzt, is mir egal«, sagte Anton und meinte es, glaubte ich, ernst.

»Bist du verrückt«, war alles, was ich da erwidern konnte.

Kaum hatte er sich umgedreht, tönte ein weiterer dieser rätselhaften Geheimcodes über den Platz und machte es ihm unmöglich, sich endgültig loszureißen. Ein in Schutzkleidung vermummter Mensch lief an den Kofferraum, beugte sich über die Zündvorrichtung, worüber sonst?, klappte dann die Kofferraumtür vorsichtig herunter und zog sich Schritt für Schritt zurück.

Wieder hieß es: »Achtung!«

Eine atemlose Stille setzte ein, in die nur ein paar nichts ahnende Vögel hineinzwitscherten. Hinter geschlossenen Lippen begann ich leise, den Countdown zu zählen:

Zehn

Neun

Acht

Sieben

Sechs

Fünf

Vier

Drei …

Es krachte, die Kofferraum- und Seitentüren flogen auf, ein Feuerball rauschte über dem Auto in die Höhe, verlor sich in einer Wolke pechschwarzen Qualms, ich spürte Hitze auf dem Gesicht und ein wunderbares Prickeln im Körper. Begeistert blickte ich zu Anton, der mit seligem Gesichtsausdruck den Rauchschwaden hinterhersah. Die Leute raunten Ahs und Ohs, nur die Vögel waren jetzt still. Zwei oder drei Sekunden hielt sich diese allgemeine Sprachlosigkeit, dann hieß es von den Ersten: »Na, da hat sich das Warten doch gelohnt«, und sie drängten aus der Menge heraus, um schleunigst weiterzukommen.

Immer wieder sah ich den Feuerball aufsteigen, wieder und wieder, während sich das Stück Himmel über uns dunkelgrau färbte.

»Toll«, sagte Anton.

»Buuum«, sagte ich und ließ das B zwischen meinen Lippen explodieren, sogar Speichel spritzte, wie Funkenflug oder die Scherben der zerborstenen Seitenfenster, dachte ich und wollte es gerade noch einmal versuchen, lauter und mit noch mehr Schwung.

»Was machst du jetzt?«, fragte Anton da.

Ich blickte ihn an und verstand erst nicht, was seine Frage bedeuten sollte, ahnte aber, dass sie etwas bedeutete.

Ich nuschelte etwas von Bei-Simon-Vorbeigehen.

»Okay«, sagte Anton und nickte, »dann sehen wir uns heute Abend. Ich geh noch mal zum Kolle, gucken, wer da so ist.«

»Gut, tschüss«, antwortete ich.

»Is ok, oder?«, fragte er noch mal, aber was sollte ich sagen: »Ja, ja, klar, bis später.«

Über dem Tacheles, das am Ende der Auguststraße als schwarzer Koloss zu erkennen war, stand die Sonne hinter einer kompakten Wolkenformation und blendete kaum. Ich öffnete die Augen weit, ohne zu blinzeln und mit offenem Mund, betrachtete sie, als könnte ich diese von Sonne durchschienene Zuckerwatte vom Himmel herunteratmen, sie einsaugen wie eine Art Extranahrung auf reiner Solarenergiebasis, um so die Leere zu füllen, die plötzlich da war, nach der Explosion, nach diesem ekstatischen Moment der Euphorie, der aber folgenlos verstrichen war und nichts außer einem Gefühl von Ziellosigkeit oder Beliebigkeit oder Bedeutungslosigkeit oder Ausweglosigkeit zurückgelassen hatte. Oder lag es an meinem Bruder, an Anton, an der Möglichkeit, dass er die ganze Zeit über ungeduldig darauf gewartet haben könnte, endlich allein loszuziehen, auf den Prenzlauer Berg, wohin es mich nie und nimmer verschlagen hätte. Ich fraß mich satt an dieser Wolke, starrte ins Licht, bis alles um mich herum nur noch unscharf zu erkennen war, dann tauchte ich ab ins Dunkel, ins Unkraut, in den Wildwuchs, der in jeder Baulücke, auf jeder Brache, an jedem freien Fleck so fröhlich gedieh, zwängte mich zwischen Holunderbüschen hindurch, mit jedem Schritt hüfthohe Brennnesseln niedertretend. Zuletzt zog ich mich die Mauer zu Simons Hinterhof hinauf, wo ich rittlings sitzen blieb, an diesem vermeintlich sicheren, erhöhten Punkt.

In Geschichten gab es Wesen, die an genau solchen Orten wohnten, im Abseits der Häuser, auf Mauern, in Ecken, in Nischen, wo sich entgegen aller architektonischen Wahrscheinlichkeit doch noch eine unscheinbare Tür befand. Und unbelehrbar, wie ich war, überkam mich an solchen Orten immer wieder die irrige Hoffnung, einmal einer solchen Existenz zu begegnen. Leise würde sie mich mit meinem Namen ansprechen, ich würde mich erschrocken umwenden, diese tief gebeugte Person mustern, ihr hintergründiges Lächeln nicht verstehen und ihre Einladung auf einen Tee in ihrer weltabgewandten Behausung mit voller Hingabe annehmen. Es war zum Verrücktwerden. Das Einzige, was einem hier begegnete, war das aufdringliche Glotzen der Hinterhoffenster. Misstrauisch beäugten sie mich wie ein Publikum alt gewordener, verbitterter Menschen, die schon alles gesehen haben und nichts mehr erwarten außer Krankheit, Schmerzen und Tod und dann doch überrascht sind, seit Jahren mal wieder eine junge Stimme zu hören oder ein junges Gesicht zu sehen. Im Winter hatte ich auf Wunsch meiner Mutter bei einem Benefizkonzert in einem Altenheim ein Weihnachtslied vorgetragen, seitdem begegnete ich den leblos blickenden Augen dieser grauen Menschenmasse nicht nur im Traum, sondern überall, wo mein Viertel sich fast genüsslich dem eigenen Verfall hinzugeben schien. Einige Fenster standen offen, und ich konnte metertief in die Räume hineinsehen, andere waren mit weißen Bettlaken verhangen, ein Fenster war mit Zeitung zugeklebt, wahrscheinlich ein Badfenster, und eine ganze Reihe von Fenstern war so stark mit Ruß und Staub bedeckt, dass sie undurchdringlicher wirkten als die mit Dreck verputzte Außenwand, die sie umgab.

Als sich in einem der unteren Fenster ein Spalt zwischen geklöppelten Gardinen auftat und sich das fahle Gesicht eines Erdgeschösslers an die Scheibe schob, ließ ich mich in den Hof hinab und schlich schnell wie ein Schatten ins Treppenhaus.

Ich überlegte noch, zuerst unten zu klingeln, rannte aber gleich los, mit großen Schritten in den Strudel des Treppenhauses hinein. Oben angekommen, hätte ich keine weitere Stufe mehr geschafft. Ich lehnte mich mit dem Daumen gegen die Klingel, hörte sie im Inneren der Wohnung läuten, aber kein Geräusch, keine Schritte antworteten, und ich klingelte, bis ich wieder vollends bei Atem war. Niemand war da. Unschlüssig stand ich vor der verschlossenen Tür, die wunderschön war, prächtig geschmückt mit Schnitzereien, aber in einem dunklen Braunton dick zugekleistert, als hätte sich jemand für die protzige Eingangstür geschämt. Ich strich den Staub aus den Rillen einer in sich verdrehten Ziersäule und schmierte ihn an meiner Hose ab.

Gut, dachte ich, sehen wir mal, ob oben offen ist.

Und oben war offen, ich drückte die Klinke der Dachbodentür hinunter und schob mich in den schummrigen Raum, sah mich nur kurz um, trat schon an die Leiter, um weiter hinaufzuklettern. Die Dachluke war nur mit ganzer Kraft zu bewegen, ich musste meine Schultern, meinen Nacken dagegendrücken, wie einen riesigen Felsen hob ich sie ächzend weg.

Hier war nie etwas los. An windgeschützten Stellen lagen zwar vereinzelt Matratzen herum – auf den Dächern zwischen August- und Torstraße gab es sogar ein Sofa, das irgendein willensstarker Sonnenanbeter durch eine der schmalen Dachluken gehievt hatte –, trotzdem war mir hier noch nie jemand über den Weg gelaufen.

Ich ging ein paar Flachdächer weiter, setzte mich auf eine niedrige Mauer und atmete die heiße Luft ein, die vom teerigen Duft der Dachpappe erfüllt war.

Wir kamen jetzt öfter her, nicht mehr, um im Höhentaumel begeistert herumzuklettern, meistens kamen wir, um abzuhängen, abzulästern, stundenlang herumzuwitzeln, manchmal ruhten wir einfach aus, wurden still und starrten in den Himmel. Es war wie an einem Strand hier oben, ein schwarzer, windstiller Strand, und das Meer war die Tiefe der Straße, sein Rauschen erreichte uns vom Asphalt her geradeso. Ich zog mir mein T-Shirt über den Kopf, stellte mich an einen niedrigen Schornstein und pinkelte ins Dunkel. Dann lief ich, das T-Shirt in den Nacken geschoben, zu einem zwischen Hauswänden versteckten Flecken, wo es Matratzen gab, Aschenbecher und leere Flaschen verstreut waren, selbst Bücher und Zeitschriften hingen in einem Plastiksack an einer verbogenen Antenne. Die Sonne schien auf meinen blassen Bauch und würde mich schnell verbrennen, morgen wäre ich dann braun wie ein Weltenbummler, hoffte ich. Ich breitete mein T-Shirt auf einer Matratze aus, die kaum löchrig, kaum verfault und nur wenig schwarz von getrocknetem Schimmel war, legte mich darauf, auf dieses wunderbare Vagabundenlager, und musste sofort die Augen zusammenkneifen. Die Sonne stand schon tief, und trotzdem ließ sie den Himmel noch blendend hell, in einem warmen, entrückenden Blauton erstrahlen.

Auf den Dächern konnte ich träumen, ohne zu schlafen. Die Explosion des Autos am Straßenrand, der Weg zu Simon unter einer verborgenen Sonne, das Kreiseln des Aufstiegs in die staubige, trübe Luft der oberen Stockwerke. Wir bewegten uns auf die Endzeit zu, hieß es neuerdings, das eintausendneunhundertundneunundneunzigste Jahr, in dem die auf dem Kopf stehende dreifache Sechs wie ein Zeichen diabolischer Vorfreude verborgen war, vor allem aber das von Gerüchten umwobene zweitausendste Jahr rückte näher. Und obwohl wir im Grunde sicher waren, dass auch diese Jahreswechsel wie alle anderen nichts Außerordentliches heraufbeschwören würden, liebten wir doch den Grusel der Maya-Prophezeiungen, den Grusel der Warnrufe vor einem globalen Systemabsturz, liebten die kitzelnde Angst vor dem Ende des alten und dem Beginn des neuen Jahrtausends. Selbst Simon, der jede esoterische Verlockung, ohne mit der Wimper zu zucken, als Blödsinn abtat, malte sich mit freudefunkelnden Augen das postapokalyptische Chaos aus, das wir wie die ersten Menschen durchstreifen würden, auf der Suche nach Essbarem, Kleidung und anderen Überlebenden.

Ich stützte mich auf die Ellenbogen, sah mich um, Bier- und Weinflaschen, abgebrannte Streichhölzer, Zigarettendreck, eine gammlige Unterlage, auf der ich beinahe eingeschlafen war. Ich stand auf, blickte über das Land der Dachpappe, über unsichtbare Straßenschluchten hinweg, am Horizont fraß sich ein glühendes Rot in den Himmel. Vielleicht war es längst so weit, die Apokalypse hatte stattgefunden, im Inferno der Weltkriege, und wir suchten in den Überbleibseln der Zerstörung nach Essbarem, Kleidung und anderen Überlebenden; das war es doch im Grunde, was wir tagtäglich erreichen wollten: so gut wie möglich gekleidet zu sein, Frühstück, Mittag, Abendbrot im Bauch, zwischendurch Kleinigkeiten, und mit denen lachen, mit denen wir in dieser Stadt zusammenlebten. Oder die Apokalypse war gar keine alles verschlingende Katastrophe, sondern ereignete sich peu à peu, seit Langem schon und immer noch, auch jetzt, während ich auf den Dächern war, ereignete sich in friedlicher Zeitlupe, von den Menschen übersehen oder willentlich ignoriert, eine unmerkliche Verschmutzung oder ein unaufhörliches Artensterben, Arten, von denen wir nicht einmal wussten, dass sie existierten, die noch keinen Namen von den Menschen erhalten hatten, und das Ozonloch, das irgendwo über Australien klaffte, riss weiter und weiter auf. Endzeitstimmung wehte über die schwarze Ebene, lebte im Geruch vom schmelzenden Teer und im leisen Rascheln von Müll, den der Wind in windgeschützten Ecken liegen ließ. Ich lief ein paar Schritte, hob ein Weinglas auf, ließ es in einen Schornstein fallen, lauschte auf ein Klirren, irgendein Geräusch, aber nichts, kein Krach, kein Echo, irgendwo dort unten war es zerschellt oder stürzte und stürzte. Ich wischte mir den Schweiß von der Oberlippe, trat so nah an den Dachrand, dass mir schwindelte. Um dort runterzukommen, müsste ich Leitern und Treppen steigen, Stufe für Stufe hinab, bis ich geläutert von den Träumen der Dachpappe zurück in diese fertiggestellte Welt treten würde, die nichts anderes zu beabsichtigten schien, als ihren eigenen Fortbestand zu sichern. Ich konnte mich nicht fallen lassen, um im eleganten Bogen wie eine Taube, eine Elster oder ein anderer Großstadtvogel wieder aufzusteigen. Stattdessen sammelte ich Speichel unterm Gaumen, holte Luft, bis mir Brust und Bauch spannten, und spuckte aus, mit Schwung aus dem Oberkörper heraus, in einem weiten, trotzigen Bogen, jedoch ohne Verachtung und ohne auch nur ein einsames Köpfchen dort unten treffen zu wollen, aber ich stellte mir vor, wie mein eigener, im Sturz zu tausend Bläschen zerstäubender Speichel später, wenn ich zurück auf die Straße treten würde, mein Gesicht benetzen und mir den Geist der Dachpappe wieder klar und deutlich ins Bewusstsein rufen würde.

Ich machte mich an den Abstieg, sah, als ich schon auf der Leiter stand, noch einmal in die untergehende Sonne, sie würde verschwunden sein, wenn ich unten angekommen wäre, und zerrte die Dachluke zurück über die Öffnung.

Während ich die Treppen hinablief, träge und abwesend wie

ein Schlafwandler, nahm ich doch das Geräusch der Schritte wahr, das sich mir langsam und zögerlich näherte. Zwei Stockwerke tiefer stand Simon am Fenster und blickte in den Hinterhof.

»Da bist du ja«, sagte ich.

»Und du? Ist keiner da?«

»Nein, keiner, ich war oben.«

»Gut, gut, lass uns wieder hochgehen, ich zeig dir was.«

Simon hob eine Matratze an, zog einige Kerzen hervor, stopfte sie in Flaschenhälse und zündete sie an. Dann öffnete er seinen Rucksack, griff hinein und holte nacheinander eine Packung Twix, Snickers und Mars, je zwei Tüten Colorado und Tropic Fruits, eine ungarische Salami und drei Büchsen Cola hervor. Er strahlte mich an, guckte dann genauer, fragte: »Was bist du denn so rot?«

»War halt lange hier oben«, antwortete ich.

Simon schob die Unterlippe vor, brummte zustimmend, dann widmete er sich wieder dem Haufen an Süßigkeiten, als wäre alles gesagt. Er stapelte die Riegel übereinander, roch an seiner Salami, wahrscheinlich hielt er sich ein Geheimversteck und hortete Vorräte, dachte ich und dachte auch, dass Simon hier oben womöglich ganze Nächte verbrachte und dass er es war, der die Zeitschriften und Bücher regensicher an die Antenne gehängt hatte. Im Schein der Kerzen, vor dem sich verfinsternden Hintergrund der Dämmerung, war sein Gesicht von Schatten durchzogen, und als er zu mir herübersah, mir eine Cola-Büchse hinhielt, schienen seine Augenbrauen gewachsen zu sein, dicht und buschig.

»Wir klauen jetzt richtig, in der Ackerhalle, gehen einfach mit Rucksäcken durch die Regale und dann hinten wieder raus.«

Ich konnte ihm nicht in die Augen sehen; ich blickte auf seinen Mund, während er erzählte, über seiner Oberlippe wuchsen

Haare, dunkelbraune Haare. Ich versuchte, nur seine Worte zu hören und die Begeisterung und dieses *Wir* an mir vorbeirauschen zu lassen.

»Heute haben sie mich erwischt, haben mich sogar mitgenommen in die Wache an der Brunnenstraße, wollten nur Mist von mir wissen. Nächste Woche muss ich mit meinen Eltern wiederkommen, die werden sich freuen. Als ich gehen durfte, bin ich gleich zurück in die Ackerhalle, diesmal ohne Jacke und die Haare mit Wasser zurückgegelt.«

Ich klopfte mit dem Fingernagel auf die Öffnung der Büchse, ein leises metallisches Klacken, dann drückte ich den Verschluss auf, schlürfte süßen Cola-Schaum und trank die halbe Büchse, ohne abzusetzen. Simon lächelte, während er noch einmal seine Beute sortierte. Er riss eine Packung Riegel auf, nahm einen in die Hand und warf ihn mir zu.

»Geil«, sagte ich, laut und fröhlicher, als ich eigentlich war, aber ich musste aufholen, diese weite Strecke, die er mir plötzlich voraus war, so fühlte ich mich, hatte hier allein herumgesessen, mit geschlossenen Augen, während Simon unterwegs gewesen war. Es tat gut, dass er mit mir teilte und mich so zum Komplizen machte, als wäre es unsere Beute, die hier abgezählt und aufgeteilt wurde.

Ich aß den Schokoriegel; als ich fertig war, schob Simon mir sofort den nächsten zu, den ich genauso schnell aß wie den ersten.

»Macht ihr das oft?«, fragte ich.

»Alle paar Tage, in den Hofpausen«, antwortete er.

»Und mit wem?«

»So zwei Typen aus meiner Klasse. War gestern bei dem einen zu Hause, wir haben den ganzen Tag an einem kaputten Fernseher geschraubt, haben ihn aber nicht zum Laufen gebracht.«

»Ach so.«

»Ja, Kaspar heißt der.«

»Kenn ich den?«

»Glaub nicht«, antwortete Simon.

Dann saßen wir uns gegenüber, blickten in die Flammen der Kerzen, die wie winzige Lagerfeuer flackerten, und keiner sagte ein Wort; wir waren Goldgräber, hatten unser Glück im Norden gefunden und wollten es zurück gen Süden tragen, aber die Wildnis hatte uns geschluckt. Ein Rudel heulender Wölfe hatte sich uns an die Fersen geheftet, Simon wusste es und ich auch, aber was half es, darüber zu sprechen. Ich wollte mich hinlegen, mich zusammenkauern, um wenigstens ein paar Stunden zu schlafen, da seufzte Simon auf.

»Es ist schon viel zu spät, los, gehen wir.«

Mit zwei Handgriffen hatte er die restlichen Süßigkeiten wieder im Rucksack verstaut, die Kerzen mit dem angeleckten Zeigefinger ausgedrückt. Ich wäre liegen geblieben, wäre Simon einfach ohne mich gegangen, aber er stand über mir und wartete.

»Sieht nach Regen aus, oder?«, sagte er, und tatsächlich war kein Stern zu entdecken.

Er lief voraus, ich trottete hinterher, trottelte hinterher, so kam es mir vor, bis wir beide abrupt stehen blieben, wie Tiere, die Gefahr wittern. Ein Lichtschein stieg über den Dächern auf, dort, wo keiner sein konnte. In der Deckung der Schornsteine pirschten wir uns an. Das Licht schien tatsächlich aus dem Dach selbst zu kommen, als wäre dort ein Loch oder ein in den Boden eingelassenes Bassin voll leuchtendem Wasser. Auf allen vieren krochen wir bis an den Rand, und da war überhaupt kein Dach mehr, auch kein Dachboden, da war ein kleiner, mit Steinplatten ausgelegter Innenhof, eine Terrasse, von Wänden aus Glas umgeben, von einem Wohnzimmer, das hell erleuchtet war, alles leuchtete in diesem Zimmer, die Möbel, die Wände, der Boden. Und überall standen Menschen, von denen ebenfalls ein heller Schein ausging. Sie standen in kleinen Grüppchen, um ein schwarz funkelndes Klavier herum, auf dem niemand spielte, an einer Bar, hinter der jemand lachend einen Mixer schüttelte, vor einem Bücherregal, voll mit bunten, glänzenden Buchrücken, keine grau-beige Reclam-Wand, wie sie bei uns zu Hause einstaubte. Alle hielten sie Sekt- und Weingläser zwischen den Fingern, redeten und lachten mit aufgerissenen Augen und blitzenden Zähnen. Wie gebannt schauten wir in dieses fremde Leben, das sich doch auf unheimliche Weise vertraut anfühlte, an Ferrero Küsschen musste ich denken oder den Ford Ka, an diese Menschen, die an den besten Stellen unsere Lieblingssendungen unterbrachen. »Simon«, sagte ich, und er hauchte mir als Antwort ein lang gezogenes »Ja« zu. Ein Korken knallte, jemand kreischte vergnügt. Wir lockerten ein wenig die Beine und Arme, rückten noch etwas näher heran, wollten es uns bequem zu machen. Mit einem Mal wurde die Glastür zum Innenhof aufgerissen, und zwei Männer traten heraus. Wir schraken zurück, drückten unsere Köpfe aufs Dach, doch die beiden sahen sich überhaupt nicht um. Sie bellten sich eine Art Gespräch aus abgehackten Sätzen zu, von denen ich kein Wort verstand, behielten dabei aber den Blick unablässig auf die großen Scheiben der Wohnung gerichtet, hinter denen nach wie vor gelacht und geplaudert wurde. Schließlich fiel ihnen ein, wieso sie rausgekommen waren, einer rief: »Feuer?«, der andere antwortete: »Hab ich!« Ein Streichholz brannte auf, ließ für einen Moment ihre Gesichter merkwürdig verzerrt aufleuchten; sie zündeten sich ihre Zigaretten an, inhalierten tief und stöhnten, während ihnen der blasse Qualm aus den Mündern quoll, genussvoll auf, als hätten sie gerade erfolgreich ein Land erobert.

»Komm, komm«, flüsterte Simon, und leise schlichen wir weg.

Durch die Tierklinik abkürzen, raus bei der Charité, aufs Gelände der frisch sanierten Grundschule, hinter der Turnhalle der Basketballkorb, dort spielten wir, trainierten wir, ein völlig neues Spiel, das keiner meiner Vorväter je gekannt hatte, nie gespielt hatte, es war etwas völlig anderes. Irgendwoher wusste man schon, dass es darauf ankam, unter den Beinen hindurchzudribbeln, das übte ich, unermüdlich, mit langen Schritten den Platz auf und ab, und natürlich Körbe werfen, immer wieder werfen, immer wieder daneben, es machte nichts aus, auch ein einziger Treffer unter zwanzig, dreißig Würfen war und blieb für immer: ein Treffer.

Als mich ein Älterer, wahrscheinlich kaum Älterer, aber in dieser Zeit waren zwei Jahre zehn Jahre, so viel passierte ständig, fragte, ob ich denn überhaupt mal treffe, verlor ich die Lust. Ich warf noch dreimal daneben, dann stopfte ich meinen Spalding, meinen echten Spalding, den meine Eltern mir auf meinen sehnlichen Wunsch hin zu Weihnachten geschenkt hatten, in meinen dunkelroten Jansport, ein wunderschöner Rucksack, und spazierte über die Hannoversche zurück. Vielleicht war Simon zu Hause, dann könnte ich etwas trinken, mir ein Brot schmieren und ihn überreden, mit mir loszuziehen, um anderswo Körbe zu werfen, wie man so sagte.

Als ich in die Friedrichstraße einbog, kamen mir drei große Jungs entgegen, in weiten, glänzenden Klamotten, Basecaps, die Haare kurz, sahen extrem gut aus, so wie ich auch selbst gern ausgesehen hätte. Wahrscheinlich waren sie aus einem anderen Viertel, ich hatte sie hier noch nie gesehen. Und ich war ihnen auch aufgefallen, sie sahen mich an, sehr ernst, als wäre ich ein Problem, blieben vor mir stehen, fragten mich: »Was ... was?«

Ich sagte nichts, hätte gern, aber besser war, einfach still zu sein, ich hatte viel zu verlieren, meinen Jansport auf dem Rücken, der Spalding drin. Ein großer aschblonder Kerl stieß mir seine Stirn gegen die Nase, es tat schon weh, war aber weiter nichts, jedenfalls schien das alles zu sein, was sie gewollt hatten. Als Tränen aus meinen Augen sickerten, spuckten sie mir noch schnell vor die Füße, dann zogen sie weiter. Kaum zehn Sekunden, nicht länger, stand ich reglos an der Bordsteinkante rum, war in eine Starre geraten, eingerollt wie ein ängstlicher Igel, mit stumpfen, biegsamen Stacheln, dann ging es weiter, einfach so, nur eine unbedeutende Unterbrechung auf meinem Weg, ich wusste ja, wohin ich wollte ... Monatelang habe ich wegen dieser Begegnung herumgegrübelt, habe überlegt, was ich eigentlich hätte tun sollen, was nur, was ...

Quer über die Straße kürzte ich ab. Ein vereinzelt dahinfahrender Kombi musste einen Meter von der Spur abweichen; im Vorbeirauschen schaute der Fahrer mich an, mit zornig-ängstlichem Blick. Ich erkannte noch mein Spiegelbild auf der Scheibe des Seitenfensters.

Bei Simon klingelte ich Sturm, bis der Summer summte, stieß die Tür auf, rannte die Treppen rauf. Als ich reinkam, stand Simon in der Küche und aß Cornflakes mit Milch und Zucker.

»Willst du auch?«, fragte er, als könnte er Gedanken lesen.

Wir löffelten, dass es krachte im Kopf, kauten laut und schweigend.

»Gehen wir raus?«, fragte Simon und kratzte eine letzte durchweichte Flocke vom Boden der Schüssel.

»Klar«, antwortete ich und trank den Rest direkt aus der Schüssel in einem einzigen gewaltigen Schluck.

Wir rannten die Treppen runter, sprangen die letzten zehn Stufen von jedem Absatz, dass es knallte. Unten, vor dem Haus, überlegten wir nur für einen Augenblick, wohin, im Grunde war es egal, also rüber zum Tacheles, einen Anfang machen, durch den pissfeuchten Durchgang auf die riesige Sandfläche, in die apokalyptische Landschaft hinaus, in der herrlicher Schrott rumstand. Ich liebte die Graffiti an den kahlen Rückwänden der Häuser, wenn ich so etwas machen könnte, dachte ich, aber was ich aufs Papier brachte, war nichts wert, das sah ich schon ein.

Unter einem ausgeweideten Wohnwagen fand Simon einen Rest Benzin in einem rostroten Kanister, er schüttete ihn in den Sand, zog Streichhölzer aus der Hosentasche und ließ die Erde brennen. Wir starrten in die Flammen wie in einen Sonnenuntergang.

Dann gings weiter, zur Ziegelstraße und runter zum Mombi, die Spree entlang. Wir pinkelten ins Wasser, während wir der Spreeprinzessin und einigen kurzsichtigen Kaffeefahrtlern zuwinkten.

Auf der anderen Seite der S-Bahn, gegenüber vom Pergamon, gab es ein gut verstecktes Fleckchen am Ufer, das über einen stinkenden Trampelpfad zwischen immergrünen Büschen, in deren Deckung sich die Parkbesucher erleichterten oder was auch immer taten, zu erreichen war, dorthin wollten wir, um die Füße ins Wasser hängen zu lassen.

Es war abgesperrt: Ein zwei Meter hoher Bauzaun, lose in Betonständer gesteckt, grenzte eine Baustelle ab, auf der nichts gebaut wurde, keine Bauarbeiter zu sehen waren, nichts kaputt war, nichts baufällig, nur einen gelben Bauwagen hatte man vorsichtshalber schon einmal abgestellt. Wir zwirbelten den Draht auf, mit dem die Zaunteile aneinandergebunden waren, mühsame Arbeit, aber Simon trug sein Leatherman-Imitat nicht ohne Grund am Gürtel, hoben eins aus der Verankerung und schlüpften durch den Spalt.

Simon prüfte die Tür des Bauwagens, abgeschlossen, fingerte dann in der Rille über der Tür nach dem Schlüssel, alles ohne Erfolg. Ich untersuchte die Fenster: Ein kleines auf der Rückseite war ohne Fensterläden. Also auf die Deichsel, dort sahen wir uns das Ganze aus der Nähe an: Einschlitzige Schraubenköpfe, zwei an jeder Ecke, sofort machte sich Simon ans Werk. Als alle Schrauben raus waren, rüttelten wir gefühlvoll am Fensterrahmen, und tatsächlich, unverhoffter-, wunderbarerweise ließ sich das Fenster rausheben. Kopfüber kletterte ich hinein, Simon hielt meine Füße, und landete auf einem weißen quadratischen Tisch, sprang hinunter und sah zu, wie Simon sich durch die enge Fensteröffnung schob.

In den Spinden hingen T-Shirts, Jacken und Hosen an Haken, auf den Böden stapelten sich leere Mineralwasserflaschen. In den oberen Fächern fanden wir zwei kleine Bolzenschneider, die Simon sich sofort hinter den Gürtel klemmte. Im letzten Spind aber, weit in die Ecke geschoben, wartete die Kaffeekasse auf uns, in einer weißen Plastikterrine fanden wir das Kleingeld einer ganzen Baukompanie; sofort wurde nachgezählt, achtzig Mark, nicht schlecht, eine halbe Schachtel Zigaretten steckten wir auch noch ein.

Wir zwängten uns wieder raus, wollten schleunigst abhauen – wer wusste, ob nicht doch noch ein Bauarbeiter aufkreuzen würde, um im Bauwagen versteckt sein Nickerchen zu halten oder in Pornoheften zu blättern –, da kam uns der Gedanke, dass es eleganter wäre, das Fenster wieder einzusetzen und keine so offensichtlichen Spuren zu hinterlassen, also machten wir's à la Houdini, fischten die Schrauben aus dem Matsch und drehten sie zurück in ihre Löcher, hoben auch den Zaun zurück in den Betonfuß und zwirbelten den Draht wieder zusammen.

Ins Gespräch versunken spazierten wir kurz darauf selbstvergessen die Spree entlang. Simon nickte aufmerksam, während ich von unserem kleinen Einbruch schwärmte, als wäre es eine Räubergeschichte aus dem siebzehnten Jahrhundert. Da fielen mir die Wegelagerer von der Friedrichstraße ein, selbst die Nase schmerzte wieder.

»Siehste Simon«, sagte ich, »bei mir warens eben dumme Deutsche.«

»Ja, ja«, antwortete er.

Vor einigen Wochen hatten ihn drei Typen, Türken, wie er vermutete, bei einem Ausflug zum Spreepark abgegriffen, hatten seinen Rucksack gewollt, den Simon nie kampflos rausgerückt hätte, und obwohl er den unausweichlichen Kampf dann verlor und ziemlich blutig, fluchend und spuckend nach Hause kroch – er konnte schon noch gehen, ich meine, dass er innerlich kroch, sein Stolz, die Leichtigkeit, die naive Selbstverständlichkeit, seine ganze Art, sich durch die Welt zu bewegen, all das war niedergeprügelt worden –, durfte er seinen abgetragenen, aber geliebten Rucksack behalten. Seitdem schimpfte er häufig auf Ausländer, Türkenjungs schien er richtiggehend zu verabscheuen; wenn sein Temperament erst einmal kochte, kochte es auf zweihundert Grad. Er musste also besänftigt werden und sein nachvollziehbarer Hass geradegebogen. Da wir in unserem Ostberliner Viertel aber kaum Ausländer hatten, mit denen er bessere Erfahrungen hätte machen können, war es geradezu – und ausschließlich in dieser Hinsicht – ein Glücksfall, dass mich ein Deutscher drangekriegt hatte, das glich die Rechnung zumindest ein Stück weit wieder aus. Von nun an hassten wir gemeinsam und einstimmig und aus ganzem Herzen Idioten, die nach unten prügelten.

Wir liefen also, um diesen neuen Frieden zu feiern, die Rosenthaler hoch zum Rosenthaler, um dort beim Türken an der Ecke Döner zu bestellen, mit extra Fleisch und Fetakäse und für jeden eiskalte Cola, wir hattens ja, vorübergehend, in unseren Hosentaschen klimperte der geborgene Schatz.

»Zum Mitnehmen?«

»Ja, beide, und beide mit allem!«

Im Weini suchten wir uns eine saubere Bank, traten noch eine Reihe Bierdosen von der Rückenlehne und machten uns an die Alupakete. Simon begann vorsichtig zu knabbern, sah dann auf, kaute und erzählte, dass seine Schwester wieder da sei.

Es stimmte, ich hatte sie seit Ewigkeiten nicht oder überhaupt noch nie gesehen, überlegte ich, wunderte mich auch, dass mir das nicht vorher aufgefallen war, fragte dann, ohne von meinem Döner aufzusehen: »War sie denn weg?«

»Ja, in Amerika, das ganze letzte Jahr …«, antwortete Simon, »so als Austauschschülerin«, erklärte er und fuhr fort, sich aufs Bitterste über sie zu beschweren: Kaum zurückgekehrt würde sie sich hemmungslos in sein Leben einmischen, würde nach seinen Zensuren, selbst nach seinen Hausaufgaben fragen, über seine Haare, seine Kleidung, seine Schuhe meckern, sie habe sogar vorgeschlagen, dass er und sie gemeinsam sein Zimmer aufräumen könnten … Ich hörte kaum zu, dachte nur an das eine Jahr in Amerika, ein ganzes Jahr, in diesem Land.

Während Simon noch lange aß, lehnte ich mich zurück, blickte in den Himmel über den Bäumen dieser Stadt und fühlte vielleicht zum ersten Mal so etwas wie Zukunft in der Brust.

Auf dem Weg zur Weinmeister klingelten wir bei Annika, die im Erdgeschoss eines Neubaus in der Linienstraße wohnte. Wir warteten an der Gegensprechanlage, hörten sie dann aber vom Balkon aus nach uns rufen. In Jogginghosen und T-Shirt stand sie hinter den Blumenkästen ihrer Mutter und grinste zu uns runter.

»Wollt ihr rein, oder was?«, fragte sie, zupfte Blüten von den Geranien und sträuselte sie uns auf die Köpfe.

»Wir wollten eigentlich zur Weinmeister«, antwortete ich.

»Hast du deinen Kuschelball dabei, um vom Dunking zu träumen?«

»Genau, Annika, darum gehts, vom Dunking träumen, das ist doch genau dein Ding, oder?«

»Dann zieh ich mir was an«, sagte sie und verschwand.

In einer Lücke zwischen den parkenden Autos setzten wir uns auf den Bordstein, warteten, satt und müde, Simon starrte wie ausgeschaltet auf den Asphalt. Ich holte meinen Basketball aus dem Rucksack, versuchte, ihn mit nur einer Hand festzuhalten, aber die Hand war zu klein und zu schwach. Ich dribbelte ihn zwei Zentimeter über dem Boden, mit den Fingerspitzen, was schwer war, ich musste einen schnellen Rhythmus finden und halten, sehr genau halten, sonst blieb der Ball am Boden kleben. Ich versuchte es mit beiden Händen, als würde ich eine Trommel schlagen, einen Trommelwirbel, mechanisch, jeder Gedanke über das richtige Tempo, den richtigen Abstand oder die richtige Haltung der Arme konnte den Rhythmus augenblicklich verderben. Am besten ging es, wenn ich mich ausschließlich auf die leisen, metallischen Klänge konzentrierte, die aus dem Innern des Balls tönten und sich mit den Schlägen auf dem Asphalt vermischten.

»Ich geh noch schnell aufs Klo«, sagte Simon, stand auf und klingelte. Der Summer surrte, dann fiel die Tür ins Schloss. Ich hörte auf zu trommeln, wandte mich um, sah gerade noch, wie sich der Schatten Simons im Nebel der Milchglasscheibe auflöste. Wahrscheinlich, dachte ich, sollten wir mehr miteinander sprechen. Mit Sicherheit haben wir ja auch viel mehr miteinander gesprochen, waren in Wahrheit doch ununterbrochen miteinander ins Gespräch verwickelt. Anders kann ich es mir gar nicht vorstellen. Aber wer kann schon Gespräche in Erinnerung behalten? Deshalb schweigen wir heute so viel, wenn ich über uns schreibe. Wortkarge Kinder, die sich wie in einem Wildwestfilm durch ihr kaputtes Viertel bewegen.

Obwohl ich auf der Handvoll Tagebuchseiten aus dieser Zeit, die ich bis heute wie eine wertvolle Raum-Zeit-Kapsel aufbewahre, tatsächlich sehr wenig Worte mache. Die ganze Episode, wie ich Annika dann im Religionsunterricht kennengelernt habe und mich nach und nach mit ihr und ihren Freunden anfreundete, wie ich Teil dieses Freundeskreises wurde, wie wir uns ineinander verknallten und verliebten, wie es im Rahmen von langen Runden Flaschendrehen zu ersten Küssen kam, wie wir uns das erste Mal auch zu zweit küssten, so etwas wie ein Paar wurden, für einige Monate, uns dann zerstritten, über Kleinigkeiten, aber mit voller Wucht, und monatelang kein Wort mehr miteinander sprachen, bis wir uns allmählich, über die Freunde, beim Basketballspielen, einander wieder anzunähern begannen, diese ganze aufreibende Episode habe ich in Sätzen wie: »Annika heute geküsst«, oder: »Mit Annika gestritten, bin traurig«, oder: »Annika heute nicht gesehen«, ins Tagebuch gekritzelt.

Keine Ahnung, warum die beiden so lange brauchten, vielleicht hatten sie mich vergessen, vielleicht wurden sie von Annikas Mutter aufgehalten, die Simon noch schnell einen Teller Aufgewärmtes aufhalste – ganz egal, wie satt einer war in unserem Alter, wir konnten immer noch mehr essen. Annika hasste diese maßlose Fresserei; ich hätte ihr sagen sollen, dass Simon auf keinen Fall noch mehr Essen brauchte, dann hätte sie ihn rausgescheucht, bevor ihre Mutter die Chance gehabt hätte, Reste zu verwerten. Aber vielleicht hielt sie etwas völlig anderes auf.

Ich ging auf die gegenüberliegende Straßenseite, dribbelte kräftig, dass es bis rüber in Annikas Wohnzimmer schallen musste, spähte in die Wohnung, aber die Gardinen waren zugezogen. Klingeln wollte ich nicht und erst recht nicht ihrer Mutter begegnen.

Ich lief allein voraus, die backsteinrote Friedhofsmauer entlang, in der kaum Einschusslöcher zu finden waren, obwohl sie, dachte ich, alt genug sein müsste. Vielleicht hatte es einfach keinen Grund gegeben, auf einen Friedhof zu schießen, der für tote Offiziere reserviert war. Im letzten Herbst hatten Annika und ich uns oft auf diesem Friedhof getroffen, auf dem fast nie ein Mensch war, waren zwischen vermoosten Gräbern im Kreis gelaufen oder hatten uns auf die eine modrige Bank gesetzt, um Händchen zu halten, Küsschen zu tauschen oder einfach zu plaudern. Die Gräber hatten uns nicht gestört, sie standen so ernst und vergessen in unserer Zeit herum, wahrscheinlich freuten sich die Toten, dachten wir, über das bisschen Leben, das wir auf ihren Friedhof brachten. Durch das gusseiserne Tor, den ewig verschlossenen Haupteingang, warf ich einen kurzen Blick in dieses Kapitel aus dem letzten Jahr, der Friedhof sah verlassener aus denn je.

Ich lief schneller, warf mir den Ball angedreht voraus, sodass er mir entgegensprang, und fing ihn wieder auf. Dann warf ich ihn über das Tor zum Schulgelände, dessen Sportplatz unser Sportplatz war, meistens zumindest, und kletterte hinterher.

Der Platz war leer, kein Mensch in Sicht. Ich betrat den roten Tartan wie ein Stück abgezirkelte Wüste, durch hohe Zäune von der Stadt abgegrenzt, dribbelte bis unter den Korb, warf meinen Ball von unten hindurch, dass das Kettennetz klirrte, fing ihn wieder auf und rannte die zehn Schritte bis zur Mittellinie, um den Ball zum gegenüberliegenden Korb zu schleudern. Er flog eine flache Parabel und landete krachend mitten im Netz. Ich ballte die Fäuste, zog die Ellenbogen an, stummer Jubel – so ein echter Treffer hatte etwas Brutales, etwas Endgültiges, war wie eine Entscheidung, die Klarheit ins Spiel brachte. Ich lief meinem Ball hinterher, der an den Rand des Zaunes gerollt war, und setzte mich neben ihn.

Natürlich konnte ich mir immer einbilden, in Amerika zu sein, wir alle versuchten das ja irgendwie, schon immer, hatten Cowboy und Indianer gespielt, hatten unsere Liebe für verzierte Revolver Wildwestfilmen abgeschaut, hatten den Englischunterricht cooler als den Deutschunterricht gefunden, hatten eh versucht, cool zu sein, und tatsächlich hatten wir auch eine ziemlich genaue Vorstellung davon geteilt, was das war, cool, nie haben wir uns dahingehend abgesprochen oder gemeinsam beratschlagt, wie wir cool oder gegebenenfalls noch cooler sein könnten. Inzwischen trug ich meine Hosen sehr locker, ließ sie rutschen und zog sie nur ab und zu wieder höher. Unsere Mutter schüttelte verständnislos den Kopf, wenn wir gerade gekauften Hosen die Hosenbeine aufschlitzten, damit sie sich cool über die Schuhe legen würden. Wir wünschten uns einen Jansport oder Eastpak, wobei Jansport mein Favorit war, weil Eliot aus *E.T.* einen Jansport hatte. Meinen Spalding liebte ich, weil er ein

Spalding war. Und genauso wollten wir Rap hören und hörten ihn auch, ich hatte eine CD von Criss Cross, diesen beiden Kindern, die mit ihren Kinderstimmen wie Gangwar-Veteranen rappten und ihre Kleidung verkehrt herum anzogen, was so simpel wie wahnsinnig war, und Simon hatte eine Kassette von Snow, der uns vom Cover aus lässig über seine Sonnenbrille hinweg zublinzelte. Zugegeben, wir hatten Schwierigkeiten herauszufinden, was der wirklich coole Rap war. Hauptsache war aber, dass wir Rap hörten, guten oder schlechten, die Frage stellte sich gar nicht, wir hatten sowieso keinerlei Vergleichswerte und verstanden amerikanischen Rap genauso wenig wie polnischen. So gut wir eben konnten, bauten und tüftelten wir an unserem Amerika herum. Eigentlich hatten wir Breakdancer werden wollen. Das eine Mal, als wir zufällig einer Gruppe dieser Akrobaten auf dem Ku'damm zugesehen hatten, wie sie fürs Kleingeld der Passanten tanzten, hatte genügt, um Breakdance für uns augenblicklich legendär zu machen. Wir hatten aber keine Crew, keine Schul-AG, kein Jugendklubprojekt, und auch unsere älteren Geschwister waren nicht cool genug, als dass sie uns in die Welt der Breaker hätten einweihen können – also versuchten wir es mit BMX, was ebenfalls auf dem Ku'damm zu bewundern gewesen war. Zumindest Fahrrad fahren konnten wir ja schon. Ich bettelte meine Eltern an, mir eins zu kaufen, was nach langwierigen Verhandlungen dann auch geschah, es musste aber ein billiges sein. Nach zwei Tagen fanden Simon und ich heraus, dass mein BMX für keinerlei Tricks taugte, ich konnte weder den Lenker um 360° drehen, noch hatte ich Achsenverlängerungen, auf die ich hätte steigen können, während ich fuhr, um eben irgendetwas Cooles zu machen. Mein BMX war nur ein Fahrrad, das fahren konnte und hüpfen, wenn ich mir Mühe gab. Außerdem war ich der Erste und Einzige von uns, der ernst gemacht hatte mit dem BMX-Wunsch. Ich brauchte aber mindestens einen Zweiten, um nicht wie ein alberner BMX-Wannabe auf verlorenem Posten durch unser Viertel zu strampeln. Ziemlich aufwendig versuchten Simon und ich, ihm eins zu organisieren, hatten es auch alles gut durchdacht und geplant: Auf einer Baustelle Oranienburger Ecke Krausnick klauten wir einen meterlangen Bolzenschneider, den Simon in die Hose gesteckt, mit steifem Gang an den wachhabenden Polizisten vor der Synagoge vorbeischmuggelte, um damit ein einsam vor der Charité angeschlossenes BMX, das wir vor ein paar Tagen dort ausgespäht hatten, loszuschneiden. Den Bolzenschneider schleuderten wir ins Gebüsch und radelten endlich als BMX-Crew vereint zum Spreeufer, wo es niedrige Stufen gab. Beim ersten Sprung drei Stufen hinab brach jedoch der Rahmen von Simons frisch geklautem BMX, und ich stand wieder allein da. Amerika blieb ein Phantom, das sich ewig entzog. Auf Breakdance und BMX folgte ein jämmerlicher Versuch, Graffiti zu sprühen. Nach langen Diskussionen hatten Simon und ich uns auf ein zweideutiges MEAN als Schriftzug einigen können. Auf dem Flohmarkt, der immer samstags auf der riesigen Brachfläche neben dem Tacheles aufgebaut wurde, kauften wir eine Bananenkiste voll mit winzigen Sprühdosen Autolack, damit gings auf den Hof des Tacheles. Wir zogen uns unsere Bandanas über den Mund, zum vermeintlichen Schutz vor giftigen Gasen, und begannen nach einer schnell improvisierten Skizze zu sprühen, schwarze Outlines, ausgemalt mit Grün und Rot, dazu silberne Verzierungen – auch das Sprayertum war nicht unsere Bestimmung, wie zwei Stunden später von dem Stück Hauswand, das wir bearbeitet hatten, deutlich abzulesen war. So wurden wir mehr und mehr zu Basketballern, was einen akzeptablen Kompromiss darstellte. Denn Basketball war im Grunde einfach eine wenig verbreitete, einst in Amerika erfundene Sportart; sie war nicht originär Hip-Hop, sie musste in diesem Sinne erst einmal amerikanisiert werden, also spielten wir in bestimmter Kleidung, weite Shorts, weite Shirts und fette, schweißtreibende Basketballschuhe, und versuchten, auf eine bestimmte Art und Weise, also sehr verspielt, mit Tricks hier und da, Basketball zu spielen, und natürlich brauchten wir dafür keinen Sportverein. Die Sportvereine waren vielmehr eine feindliche Gegenkraft, die den Basketball immer wieder auf das reduzierte, was er seinem Kern nach auch war, Ballsport. Aber nur als Streetball konnte diese Sportart unter Sportarten ihre popkulturelle Bedeutung entfalten, die sie einzigartig und vor allem identitätsstiftend machte. Während wir also Basketball spielten, spielten wir gleichzeitig Basketballspieler oder besser, auch wenn wir diese Vokabel nicht benutzten, B-Baller und wurden es ja auch. Obwohl wir es, hoffe ich, nie übertrieben, uns nie in einer Wu-Tang-Maskerade, die es im Hip-Hop-Shop am Ku'damm von der Stange gab, verloren. Unser Amerika, dem wir mit Basketball, zu groß gekaufter Kleidung und Musik näher zu kommen versuchten, war eher der Modus, den wir uns erwählt hatten, um wir selbst zu bleiben, also Andrej, Simon und Annika und wer sonst noch dazu gehörte: widerständig, eigensinnig, verspielt.

Dass diese Identität, an der wir uns orientierten, einen krassen kulturellen Keil zwischen uns und unsere ostdeutschen Eltern trieb, vertrug sich ganz gut mit der Entfremdung von ihnen, die in diesem Alter eh normal war. Wir gehörten einer Jugendbewegung an, die nicht einmal annähernd die Wiederholung einer Jugendbewegung unserer Eltern war, deren Leben unter so ganz anderen Sternen verlaufen war als unseres. Meine Eltern wollten von Amerika, vom Westen, von dieser ganzen Popkultur, die uns da überschwemmte, nichts wissen, für sie schienen wir fast schon Opfer des Stockholm-Syndroms zu sein, die alles daransetzten, es der Herrschaft, die ihr ganzes Leben zu vereinnahmen drohte, möglichst recht zu machen. Innerhalb der Familie schlitterte ich also in eine gewisse popkulturelle Einsamkeit, denn mein älterer Bruder und auch Anton gingen jeweils andere Wege.

Wir machten uns etwas vor, das war schon klar, aber hatten wir das nicht immer gemacht bei unseren Spielen? Amerika war nur ein größeres, tiefer reichendes Spiel geworden, das kaum Unterbrechungen kannte. Gleichzeitig wuchs die Sehnsucht, eines Tages hinter diese verheißungsvolle Kulisse zu blicken, um zu sehen, was wirklich dran war am Freiheitsmythos dieses fernen Landes in Übersee.

Endlich tauchten Simon und Annika auf, aber mit ihnen ein Riese, breit wie ein Schrank, zwei Köpfe größer als wir, mit einem freundlich-stumpfsinnigen Gesicht, das mir sofort die Laune vermieste. Als ich ihnen entgegenlief, grüßte er mich schon von Weitem: »Hey, wie gehts, Baller?!«

Ich nickte höflich, warf dann Simon einen irritierten Blick zu: »Hm, der hat Annikas Ball gesehen, gefragt, wo wir spielen, und sich uns angeschlossen.«

»Ralf, mein Name«, stellte er sich mir vor, reichte mir seine riesige Hand, quetschte meine zusammen.

»Andrej«, sagte ich.

»Was?«, brüllte er mich an.

»Andrej«, sagte ich etwas lauter, da war er zufrieden.

»Zwei gegen zwei«, rief jetzt Annika, »Ralf und ich gegen euch zwei!«

Was erst mal fair klang, erwies sich spielerisch als Farce: Wie Pappfiguren standen Simon und ich herum, während Ralf sich den Ball von Annika zuspielen ließ und hemmungslos dunkte, mit brachialer Gewalt; ich fürchtete um unseren Korb, wir würden ja auch morgen wieder hier spielen wollen, während Ralf wahrscheinlich weiterziehen würde, um alle kleineren Plätze Berlins abzugrasen und auch noch gegenüber dem letzten Blinden seine Übermacht zu demonstrieren. Ich hasste Ralf, der sich auf unserem Platz wohler zu fühlen schien, als ich es je getan hatte, obwohl es für ihn hier nichts zu holen gab, nicht einmal Bewunderung, denn seine Dunkings, selbst die aufwendigen, mit Drehungen und von hinten, einhändig, was auch immer, sie waren so grobschlächtig, so hässlich, er dunkte, als wäre es nichts, als hätte er sich ein tolles, teures Spielzeug gekauft, das er nun vorführte, wie ein verwöhntes, aber unfähiges Kind die neue, leuchtend rote Feuerwehr. Basketball war für Ralf keine Kunst, und er schien auch nicht der Typ zu sein, der je verstehen würde, dass Basketball Kunst war und etwas bedeutete, und wenn nicht ihm, dann eben anderen, und dass auf diese Bedeutung, und sei es die Bedeutung der anderen, verdammt noch mal Rücksicht zu nehmen war.

Ich weigerte mich, das von Ralf angebotene Rematch zu spielen, und ging auf die andere Seite des Platzes, um Freiwürfe zu trainieren.

»Pussy«, zischelte Annika.

»Ach komm, los, ist doch egal, eine Runde noch …«, versuchte Simon, mich zu überreden, aber ich hatte genug, und im Grunde wussten sie, dass ich recht hatte, da war ich mir sicher.

Ralf dunkte vor sich hin, während ihm Annika und Simon still und nachdenklich dabei zuschauten. Er dunkte und dunkte, versuchte nur ab und zu, auch mal einen Wurf zu versenken, was ihm genauso mühelos gelang. Ich hörte den Krach und seine lauten Schritte über den Platz hallen, er schien nicht müde zu werden.

Ich traf ein paar Freiwürfe und ein paar schöne Korbleger, aber es war nicht dasselbe. Da war dieses Schweigen, das uns Ralf aufbürdete, der mit seinen vernichtenden Dunkings beschäftigt war. Ich wollte Annika und Simon zurufen, dass ich jetzt gehen würde, aber es war ja nicht möglich, ich musste zu ihnen hinüberlaufen und flüsterte dann, dass ich jetzt gehen würde. Sie nickten nur und erhoben sich.

»Tschüss«, sagte Annika, und Ralf blickte sie verdattert an, er wollte irgendetwas sagen, *Macht ihr schon los?* oder *Was, ihr geht schon*?, er brauchte doch sein wehrloses Publikum, aber bevor er auch nur ein Wort herausbrüllen konnte, hatten wir ihm den Rücken zugedreht und waren unterwegs.

Vielleicht war es genau an diesem Tag, nachdem wir drei, zwei haushohe Verlierer und eine Gewinnerin, die nichts hatte tun müssen, um zu gewinnen, weshalb es auch für Annika ein schaler Gewinn gewesen war, entmutigt nach Hause spazierten. Zuerst verschwand Annika in ihrem Plattenbau, dann, einen Kilometer weiter die Linienstraße hinunter, ließ ich Simon allein und verzog mich in unseren grau gewordenen Altbau – es fühlte sich immer so an, als würde ich ganze Tage auslöschen, wenn ich an diesen Ort, an dem sich das Leben auf so beruhigende Weise gleichblieb, zurückkehrte. Ich legte mich dann auf meine Matratze oder, wenn sonst niemand da war, auf das Wohnzimmersofa und tauchte ab in die Lektüre gewaltverherrlichender Comic-Bände wie *Sin City* oder *Dragon Ball.*

Ich versuchte, die Treppen hochzudribbeln, Stufe für Stufe hallende Paukenschläge durchs Treppenhaus zu schicken, was mir oft gelungen war, diesmal kam ich aber nicht weit. Der Ball prallte gegen die Kante einer Stufe, sprang die Treppe wieder runter, rollte bis an die Haustür, und das Gleiche beim zweiten Versuch.

Mit dem dritten Anlauf schaffte ich es bis zur vorletzten Stufe, an der es dann doch wieder abwärtsging. Ich lief dem Ball hinterher, hob ihn auf und gab es auf, was mir nach der Pleite gegen diesen Ralf den Rest gab.

Als ich endlich vor unserer Wohnungstür stand, alle Taschen meines Rucksacks absuchen musste, um meinen Schlüssel zu guter Letzt genau dort zu finden, wo ich ihn immer hintat, auch noch Schwierigkeiten hatte, das Schlüsselloch zu treffen, ich kratzte herum, bis der Schlüssel gnädig, wie von allein ins Loch sackte, war ich fast zu schwach, zu erschöpft, ihn umzudrehen. Geradeso, den Kopf gegen die kühle Tür gedrückt, schaffte ich es, aufzuschließen, sie zu öffnen, einzutreten.

Ich zog alles aus, Schuhe, Socken, ließ meinen Rucksack fallen, stieß den Ball den Flur entlang in Richtung meines Zimmers, zog mein T-Shirt aus, gern hätte ich mich restlos nackt ausgezogen, aber in so einer Familienwohnung wusste man nie, wer da oder nicht da war. Ich lauschte, hörte kein Geräusch, trotzdem war ich mir sicher, nicht allein zu sein. Ich ging ins Bad, um mir den Dreck von den Händen zu waschen, und sofort prallte mir das Gebrüll der Fußballer entgegen. Durchs offene Fenster konnte ich sehen, wie sie aufs scheunengroße Tor zustürmten und doch keinen Treffer landeten, cholerische Zinnsoldaten, die in ihren bunt gestreiften Kniestrümpfen und ihren sauber in die Hosen gesteckten Trickots mit kerzengeraden Rücken über den unfruchtbaren Kunstrasen rannten und sich ihre Seelchen aus den Leibern schrien. Vielleicht wäre es besser gewesen, einfach Fußballer zu werden, die durften ihren Ärger über den Platz brüllen, als wären sie allein auf dieser Welt, und machten sich dabei nicht einmal die Hände schmutzig, dachte ich, schloss das Fenster und wusch mir Hände, Nacken und Gesicht.

Als ich in die Küche kam, hätte ich sie beinahe übersehen. Meine Mutter saß regungslos am Küchentisch, die Ellenbogen aufgestützt, die Stirn in die Hände gelegt, die Finger ins Haar gekrallt, unter ihrem Gesicht glänzten zwei winzige Pfützen. Mit offenem Mund, hängenden Armen war ich mitten im Raum stehen geblieben und wollte doch nur ein Glas Wasser trinken, vielleicht ein Brot essen.

»Hallo, ich bin da, na, wo sind denn alle?«, hörte ich mich sagen.

»Jetzt nicht«, stieß meine Mutter hervor und versuchte, mich mit einem kraftlosen Wink aus dem Handgelenk wegzuscheuchen. Ohne zu wissen, was ich tat, ohne mich dafür entschieden zu haben, als wäre ein innerer Automatismus angesprungen, machte ich aber einen Schritt auf sie zu. Ich war drauf und dran, ihr, wie mein Vater es getan hätte, die Hand auf die Schulter zu legen.

»Wirklich nicht«, schluchzte sie mit Wut in der Stimme, sodass es mich rückwärts zurück in den Flur trieb.

Schnell und leise schloss ich die Küchentür; ich hätte sie auch abgeschlossen, aber der Schlüssel steckte auf der anderen Seite. Ich hielt die Klinke umklammert, zwanzig Sekunden oder länger, dann kniff ich die Augen fest zusammen und riss mich los. Irgendeiner in dieser Wohnung musste mir doch erklären können, was hier los war.

In Antons Zimmer, im Zimmer unserer Eltern, im Wohnzimmer, in meinem Zimmer, im Zimmer von Johann: niemand.

Ratlos schlich ich durch den Flur zurück, legte die Hand aufs Milchglasfenster der Küchentür. Wie gern wäre ich einfach in mein Zimmer verschwunden und hätte meine am Küchentisch heulende Mutter vergessen. Trost wollte sie nicht, nicht von mir oder sonst wem. Aus alter blinder Gewohnheit lief ich rüber in Antons Zimmer, am riesigen Wäscheschrank vorbei, den er unbedingt hatte umstellen wollen, um sich eine von allen Seiten eingerahmte Nische für sein Bett zu bauen, eine gut abgeschottete Schlafhöhle. Ich ging ans Fenster, lehnte mich aufs Fensterbrett und sah hinaus. In der blütenweißen, mit vollkommener

Stuckateurskunst verzierten Fassade des neuen, zukunftsweisenden Altbaus gegenüber erkannte ich gerade noch die abgebrannte Fassadenwand, die mich eine ganze Kindheit und länger begleitet hatte. Es war wirklich ein wunderschönes Haus geworden, noch von keinem einzigem Krakel befleckt; nicht mehr lange, dachte ich und überlegte auch, ob Simon und ich nicht ein letztes Mal unser Glück mit den Sprühdosen versuchen sollten. Ich seufzte, laut und wie ein trauriger Erwachsener, hätte nicht sagen können, warum – da stöhnte es hinter mir. Ich zuckte herum, blickte genau in die schulterbreite Öffnung der Schlafhöhle, genau auf meinen Bruder, der gegen die Wand gelehnt auf seiner Matratze saß, breitbeinig, die Hände lagen kraftlos auf seinen Oberschenkeln.

»Anton«, flüsterte ich, aber er sah an mir vorbei.

»Anton«, sagte ich etwas lauter. Er hob den Kopf, aber seine Augen blieben ins Vage gerichtet; er schaffte es kaum, sie offen zu halten. Ich trat auf ihn zu, streckte die Hand aus, wollte ihn berühren, wieder so ein merkwürdiger, fast elterlicher Impuls, aber er schlug nach meiner Hand und säuselte: »Lass ma, lass ma, alles gut.«

»Guck mich an«, sagte ich; er lächelte nur auf dämlich zwanghafte Weise.

Ich lief hinaus, in die Küche, zur Spüle, füllte ein Glas, trank es aus, füllte es wieder, ich drehte mich um, meine Mutter blickte mich aus rot geriebenen, feuchten Augen an. Was heulst du hier rum, warum tust du nichts, wollte ich ihr entgegenschimpfen, aber brachte nichts heraus. Sie muss es trotzdem gespürt haben, sagte nur: »Seid ihr denn alle bescheuert geworden, ihr spinnt doch alle?«

Beinahe hätte ich ihr das Glas Wasser ins Gesicht geschüttet, in ihr verkrampftes Gesicht, hätte sie noch ein Wort gesagt, mich noch eine Sekunde länger so hilflos angesehen, doch sie duckte sich weg, vergrub ihr Gesicht wieder in den Händen.

Ich lief zu Anton, hielt ihm das Wasser hin, er versuchte, mich abzuwehren, und schlug mir das Glas aus der Hand, dass mir das Wasser über die Füße floss, es war kalt und unerwartet.

Was war eigentlich los? Anton kauerte halb liegend, halb sitzend auf seinem Bett, träumte mit offenen Augen und schaffte es nicht aufzuwachen – so war es ihm als Vier- oder Fünfjährigem ergangen, da hatten ihn seine Albträume bis über den Schlaf hinaus verfolgt, er war zu den Eltern ins Wohnzimmer gerannt, hatte geheult und geschrien, weil Spinnen über seinen Körper krabbelten und Schnecken an seinen Händen und zwischen den Fingern klebten, und meiner Mutter gelang es nicht, ihn zu wecken, sie hatte ihn geküsst, gestreichelt, hatte besänftigend auf ihn eingesprochen, aber ihr Kind hatte geschrien, als würden unsichtbare Teufel ihm Brenneisen ins Fleisch bohren. Lange hatte es nicht gedauert, bis seine immer panischere Angst auch auf sie übersprang und dann beide heulten, als wäre wer weiß was hinter ihnen her. Sie hätte ruhig bleiben müssen, hatte mein Vater später erklärt, der in seiner Ruhe aber genauso nutzlos gewesen war. Er hatte alles ruhig mit angesehen und abgewartet, irgendwann würden sich auch die schlimmsten Tagträume in Luft auflösen, war seine Meinung gewesen, aber wie er da so still und teilnahmslos zugesehen hatte, nur immer mal wieder aufgestanden war, um die Verzweifelten zu umarmen oder ihnen seine kühle Hand auf den Kopf, die Schulter oder an die Wange zu legen, hatte etwas kalt Brutales an sich gehabt, als wäre er ein Forscher gewesen, der an seinen Liebsten ein ungeheuerliches Experiment durchführt. Jetzt träumte Anton nicht, denn damals hatte er mit weit aufgerissenen Augen und um sich fuchtelnden Armen herausgeschrien, was ihm solche Angst einjagte. Jetzt saß er da wie betäubt, bewegte sich langsam wie ein Tiefseetaucher und blickte in den dunkel funkelnden Ozean seines Rausches – so ahnungslos war ich nicht, dass ich nicht wenigstens ungefähr verstand, was passierte. Betrunken war er nicht, da war ich mir sicher, wahrscheinlich hatte er gekifft, vielleicht was Schlimmeres genommen.

»Bist du bekifft?«, fragte ich, aber mein Bruder reagierte nicht.

»Du hast dir nichts gespritzt oder?«, da verzog er angewidert das Gesicht, als hätte ich ihn beleidigt.

»Anton, hier, hier bin ich«, sagte ich und schnippte mit den Fingern, er blickte durch mich hindurch oder an mir vorbei, als würde ein dichter Nebel zwischen uns hängen. Er war unerreichbar, auf eine so seltsame Weise, denn er war ja da, genau vor mir, sein Körper in diesem Zimmer, auf dieser Matratze, aber sehen oder hören tat er mich kaum, und wenn ich ihm zu nahe kam, dann wedelte er mit den Händen, als umschwirrte ihn ein Schwarm Stechmücken.

Ich setzte mich hin, lehnte mich zurück. Wie ein lebendiges Bild hing er im Winkel zwischen Wand und Boden, das expressionistische Gemälde eines bekifften Jugendlichen oder eher eine lebendige Skulptur, die sich gerade so viel bewegte, dass niemand auf die Idee käme, sie sei aus Stein, das Gegenteil zu diesen Stillstands-Artisten, die Standbilder imitieren, eine Statue, die so tut, als lebe sie, blass war er ja, mein Bruder, sein Gesicht wie aus Marmor.

Es schien ihn zu stören, dass ich so vor ihm saß und ihn betrachtete wie ein absonderliches Ding. Einige Male mühte er sich an kraftlosen Gesten ab, die mich vertreiben sollten. Aber wer hatte nicht von Jimi Hendrix' legendärem Tod gehört, der in zugedröhnter Umnachtung hatte kotzen müssen und daran erstickt war, am eigenen Erbrochenen, wie geraunt wurde, ein erbärmliches Ende, vor dem ich meinen Bruder, komme, was wolle, bewahren würde. Und es wurde nicht langweilig, ihm zuzusehen, wie er so wabernd dahinvegetierte, im Rausch – erst verzog er das Gesicht, als wollte er sagen: »Hör auf mit dem Quatsch«, dann lächelte er breit, ohne Anlass, schüttelte den Kopf, weil es ihm zu dumm war. Auf einmal sah er mich an, versuchte, sich auf mich zu konzentrieren, es gelang ihm nicht, er sank zurück, vielleicht schwindelte ihn.

»Na, hat er für dich auch noch was gehabt?«, schrie plötzlich meine Mutter, packte mich an der Schulter und zog mich zurück.

»Was hat der genommen, weißt du's? Los, sag! Spritzt der, los, zieh ihm den Ärmel hoch, los!«, fauchte sie mich an.

Ich stand auf, griff ihre Oberarme und schob sie vor mir her aus dem Zimmer raus.

»Der hat gekifft, was sonst, inner Stunde ist das vorbei!«, flüsterte ich, und sie gab wirklich nach, ich merkte, wie sie sich beim Gehen auf mich stützte, nur leicht, und sie auf jeden meiner Schritte hin einen eigenen machte. Ich brachte sie zurück an ihren Platz in der Küche, füllte ihr ein Glas Wasser.

»Vielleicht wäre es besser, wenn du spazieren gehst, geh doch spazieren«, sagte ich noch.

»Ja, ja, vergiss es«, antwortete sie, und es klang wie: Verpiss dich.

Anton war noch tiefer gerutscht. Seine Füße ragten jetzt aus der Schlafnische hervor, das Kinn lag auf der Brust. Als ich mich wieder zu ihm hockte, blickte er mich an wie aus einer anderen Welt, aber jetzt lächelte er. Warum bist du überhaupt nach Hause gekommen, dachte ich, warum nicht einfach bei deinen Freunden geblieben, oder hast du Angst bekommen? Wolltest du nach Hause, weil du plötzlich gar nichts mehr wusstest, weder wo noch wer du bist? Immerhin hast du es geschafft, zu unserer lieben

Mama, die dich so erleben musste, wie sie noch nie einen Menschen, geschweige denn sich selbst erlebt hat.

»Du Dummi«, sagte ich und tätschelte ihm den Fuß.

Ein wenig fühlte ich selbst mich jetzt wie ein fragwürdiger Wissenschaftler, der sich seinen Bruder als gut umsorgten Versuchsmenschen im Käfig hält, und was auch immer ich Anton gespritzt hatte, es funktionierte: Er war wie aus Teig geformt, winzige Schweißperlen glitzerten auf seiner Stirn, und das Weiß der Augen war feuerrot. Ich zog ihm die Schuhe aus, fragte ihn, ob es so besser sei, worauf er ein, ich glaubte, zustimmendes Geräusch von sich gab. Dann kratzte ich mit meinem Zeigefinger seine Fußsohle hinauf. Das Bein schreckte zurück, mein Bruder verzog ärgerlich das Gesicht und brachte ein undeutliches *Was* oder *Lass* heraus. Es stimmte nur zum Teil, dass er unerreichbar war – auf eine gewisse Weise war er erreichbarer denn je: Er konnte sich nicht abwenden, nirgendwohin gehen, kein Bild malen, kein Buch lesen, er konnte überhaupt nichts tun, nicht einmal einen klaren Gedanken fassen. Von seinen Freunden, die nie meine werden würden, war er zu uns nach Hause geflohen, und hier war ich es, der sich um ihn kümmerte. Anton war mir, sich selbst und auch den Umständen widerstandslos ausgeliefert, er war einfach da, wie ein Ungeborenes, das im Bauch der Mutter schwebt, manchmal strampelt oder unkontrolliert mit den Armen zuckt. Meine Hand lag auf seinem Fuß, ich schob sie etwas höher aufs Schienbein und spürte seine Haut. Jahrelang hatte ich ihn nicht mehr angefasst, nicht mehr seine Hand gehalten, ihn nie umarmt, wieso auch, Berührungen waren ab einem bestimmten Zeitpunkt einfach nicht mehr vorgekommen. Aber jetzt hielt ich ihn am Bein, spürte seinen Puls in meiner Handfläche, und er ließ es zu.

Ich weiß gar nicht, wie lange ich bei ihm saß, doch während wir so saßen, begann ich immer deutlicher die Veränderung wahrzunehmen. Unmerklich und unausweichlich waren die Kontinente auseinandergedriftet. Eine Bewegung fand statt, seit Langem schon und ohne absehbares Ende. Nicht wie ein Abgrund, nur wie ein weiter, unbestimmter Raum hatte sich eine Fremdheit zwischen uns aufgetan. Jetzt erkannte ich diese Fremdheit, sie war es, die ich gespürt hatte, wenn ich meinen Bruder vermisste, obwohl er nur zwei Zimmer weiter an seinem Schreibtisch saß oder mit neuen Freunden am anderen Ende des Schulhofs auf eine Weise sprach, die ich nicht beherrschte. Im selben Zug wurde ich mir aber auch der absoluten Nähe bewusst, die immer schon zwischen uns gewesen war: Anton lag vor mir, entstellt zum besinnungslos Berauschten, und klarer als sonst spürte ich, wie sehr ich ihn liebte. Die Welt, in der es uns auseinandertrieb, denn alles in diesem Universum trieb ja auseinander, hielt inne und war für einen Augenblick bedeutungslos. Wie durch ein Fernrohr konnte ich meinem Bruder über die fremde Ebene unserer Entzweiung ins Gesicht schauen, wo ich jene ursprüngliche Nähe fand, in der wir einst gemeinsam ins Leben getaucht waren. Merkwürdig war es natürlich, dass ich all das ganz allein empfand und da keinerlei Gegenseitigkeit war, denn Anton war völlig mit sich und seinem Rausch beschäftigt, er schmatzte und leckte sich die Lippen. Wieder bot ich ihm einen Schluck Wasser an, und jetzt nahm er ihn, den letzten Rest, den er nicht verschüttet hatte.

Er hielt mir das leere Glas hin, und ich nahm es ihm aus der Hand. Dann rollte er sich auf die Seite, zog sich Decke und Kissen heran, um sie zu umarmen und in ihren Falten zu verschwinden. Er würde einschlafen, nichts schien er sich sehnlicher zu wünschen.

Ich ging in die Küche; meine Mutter las Zeitung, trank Tee, schien mich nicht zu bemerken, sie war vertieft in einen Artikel oder in ihren Zorn oder ihre Angst. Ich ging an den Brotkorb, zog das Brot aus der Tüte, ich schnitt mir zwei Scheiben ab, nahm zwei Scheiben Käse aus dem Kühlschrank und verschwand dann schnell mit diesem trockenen Sandwich in den Flur, in mein Zimmer, schob den Riegel vor, den ich mir an die Tür gebaut hatte, um ungestört und heimlich mit meiner Softair-Pistole trainieren zu können – aus Alufolie hatte ich mir ein dürres Männlein geformt, auf das ich anlegte. An meinem Schreibtisch aß ich langsam, vergaß manchmal einen Bissen sekundenlang im Mund, bis ich plötzlich, aus einem Gedanken erwacht, weiterkaute. Ich wusste, dass sie da waren, Anton und meine Mutter, in ihren jeweiligen Zuständen, irgendwo auch mein Vater, Johann, Simon, alle, ich spürte sie wie mich selbst, obwohl ich vollkommen allein war.

Ich glaube nicht, dass an diesem Tag noch irgendetwas passierte, irgendein Wort gewechselt wurde, ich irgendwem noch begegnet bin, ich erinnere mich an nichts. Das Ende des Tages rollte heran, der Erdkreis kehrte sich dem Dunkel zu. Ich schloss die Augen, blickte noch eine ungewisse Zeit lang in meine Gedanken, bevor der Schlaf uns schluckte.

Am nächsten Tag fiel mir mein bekiffter Bruder erst wieder ein, als wir gemeinsam zur Schule aufbrachen. Kaum waren wir aus dem Haus, konnte ich das Schweigen brechen, das meine Mutter uns allen in dieser Sache auferlegt hatte.

»Na, besser geschlafen als sonst?«, fragte ich.

»Ja, tief geschlafen.«

»Was war denn los?«

»Was schon.«

»Sag.«

»Weißt du doch.«

»Und dann läufst du so nach Hause, zu unserer Mutter.«

»Wir haben gekifft, und dann haben die mir gesagt: Voll krass, is mit LSD bestäubt. Und da war ich sauer und bin gegangen.«

»Scheiße.«

»Egal.«

»Und wars?«

»Keine Ahnung, gibts so was?«

»Weiß ich doch nicht.«

»Tja.«

»Scheißfreunde.«

»Ich hätts eh geraucht.«

»Echt?«

»Denke schon.«

»Na ja.«

Da waren wir fast angekommen. Schüler, die vorm Schultor die erste Zigarette des Tages rauchten, schauten uns unbeteiligt entgegen, atmeten Rauchschwaden aus, beiläufig und mit einer scheinbar jahrzehntealten Selbstverständlichkeit, als hätten Zigaretten von Anfang an zu ihrem Körper gehört, wären nur ein weiterer natürlicher Teil ihres bedürftigen Organismus; diese Kinder aus höheren Klassen, ich kannte ihre Gesichter, sie sahen dich an, nur um dich übersehen zu können. Anton sagte nichts mehr, und auch ich wurde still, schlängelte mich zwischen den Grüppchen der Großen hindurch, nahm die steinernen Treppen, lief den breiten Gang hinab. Auf der Schwelle zum Klassenzimmer blieb ich stehen. Der hell erleuchtete Raum blendete, und es waren schon die meisten da, zogen Hefter aus ihren Rucksäcken, redeten über Tische gebeugt miteinander, blätterten in bunt eingeschlagenen Schulbüchern. Plötzlich schob mich jemand von hinten hinein, ich zuckte herum, es war Anton – ich war mir sicher gewesen, dass er vorm Schultor noch schnell, in gehetztwichtigen Zügen eine geraucht hatte. Er flüsterte mir etwas ins Ohr, *wohin* oder *bis dann*.

»Bis nachher«, sagte ich und suchte mir einen Platz an der Heizung, unter den hohen Fenstern, durch die ich direkt in die Baumkronen blicken konnte; das Herbstlaub glühte in der Morgensonne.

Ich hatte versucht, Simon anzurufen, ihn aber nicht erreicht, jetzt wollte ich klingeln. Der Weg war nicht weit, und ich hatte nichts Besseres zu tun. Meinen Ball trug ich zwar noch im Rucksack herum, aber inzwischen war es zu kalt geworden, um mit nackten Fingern stundenlang Körbe zu werfen, also lief ich im vertrauten Zickzack durch die Dämmerung, drückte seine Klingel, wartete mit eingezogenen Schultern. Als der Summer knarrte, stieß ich die Tür auf, dieselbe Tür, die ich schon Tausende Male aufgestoßen hatte, dieselbe, die schon Tausende Male hinter mir krachend ins Schloss gefallen war, rannte die Treppen hinauf, dieselben Treppen, im Kreis herum von Stockwerk zu Stockwerk, und oben leuchtete das Flurlicht aus Simons Wohnung ins staubige Treppenhaus hinaus.

»Simon?«, rief ich, und sofort trat er angezogen und bereit aus seinem Zimmer.

»Schießen gehen?«, war sein Vorschlag.

Meine Softair lag versteckt unter einem Stapel nie ausgefüllter Arbeitsblätter am Boden meines Rucksacks.

»Waren wir lange nicht mehr«, antwortete ich.

Und so zogen wir los, wieder hinaus in den Abend, der längst nachtschwarz war und kalt. Es war die Zeit der Straßenlaternen, des orangegelben Lichts, und bald der Regentropfen, dann der

Schneeflocken, die durch die Lichtkegel fallen würden, geräuschlos fallen, wenn ich gelangweilt durch geschlossene Fenster in die Winterabende schauen würde. Aber noch wehte der späte Herbst durch die Straßen.

Wir suchten ein Baugerüst, um auf die Dächer zwischen August- und Linienstraße zu kommen, und nahmen das erstbeste. Inzwischen waren wir geschickt wie routinierte Bauarbeiter, stießen die Klappen auf, krochen von einer Etage in die nächste, ganz oben dann der eine weite Schritt hinüber aufs Dach. Kaum ein Licht brannte, und die Dachterrassen waren verlassen. Wir peilten denselben alten Dachboden an, auf dem Simon mich das erste Mal eliminiert hatte, ein Spielstand, der sich seitdem oft wiederholt hatte, bis Simons permanente Kopftreffer mir das Schießen mehr und mehr verdorben hatten; ich trainierte zwar an meinem Alumännchen, aber es half ja alles nichts.

Wir kletterten über kleine Mauern, stiegen Leitern rauf und runter, traten an den Rand der Dächer, um einen Blick hinunterzuwerfen. Ich kramte meine Softair heraus, zog eine Kugel in den Lauf und schoss auf eine übrig gebliebene Bierflasche, an der die Kugel mit einem sanften Klang abprallte, ohne irgendetwas zu bewirken. Wir lauschten in Innenhöfe hinab, in denen traumartige Ruhe herrschte: Die Leute hielten ihre Fenster geschlossen und nervten uns nicht mit ihrem Geschrei und Gerede, mit ihrer Musik und ihrem Stöhnen, wenn sie sich wieder übereinander hermachten, oder dem Gesurre ihrer Küchengeräte. Es war still, und wir konnten das Geräusch unserer Schritte hören.

Als wir an die Stelle kamen, an der wir damals die offene Dachbodenluke gefunden hatten, war sie nicht mehr da. Ein weißes blasenförmiges Dachfenster hatte die Luke ersetzt, ein undurchsichtiges Milchglasfenster, das merkwürdig organisch auf der Dachpappe klebte.

Simon rüttelte daran und konnte es einen Spaltbreit anheben, er schaute mich an, duckte sich dann, um in den Spalt zu gucken.

»Hast du dein Barlow dabei?«, fragte er – gerade heute hatte ich es wieder eingesteckt.

Vielleicht war da ein Haken, den er aus der Öse stoßen wollte, oder ein Strick oder so eine Plastikschlinge. Zehn Sekunden stocherte Simon mit dem Messer im Spalt, schon zog er es zurück, sah mich stolz und aufgeregt an und riss feierlich das Fenster auf, als würde er ein Geheimnis lüften.

Wir starrten ins Dunkel, versuchten, uns an die Tiefe zu erinnern, drei Meter oder mehr.

»Hallo«, rief Simon hinab, und ich pfiff, aber niemand hörte uns, nicht einmal das Echo oder der Hall antworteten.

»Los, holen wir uns 'ne Leiter«, sagte ich.

Ein paar Dächer weiter zogen wir eine Holzleiter aus dem schwarzen Loch eines Dachbodens, hier hätten wir schießen können, ungestört und unbemerkt, aber unsere Neugier war nun schon einmal geweckt.

Wir ließen die Leiter hinunter, sie war geradeso lang genug, und stiegen einer nach dem anderen ins Unbekannte.

»Hier liegt Teppich«, war das Erste, was Simon verwundert feststellte, als er den Boden betrat.

Dann tasteten wir uns die Wände entlang, bis ich unter meiner Hand etwas Glattes spürte.

»Ich mach Licht«, sagte ich, und Simon sagte: »Mach!«

Wir standen auf einem dunkelgrünen Teppich, dessen in sich verschlungenes Muster wie ein wucherndes Dornengestrüpp den Boden bedeckte, in einer Art Vorraum, von dem Türen in alle Richtungen abgingen.

»Krass«, flüsterte Simon.

»Ja«, sagte ich leise.

Und obwohl es war, als wären wir in den Hasenbau hinabgestiegen, um in ein Land, das vielleicht ein Wunderland war, hinauszutreten, wussten wir doch, was zuallererst zu tun war.

»Pack mit an«, sagte ich zu Simon, und gemeinsam schoben wir die schwere Kommode, die unter einem Spiegel neben der Garderobe stand, vor die einzige Tür, die einen Türspion hatte. In jedem Zimmer, das wir nun betraten, zogen wir zuerst die Vorhänge zu und suchten die kleinen, schwachen Tischlampen.

So kam ein wenig Licht in die Zimmerflut, die uns mit jedem Schritt weiter weg von den Dächern und hinaus aus unserem Viertel trieb. Vielleicht war es nur die Aufregung, die alles wunderschön, riesig und endlos erscheinen ließ, aber dass der alte Dachboden, in dem wir uns ja immer noch befanden, all das fassen konnte, war unvorstellbar. Es war kaum ein Jahr vergangen, seit wir hier zwischen Sperrmüll und Gerümpel gespielt hatten, und was bedeutete ein Jahr schon für ein Haus, für eine Stadt. Da waren jetzt gewaltige Ledercouches, so bequem, dass ich sofort hätte einschlafen können, eins der weichen Kissen unter dem Kopf und die schimmernde Seidendecke bis unters Kinn gezogen, in den betäubenden Geruch zentnerschweren, exotischen Parfüms gebettet, den diese Sofalandschaft wie schlafender Urwald ausdünstete. Unter dem Fenster stand ein eleganter Sekretär aus, was sonst sollte es sein, schwarzem Ebenholz, dessen Schubfächer sich völlig geräuschlos öffnen ließen, darin wohlgeordnete Bürokratie: ein Stapel neuer Kuverts neben einem Stapel geöffneter, in einer Schale aus Wurzelholz einige Büroklammern, ein altertümlicher, aber sicher funktionstüchtiger Locher, dazu noch ein Etui mit Füllfederhaltern, drei Päckchen Zigaretten und sogar, aus einem Notizheft herausragend, mehrere Scheine Bares. Ein schmaler Flur wurde durch einen orientalischen Läufer in eine Prachtstraße verwandelt, gerahmte Zeichnungen und Kupferstiche an den Wänden; im schummrigen Licht erkannte ich undeutlich die Körper entkleideter Frauen und Männer, Palmen und in Andeutungen die Ruinen griechischer Tempelanlagen. Vor dem pompösen Ehebett befand sich ein Wäscheschrank, hoch wie der Raum selbst, dort fanden wir zwei schlichte Reisetaschen, in die alles hineinpasste: die Stereoanlage, schwarz und glänzend wie geschliffener Edelstein, die schlanken Boxen, der kleine Fernseher, den ich mir schon immer gewünscht hatte, und all der edle Plunder. Es war ein unverhofftes Weihnachtsfest, in das wir da hineingeraten waren, der Zufall hatte uns mit einer offenen Dachluke beschenkt, und es spielte keine Rolle, dass es wie Raub aussah.

Als wir die letzte Tür öffneten, an die eine kindliche Buntstiftzeichnung geklebt war, fanden wir uns in einem winzigen Zimmer wieder, und da war ein Erschrecken, ein plötzliches Zögern. Wir witterten das Kind, meinten, seine Träume zu spüren, seine ängstlichen Nachtgedanken, als es uns durch die Wohnung hatte tappen hören und es die Wärme des Bettes, die Nähe der Eltern, dieses vermeintlich sichere Zuhause vergaß, in das wir wie böse Schatten eingedrungen waren. Wir sahen uns um: eine kurze Matratze auf einem Kinderbett, das Kissen aufgeschüttelt, die Bettdecke umgeschlagen und glatt gestrichen, das Ganze mit Kuscheltieren drappiert, an der Wand ein Poster, das die grinsende Pippi Langstrumpf zeigte, einige Kinderbücher waren ins Regal gestellt, von einer Porzellankatze als Bücherständer aufrecht gehalten – etwas stimmte nicht mit diesem Zimmer. Ich strich über das Fensterbrett, aber kein Staub war zu spüren, und der Teppichbelag leuchtete weiß unter unseren Füßen wie frisch gefallener Schnee. Dann entdeckten wir das Holzschwert, das auf zwei Haken gelegt über der Tür an der Wand angebracht war, ein mit Schnitzereien verziertes, bunt bemaltes Holzschwert, der

Griff von einer dunkelgrünen Kordel umwickelt, für jeden lebendigen Kinderkopf ein einmaliges Zauberschwert, aber hier war es außer aller Reichweite zur Dekoration degradiert. Dieses Zimmer konnte kein echtes Kinderzimmer sein, vielleicht war es für ein nie angekommenes Wunschkind reserviert, eine Art Kinderschrein, in dem ein verzweifeltes Paar den Kindersegen erfolglos heraufbeschwor – bis jetzt, denn nun waren wir da, und wir waren echt. Simon zog einen Hocker heran, stieg darauf und nahm das Schwert in seine Hand, er musterte es, dann schob er es in seine Tasche.

Wir suchten noch die Küche, wollten wissen, was diese Menschen im Kühlschrank hatten, Essbares, sicherlich, wie alle anderen auch, doch möglicherweise wurden in diesem Haushalt ja ausschließlich Delikatessen verzehrt. Es gab Käse und Wurst, Joghurt im Glas und Butter in der Butterschale, alles etwas geordneter, etwas sauberer, als wir es kannten, aber doch das ewig Gleiche. Zumindest eine Flasche Champagner stand gekühlt in der Tür, die nahmen wir mit, ohne zu wissen, was wir damit anfangen würden. Simon fischte noch zwei legendäre Andy-Warhol-Büchsen Tomatensuppe aus einem Regal, dann war es Zeit zu verschwinden.

Wir rückten die Kommode wieder an ihren Platz, löschten die Lichter und stiegen leise die Leiter empor, ins blasse Mondlicht hinaus, schwerbepackt wie einsame Grabräuber. Simon verschloss das Dachfenster, während ich die Leiter zurück zu dem anderen Dachboden brachte, bald schon der letzte seiner Art, dachte ich, als ich die Luke schloss.

Über ein Baugerüst, nicht dasselbe wie beim Aufstieg, sondern ein hinter Planen verborgenes, stiegen wir zurück ins Viertel, sprachen wieder lauter, richteten uns auf und schulterten die Taschen, als wären wir auf dem Weg zum späten Training in der

Sporthalle des Postfuhramtes. Aber es war gar nicht nötig, irgendwem etwas vorzumachen, niemand sah oder hörte uns, die Straßen waren leer, und der eine vereinzelte Fußgänger, der sich eilig an uns vorbeizwängte, hielt den Kopf gesenkt und sprach hektisch wispernd mit sich selbst oder einer unsichtbaren Person an seiner Seite. Lediglich die Kneipe an der Tucholsky Ecke Auguststraße war brechend voll. Eine dicht gedrängte Menschenmasse füllte die Schaufenster, waberte wie der Zigarettenqualm im Raum umher, immer war es voll hinter diesen Fenstern. Mit weit aufgerissenen Augen bliesen sich die Menschen ihren Qualm entgegen, bis sich ihre Gesichter im nebligen Dunst aufzulösen schienen, quasselten ihre Worte, brüllten ihr Lachen heraus, ohne einen einzigen Blick nach draußen zu werfen. Minutenlang konnten wir vorm Schaufenster stehen und in diesem überfüllten Aquarium die exzentrischsten Exemplare studieren, niemand würde uns bemerken. Wahrscheinlich war auch das geschmacklose, kinderlose, das schamlos reiche und nichts ahnende Pärchen, dessen Wohnung wir gerade durchwandert hatten, in dieser Bar, hockte am Tresen und versuchte, laut schreiend ins Gespräch zu finden, *lass uns reden,* und dann saßen die zwei trinkend und rauchend im aufgeregten Gekreische, grüßten hier und dort, und die Worte, die sie den gesamten Abend über wechselten, waren immer dieselben. Simon zog die Zigarettenschachteln aus der Tasche, die Zigaretten aus der Packung, drückte sie mir in die Hand; dann brachen wir neunzig Zigaretten auf einmal in der Mitte durch und verstreuten sie vor dem Eingang über dem Abtrittsgitter, ein armseliger, schadenfroher Protest, grinsend zogen wir ab.

Die Anlage, Boxen und den Fernseher stapelten wir als Elektroschrott getarnt in der Ecke eines Kellerabteils, in dem die Bewohner von Simons Haus ihr Gerümpel auf Nimmerwiedersehen abstellten. Simon zog sich einen Stuhl aus dem aufgetürmten Sperrmüll, sank nieder und atmete durch. Es war Zeit, die Korken knallen zu lassen. Ich schüttelte die Flasche, lockerte nur ein wenig den Draht, und der Korken schoss gegen die niedrige Decke, Champagner sprudelte und schäumte befreit. Ich schlürfte einen Schluck und spuckte aus, bittere Brühe, schon gab ich die Flasche an Simon weiter. Der nahm einen tiefen Schluck, gurgelte, spie aus, *Brackwasser* fluchend, und verschüttete den Rest über dem pechschwarzen Kellerboden, der aus unzähligen Schichten festgetrampelten Kohlenstaubs bestand.

In den nächsten Tagen trafen wir uns nicht. Ich brauchte Zeit, um durchzuatmen, und Simon wahrscheinlich auch. Ich aß Frühstück am Küchentisch mit meinen Eltern und meinen Brüdern, ich verabschiedete mich und ging mit Anton in die Schule, ich spielte Basketball in der großen Pause, redete mit Annika und ihren Freunden, ließ mich zurück ins Schulhaus treiben, ich erlebte diese Tage wie einen friedlichen Traum, und die ganze Zeit über war Simon mir sehr nahe. Dieser eine Abend hatte uns in eine völlig neue Zweisamkeit verwickelt und in ein gemeinsames Geheimnis getaucht, das mich wie ein kostbares Kettenhemd umhüllte und unberührbar machte. Die Alltäglichkeit ging mich nichts mehr an, ihr war der Boden entrissen, und die Tage erhoben sich über den dunklen Katakomben der Nächte, in denen sich im Traum wiederholte, was ich mit Simon erlebt hatte. Auf unseren Raubzügen kehrten wir in die verlorenen Gebiete zurück, machten Beute, waren Guerillakrieger, die ihr altes Land heimsuchten wie Totgeglaubte. Plötzlich war es egal, ob wir B-Baller, Hip-Hopper, Punks oder Checker waren – was da geschehen war, an diesem Abend, war radikaler als jeder Dresscode, gefährlicher als alles anarchische Gerede, jede coole Geste, jeder coole Spruch.

Und es war unendlich viel aufregender, als irgendwer sein zu wollen. Und so war das Ziel unseres nächsten Ausflugs längst gesetzt, es brauchte keine Absprache, kein vorsichtiges Ausdiskutieren, wir waren bereit.

An zwei aufeinanderfolgenden Abenden robbten wir über die Dachpappe an den Rand der winzigen Terrasse, die wir im Sommer entdeckt hatten. Ein erfindungsreicher Architekt hatte sie direkt in unsere Dächer gestanzt. Kein Mensch war zu sehen, doch hinter den Fenstern brannte Licht. Erst am dritten Abend war es endlich dunkel dort unten. Ohne lange zu überlegen, ließ ich mich hinab und drückte mein Gesicht gegen eine der großen Scheiben; da war kein Kerzenschein, kein Bildschirmflimmern, nur die verheißungsvolle Dunkelheit.

»Ich geh und guck, ob jemand was hört«, flüsterte Simon, und ich blieb allein.

Die Scheibe glänzte nicht, unsichtbar stand sie zwischen mir und dem schwarzen Raum dahinter, ein weit offenes Tor, dachte ich, denn ich würde sie zerschlagen. Ich hob einen faustgroßen Stein auf, einen Flussstein, von seinem Ufer weggetragen, damit er hier, an diesem gut ausgedachten Ort, etwas von seiner in einer Ewigkeit angesammelten Kraft ausstrahlte. Ich wog ihn in der Hand, strich mit dem Daumen über die kühle Oberfläche, und ich hatte das Gefühl, dass der Stein auf meiner Seite war, lange schon hatte er darauf gewartet, dass ich kommen und seine eigentliche Kraft mit einer einzigen fließenden Bewegung freisetzen würde. Ich holte aus, atmete tief ein, dann schleuderte ich ihn gegen das Glas.

Kaum ein Geräusch, der Stein fiel klackend auf die Betonplatten, die am Boden ausgelegt waren. Ich verstand nicht, was passiert war, und wollte es auch nicht verstehen; sofort packte ich den einen Stuhl, der im Hof stand, einen schweren gusseisernen Gartenstuhl, und schwang ihn gegen die Scheibe – nur ein leiser metallischer Klang, der Stuhl vibrierte für einen Augenblick in meinen Händen. Ich versuchte es noch einmal, mit einem Schritt Anlauf, all meiner Kraft, einem scheuen Kampfschrei, aber nichts, nur der dumpfe Klang und dann wieder Ruhe, als wäre ich nie da gewesen oder wäre eine Fliege oder nur eine sanfte Brise. Ich war fassungslos angesichts dieser harten Wand aus Glas.

»Simon!«, rief ich zu den Dächern hinauf, wartete aber nicht, sondern kletterte sofort mithilfe des nutzlosen Stuhls aus dem Innenhof raus, lief zu Simon, der auf einem Schornstein hockte.

»Was denn? Hast du's?«, fragte er.

Ich schüttelte den Kopf und wollte nur noch aufgeben, abhauen und runter von den Dächern, um nie wiederzukommen. Natürlich hatten diese Menschen längst an uns gedacht, als sie sich in ihren Palästen einmauerten. Wieso wollten sie denn sonst hier hinauf, auf die Dächer, wo der Lärm des Viertels ein fernes Meeresrauschen war? Wo die Stadt nicht existierte und doch so nah war. Was hatte ich geglaubt? Bald schon wären alle Baugerüste abgebaut, alle Hauseingänge abgeschlossen, jeder Dachboden einer Architektenvision gewichen, jedes Dach das Dach eines zum Edelbungalow umkreierten Dachgeschosses. Ein Stein, der auf meiner Seite war, mehr gab es nicht. Es würde bei unserem ersten, zufälligen Einbruch bleiben, vielleicht war es besser so.

»Los«, sagte ich zu Simon, und er sprang vom Schornstein, lief zum Loch des Innenhofs, kletterte hinunter. Ich sah ihm nach, unentschlossen, was zu tun war. Wieder das Geräusch der Schläge, leiser jetzt, da ich abseits stand und auf Simon wartete, doch ich lauschte wie gebannt. Zuerst war es nur ein Keuchen, ein restloses Ausatmen, das sich jedoch schnell zu einem vorsichtigen

Schreien hochschaukelte, immer lauter wurde, immer freier, bis ein rückhaltloses Gebrüll aufloderte, Schlag auf Schlag, ein Schrei folgte dem anderen, Wut- und Kriegsschreie, da war Simons Hass, dem er freien Lauf ließ.

Und plötzlich, wie eine einsame Silvesterrakete, die über den Dächern explodiert und sich als glühender Regen in die Nacht ergießt, war da ein Knall, und Glas prasselte zu Boden. Ich rannte zum Hof, Simon stand wie ein Mörder in der offenen Tür und lachte schwer atmend zu mir hinauf.

Wir zogen uns unsere Bandanas über den Mund, die Kapuzen in die Stirn, knipsten die Taschenlampen an und stiegen über die knirschenden Glassplitter ins Haus. Ein riesiger verwinkelter Raum, der unmöglich auf einen Blick zu erfassen war, überall Nischen und Türen und Möbel, die wie Wände mitten im Zimmer standen, aber wir mussten die Eingangstür finden. Wir hatten alle Fenster von außen geprüft, nirgendwo hatte Licht gebrannt, und kein erwachsener Mensch lag abends um acht im Dunkeln und schlief. Doch meine Hand zitterte bei jeder Tür, die ich öffnete. Ich sah sie vor mir, die eine fensterlose Kammer, von der wir nicht hatten wissen können, in der ein Mensch über eine geheime Arbeit gebeugt saß, erschrocken aufhorchen, dann aufspringen würde, wenn er mich im Türspalt entdeckte, wir würden uns ansehen, eine endlose Sekunde lang, und was dann passieren würde, war nicht auszudenken. Abstellkammer. Kleiderkammer. Küche. Auf einmal blickte ich ins Treppenhaus, die Treppen hinunter, in diesen bedrohlichen Schlund, durch den die Bewohner kommen würden, die Pizzalieferanten, Postboten, Hausmeister, Fensterputzer, im Zweifelsfall die Polizei. Ich schloss die Tür, stemmte mich dagegen, als kämen die Ersten schon heraufgetrampelt, und rief Simon mit hoher Stimme. Er leuchtete mir ins Gesicht, ich leuchtete zurück. Dann suchte Simon wild herum, bis der Lichtkegel auf einen großen Schuhschrank gerichtet blieb. Prüfend rüttelte er daran, war einverstanden und winkte mir zu. Wie wir es ohne Lärm und mit wenigen Handgriffen in Sekunden schafften, den Schrank so zu platzieren, dass die Eingangstür derart verbarrikadiert war, dass es eine Axt gebraucht hätte, um reinzukommen, erschien mir als ein kleines, vielversprechendes Wunder. Vor lauter Aufregung rieb ich mir mit den Händen übers Gesicht. Hunger hatte ich, Heißhunger, der nur mit Zucker zu stillen war; ich lief in die Küche, zerrte den Kühlschrank auf, das Eisfach, fand einen Pappbecher Eis, eine englische Sorte, *Cookie Dough,* was auch immer das heißen sollte, musste drei Schubladen aufreißen, bis ich endlich das Besteck fand, und dann begann ich Eis löffelnd durch die Wohnung zu schlendern, es schmeckte himmlisch.

Simon grinste mich über eine schnittige Sonnenbrille hinweg an, wedelte mir mit einigen Scheinen zu. Am liebsten hätten wir Musik aufgedreht, hätten jetzt schon wieder die Korken knallen lassen, aber so blöd war kein Mensch und wir erst recht nicht. Aus einem Bücherregal zog ich eingeschweißte Comichefte, die hier anscheinend keiner lesen wollte, und steckte sie in meine Reisetasche vom letzten Mal. Simon blätterte sich erst durch die Schallplattensammlung und stöpselte dann den Plattenspieler ab. Ich versuchte, einen zierlichen Bonsai in der Tasche unterzubringen, doch er hätte es wohl nicht überlebt und tat mir leid, deshalb ließ ich ihn, wo ich ihn gefunden hatte, strich ihm zum Abschied über die winzige Krone. Wir heimsten noch Zigarren ein, CDs, Kleinkram, weniger als beim letzten Mal, denn die Geräte, die sich dieser Mensch zum Fernsehen und Musikhören angeschafft hatte, waren untragbar riesig. Überhaupt war hier alles riesig und dazu nagelneu: die weiße Ledercouch, der Couchtisch aus Glas, die menschenverschlingenden Sessel, im begehbaren

Kleiderschrank lagerte Kleidung penibel gebügelt und gefaltet, farbrikfrisch. Es war keine sympathische Wohnung, auf den ersten Blick geschmacklos, auf den zweiten seelenlos, die Wohnung eines Idioten mit zu viel Geld, der eifrig versuchte, alles richtig zu machen, also kaufte und kaufte er, was Herren-, Mode- und Einrichtungsmagazine anpriesen, und alles verblieb im unpersönlich Beliebigen, als wären wir in die Schaufenster des KaDeWe eingestiegen. Egal, was wir stehlen würden, nächste Woche wäre es schon wieder da, neu und noch besser, vom Versicherungsgeld bezahlt – zumindest mussten wir keine Rücksicht auf Sentimentalitäten nehmen. Ich ging aufs Klo, pinkelte in die blütenweiße Kloschüssel und überlegte, ob ich mir die Flasche Hugo mitnehmen sollte, die über dem Waschbecken stand. Was solls, dachte ich und ließ es bleiben. Auf einem gerahmten Foto sah ich drei verzerrte Männerfressen, die in die Kamera lachten, voller Stolz auf ihre gepflegten Dreitagebärte, ihren bronzenen Teint, ihre makellosen Frisuren, ein Bild, das auch in einer IKEA-Ausstellungsetage, zwischen hohle Buchreihen gestellt, Leben heucheln könnte. Ich suchte Simon und fand ihn im Kleiderschrank, wo er Winterjacken anprobierte.

»Gute Idee«, sagte ich und prüfte selbst eine Reihe von Jacken und Jacketts, albern prachtvolle Exemplare, die zu tragen mir eine Qual gewesen wäre. Wahllos stopfte ich einige T-Shirts in meine Tasche, die genauso gebügelt, gefaltet und gestapelt wie die Hemden im Regal lagen. T-Shirts konnte man immer gebrauchen, vor allem wenn irgendwann nach diesem langen, bedrückenden Winter die Basketballsaison wieder beginnen würde.

Simon gab es auf, sich in ein Paar Wanderstiefel hineinzuzwängen, und schleuderte sie weg.

»Wollen wir?«, fragte ich, und er nickte nur.

Diesmal räumten wir nichts auf, ließen die Tür verrammelt,

die Schubladen offen. Die Idee, alles zu verwüsten und ein Trümmerfeld zu hinterlassen, kitzelte in den Fingerspitzen, aber da waren wir schon wieder an der kühlen Nachtluft, über uns das tränende, wolkenverhangene Himmelsauge, das gleichgültig auf alles und uns niedersah.

Über zwei Nachbarhäuser ging es zurück. Durch den Dachboden, das Treppenhaus, durch den langen Flur schlichen wir uns in Simons Zimmer. Er machte Licht, und wir ließen uns die Taschen von den Schultern gleiten wie wertlosen Ballast.

»Geil«, sagte Simon.

»Du bist völlig ausgerastet? Mit dem Fenster?«

»Keine Ahnung, ja, ich wollte da rein.«

»Komische Wohnung.«

»Ich würd sie nehmen und verkaufen.«

»Ja.«

Dann wühlten wir in unseren Taschen, guckten, was der andere hatte, tauschten eine Sonnenbrille gegen fünf CDs, teilten das Geld auf, Simon behielt die Platten und den Plattenspieler, ich die Comics, alles ohne Streit, ohne Neid, unser Zeug war es ohnehin nicht, und zwei Stunden früher hatten wir nichts davon vermisst.

Es war spät, als ich wieder auf die Oranienburger trat, das Geld in der Hosentasche, die Comics im Beutel, ohne Eile stand ich da, sog die kühle Luft ein und hauchte sie aus, spürte den festen Boden der Granitplatten unter den Füßen. Autos rauschten über den Asphalt, Fußgänger beeilten sich, in die nächste Kellerbar hinabzusteigen, eine Prostituierte rief einem zögerlich heranrollenden Fahrradfahrer etwas zu. Der hielt an, und die beiden unterhielten sich, leise, geschäftig, bis die Frau abwinkte und sich umdrehte. Die ängstlich rausgemurmelte Beleidigung des Fahrradfahrers, der sich hinter ihrem Rücken an den Lenker klammerte, überhörte sie, stolzierte zurück auf den Bürgersteig und bemerkte plötzlich mich. Aus einem gelangweilten Brauenheben wuchs ein belustigt interessierter, bohrender, zuletzt alles durchdringender Blick. Als spürte sie das Geld in meiner Tasche oder etwas anderes, das sich verändert hatte. Nie hatten sie uns angesehen, nicht auf diese Art. Die Frau machte einen Schritt auf mich zu. Sie war riesig auf ihren ellenlangen Absätzen; in funkelndes Latex gekleidet und das Korsett gnadenlos festgezurrt war sie die fleischgewordene Cyborg-Queen – im letzten Sommer erst war ich in die Cyborg-Kriegerin Alita verliebt gewesen, die so tödlich wie unschuldig war, eine Heldin wie für mich gemacht, Band für Band hatte ich ihre Geschichte aufgesaugt, dann hinter geschlossenen Augen unser gemeinsames Abenteuer erträumt. Die Prostituierte blitzte mich aus ihrem bis ins Unmenschliche geschminkten Gesicht an, lächelte auf eine Art, als kenne sie meine Zukunft, mein Schicksal, weil es das Schicksal von Hunderttausenden war, von all den Männern, die sich ihr offenbarten.

»Na, Kleiner, wat stehste hier rum?«, fragte sie und kam noch näher. Ich roch sie, ihr Parfüm, das durch die Luft züngelte.

»Wat denn, kannste nich sprechen?«, sagte sie.

»Na, hau ab, du Gaffer!«, schimpfte sie auf einmal, hob drohend die Hand, aber ihre Augen blickten unverändert, schläfrig und amüsiert.

Meine Zunge zuckte im Mund, ich wollte etwas erwidern, hatte aber keine Worte, nicht für diese Frau, die mein Herz schlagen ließ, wie es noch nicht geschlagen hatte. Ich machte einen Schritt zur Seite, machte den nächsten, sehr vorsichtig, ich wollte nicht stolpern. Den Blick starr geradeaus, mit steifen Beinen, begann ich hektisch zu gehen, versuchte, nicht ins Rennen zu geraten, zur nächsten Kreuzung, um schleunigst abzubiegen, weg von der Oranienburger, weg von diesen Frauen, die mich von nun an auf jedem spät gewordenen Heimweg auffordern würden, doch mal stehen zu bleiben. Doch die Stimme, mit der mich die Cyborg-Queen so schulterzuckend abgefertigt hatte, hallte noch durch meinen Kopf. Alita hätte nie so geredet, ihre Sprache wäre von einem außerirdischen Klang beseelt gewesen, selbst wenn sie im derbsten Tokio-Dialekt auf mich eingeschimpft hätte. Sie hätte Distanz gewahrt zu diesem Allerweltsprinzip der Sprache, hätte dieses Instrument nicht so barsch und direkt benutzt wie ein Handwerker seinen Hammer, um Nägel einzuschlagen, eine Reinigungskraft den Wischmopp, um Dreck verschwinden zu lassen, nicht wie jemand, der einfach mal sagt, was eben die Lage ist. Dreckige Hure, dachte ich und wünschte, sie hätte geschwiegen, hätte mir einen Zettel gereicht, mit der Ziffer drauf, mich dann ruhig angesehen, um an meinem Gesichtsausdruck abzulesen, ob ich bereit wäre, den Preis zu zahlen und ihr zu folgen. Wie peinlich es mir gewesen wäre, die zerknitterten Scheine aus meiner Hosentasche zu ziehen und sie ihr in die offene Hand zu zählen. Dann wären wir hinabgestiegen in die geheimen Kellerkammern der Bordelle, wo sie mich mit in ihre Welt genommen hätte, die von da an auch meine hätte werden können, eine zügellose Welt, impulsiv und gefährlich, uralt, aber gleichzeitig bedingungslos der Gegenwart verpflichtet, von stillen Übereinkünften unzuverlässig geordnet. Sie hätte mich in ihren abgelegenen Winkel gebracht, die Vorhänge zugezogen … Ich musste nach Hause, ins Bett, die Comics konnten warten, diese Fantasien mussten jetzt sofort hinter geschlossenen Augenlidern weitergemalt werden.

Eine Gruppe von Männern und Frauen, die einander Satzfetzen zuriefen, kreischend und polternd lachten, kam mir entgegen. Ich senkte den Kopf, um sie vorüberziehen zu lassen, da fielen mir etliche helle Punkte auf, die in den Fugen des Gehwegpflasters wie freiradierte Stellen aufleuchteten: die von uns verstreuten, inzwischen zertrampelten Zigarettenstücke. Ich blickte auf. Im diesigen Kneipenrauch hinterm Schaufenster saß eine Frau und sah zur Straße hinaus, in meine Richtung, und ihr Gesicht, die großen glänzenden Augen, der kleine gefährliche Mund, es war das Gesicht meines Battle-Angels Alita. Ihr Körper war jedoch keine perfekte Maschine mehr, sondern aus Fleisch und Blut, in Jeans und Pullover gekleidet. Dem Typ, der an ihrem Ohr hing, so nah, dass seine Lippen es berührten, schien sie überhaupt nicht zuzuhören, ihr Blick war leer, ohne Aufmerksamkeit. Wie durch Gucklöcher in einer spanischen Wand betrachtete ich sie, die dunklen Augenbrauen, die weite Stirn, den schwarzen Haaransatz, ein lebendes, blutdurchströmtes Geschöpf; ich wollte ihren Atem hören, ihre Wärme spüren, ihre Haut schmecken, mein Gesicht über ihres reiben. Ich flüsterte: deine Augen, deine Lippen. Berührte meine eigenen Lippen mit meiner Zungenspitze. Und sie antwortete: Ihre Lippen, von Speichel verklebt, öffneten sich; als sie schluckte, rollte eine kleine Welle ihren Hals hinab, und mit einem Mal blickte sie mir genau in die Augen, jagte mir einen Stromstoß durchs Hirn. Ich wandte mich nicht ab, ich hielt es aus, bis mir klar wurde, dass sie mich selbst jetzt noch nicht gesehen hatte, ihr Blick ja rein zufällig auf meine Augen gerichtet war. Ohne auf das zu achten, was vor ihr lag, die Straße, das Viertel, ich, redete sie zu dem Mann an ihrer Seite. Vielleicht lag es an den Lichtverhältnissen, die mich versteckten, am helleren Innen und am dunkleren Außen, trotzdem hatte ich mit einem Mal genug. Ich trat auf sie zu, ließ eine letzte Sekunde verstreichen, aber es war, als existierte ich nicht. Da klatschte ich mit der flachen Hand direkt auf ihr wundervolles Gesicht, dass die Scheibe bebte. Die Frau schrak zurück, einen Schrei glaubte ich zu hören, in die Blässe ihrer Wangen schoss fleckige Röte, und nun sah sie mich, jedoch ohne etwas zu verstehen. Wir standen einander gegenüber, blickten uns an, über diesen wilden, wütenden Strom hinweg. Alita gab es nicht, nur diesen verschreckten, anonymen Menschen auf der anderen Seite. In meine Richtung lief ich weiter, nach Hause, in mein Zimmer.

Ein empört-dämliches *Hey* wurde mir hinterhergerufen, von ihrem Mann, Herrn und Beschützer, Einflüsterer, dem der Boden unter seinen Füßen, wo auch immer er stand, gehörte. Ich drehte mich nicht um, trotzdem konnte ich ihn vor mir sehen, wie er herangestürmt kam, bereit, mich für die Ehre, seinen Stolz, für Gerechtigkeit, Rache oder einfach aus Leidenschaft zur Rechenschaft zu ziehen, mich also anzubrüllen oder mir eine zu verpassen, irgendso ein Mist. Die Polizisten vorm Beth Café beäugten mich misstrauisch, warteten aber auf einen entschiedeneren Ruf: »Haltet den Dieb!«, und sie hätten sich auf mich gestürzt und mir mit ihrem läppischen Kung-Fu die Arme auf den Rücken gebogen, aber der Ruf blieb aus, und so glotzten sie mich nur an wie einen aus mangelnder Beweislast schuldig Entlassenen.

Vielleicht war das das Leben, das ich von nun an zu führen hatte. Unauffälligkeit, Beobachtungssinn, Geduld und die Bereitschaft, im richtigen Moment alles zu riskieren – das waren die Tugenden des Diebes, der ich geworden war. Die Welt durfte nicht wissen, dass es mich gab, niemand durfte es wissen, nicht meine Eltern, selbst mein Bruder nicht. Die einzige Familie, die mir blieb, war mein Komplize. Ich trug das Geld eines anderen in der Hosentasche, seine Comicbände unterm Arm. Simon hatte die Scheibe zu Fall gebracht, und wir waren ins Jenseits unserer Welt vorgedrungen, dort taten wir, was uns gefiel, und das war alles, worauf es im Augenblick ankam.

Als ich die Wohnungstür hinter mir geschlossen hatte, trat Anton aus dem Bad und kam den Flur hinunter auf mich zu.

»Na«, fragte er, »was hast du gemacht?«

»Nichts«, sagte ich, »ganz normal, mit Simon.«

»Ach so, na dann, bis morgen.«

»Gut«, antwortete ich, »schlaf schön«, und lief zu meinem Zimmer, durchs Wohnzimmer hindurch, in dem meine Eltern auf dem Sofa saßen, von ihren Büchern aufsahen, als sie mich hörten, aber es gab nichts zu erzählen.

»Schlaft schön«, rief ich ihnen zu, und sie nickten nur.

Zuletzt lag ich in meinem Bett unter dem Podest, das mein Schreibtisch war. Ich hatte es aus Brettern, zwei Schreibtischen und dem riesigen Schild einer Baustelle, die längst keine mehr war, zusammengelegt, ohne Schrauben, ohne Nägel, erdbebensicher. Unter der niedrigen Decke dieser schmalen Höhle lag ich auf dem Rücken, schob meine Hände auf meinen Bauch, versuchte, die Augen geschlossen zu halten und wie ein Einschlafender zu atmen, tief und leise, aber ich spürte meinen Herzschlag an der linken Schläfe, ein hartes Pochen, als wäre die Ader an dieser Stelle auf einmal zu eng. Der Tag war noch da. Blitzte vor der Dunkelheit meiner zusammengekniffenen Augenlider mit einer Deutlichkeit auf, die alles, was ich wenige Stunden zuvor erst erlebt hatte, überstieg: der blasse Stein in meiner blassen Hand, der verhangene, von der Stadt erleuchtete Nachthimmel im Augenblick, als die Scheibe krachend zerbarst, die Glassplitter, die am Boden glitzerten wie verspritztes Wasser, wie das Licht der Straßenlaternen auf dem Latexkörper der Prostituierten, deren Stimme jetzt wieder durch das hallte, was ich für meinen Kopf hielt, eine hohle, lichtlose Kapsel, in der meine Zungenspitze unwillkürlich zuckte, als wäre es nicht längst zu spät, dieser Stimme etwas zu erwidern, den ewig selben Schwur, dass ich an mein Ziel gelangen würde, so wie Battle-Angel Alita, die ihren Feinden die Köpfe von den Hälsen schlug, um kurz darauf ihren traurigernsten, fatalistischen Blick in meinen zu bohren, der ich mich durch ihre Geschichte blätterte, die kein Ende fand, nur die Comicbände, das Material selbst waren endlich. Hinter der Scheibe, gegen die ich meine flache Hand klatschte, warteten schon die Polizisten, die mich fassen würden, sobald die Scheibe brach, und ich hätte kein Schwert, um mich zur Wehr zu setzen, müsste mich hingeben oder fliehen, für immer, das Land verlassen, in einem apokalyptischen Tokio stranden, in dem das Kind Akira zur Bombe anzuwachsen drohte, die alles – und dieses Mal endgültig – vernichten würde, um doch wieder eine letzte Welt, eine letzte Herausforderung, in der sich die vereinzelt Überlebenden behaupten müssten, zu hinterlassen, eine weitere Schicht des Untergangs, Trümmer über Trümmer … Wie ein Feuer lag ich da, war selbst die Glut, selbst die Flamme, selbst der Wind, der immer neue Ausgeburten dieser Geisterwelt, die da in mir war, auflodern ließ. Es war aussichtslos, in diesem Chaos ein Ufer zu suchen. Irgendwann, in einer Stunde oder viel früher, vielleicht viel später, wäre ich eingeschlafen, das wusste ich, dann wäre alles eine Nacht lang vorbei.

Als Annika Geburtstag feierte, war es das erste Mal seit Langem, dass ich wieder ihre Wohnung betrat. Ihre Mutter begrüßte uns mit einem höflichen Grinsen, das das angenehm trübe Gemisch von freundschaftlicher Distanz herstellte, schloss mich dann aber abrupt und kräftig in die Arme. Jessica, Sebastian, Simon, alle standen wir im winzigen Flur herum, mühten uns, auf einem Bein hüpfend, die Schuhe auszuziehen, während Annika in der Tür ihres Zimmers und ihre Mutter in der Tür des Wohnzimmers standen und beide über unsere Köpfe hinweg diskutierten, ob wir sofort essen sollten oder erst einmal in Annikas Zimmer verschwinden, um ein Glas Saft zu trinken.

»Mama, misch dich nicht ein!«

»Aber die haben doch Hunger.«

Hin und her, bis Annika wütend wurde, ihre Mutter beschimpfte, die uns mitleidig ansah, weil ihre Tochter nicht wusste, was sich gehörte, wie sie meinte, und sich beleidigt in die Küche verzog.

Schweigend sortierten wir uns auf dem Boden in Annikas 9-qm-Zimmer. Auf einem Tablett standen Gläser, eine Karaffe Saft und eine Schale Chips, was uns erst einmal beschäftigte und Annika Zeit gab, bei uns anzukommen. Sie machte eine Folge *South Park* an und drehte den Ton so weit auf, dass ihre Mutter nicht würde hören können, was wir uns so erzählten. Eine Weile sahen wir fern, kauten Chips, bis es wirklich nichts mehr gab außer uns in diesem Zimmer und sich allmählich ein erstes dahingesponnenes Gespräch entfaltete.

»Deine Füße stinken.«

»Dann mach das Fenster auf.«

»Dafür ist es zu kalt.«

»Dann dreh die Heizung auf.«

»Das ist Verschwendung.«

»Dann verschwende.«

»Nein.«

»Du hast mich eingeladen, halt es aus.«

»Mach ich schon, muss ich eh, alles aushalten, weißt du doch.«

»Alles klar.«

»Ich dachte ja nur, heute, Geburtstag und so, da müsste ich mal nichts aushalten.«

»Was soll ich machen?«

»Ich hol dir frische Socken und fertig?«

»Für dich, meine Liebe, alles auf der Welt.«

»Fick dich.«

»Gern.«

Annika stürmte raus und rein und ließ die Türen knallen, feuerte Sebastian eine schwarze, ineinandergekrempelte Sockenkugel ins Gesicht. Der wollte sie sofort zurückfeuern, aber für einen Augenblick stand alles still: Kenny musste wieder sterben, heute so, morgen so, dachte ich, trank noch einen Schluck, nahm noch eine Handvoll Chips, lehnte mich gegen den Pfosten von Annikas Hochbett.

»Schwarze Tennissocken, geil, wo hast du die her?«

»Meine Mutter sammelt Männersocken, was weiß ich, von Erkan, der is neu.«

Der süßliche Geruch des Zimmers, die dumpfe Hellhörigkeit des Hauses, die trockene Heizungswärme – als würde ich in meiner eigenen Erinnerung sitzen, nichts hatte ich vergessen, selbst Dinge nicht, die ich damals überhaupt nicht wahrgenommen hatte. Durch die leichte Fremdheit, die in zwei Jahren zwischen Annikas Wohnung und mir gewachsen war, sah ich jetzt alles deutlicher, spürte den Raum wie etwas Handgreifliches, den Teppichbelag, der so sauber war, keine Krümel, kein Steinchen, nichts sprang auf, als ich mit der Hand darüberstrich. Vor allem aber erlebte ich Annika wie einen Menschen, den ich in einem vorherigen Leben sehr gut gekannt hatte. Wie immer redete sie laut und aufgeregt, mit ihrer grellen, hohen Stimme, die jedem Satz übertriebene Dringlichkeit verlieh, aus der aber eine Tiefe, ein Raum unter den Sätzen, herauszuhören war, eine Stille, die es ja auch gab, so deutlich erinnerte ich mich noch an diese Stille. Ihre zarten Lippen, die auch zart sprechen konnten, waren dieselben geblieben.

»Du bist Cartman.«

»Und du Lisa Simpson.«

Sebastian schmiss seine stinkenden Socken nach Annika, sie wich kreischend aus, packte sie dann an zwei Fingern, sprang auf, öffnete das Fenster und schmiss sie hinaus. Sebastian griff sich einen Badelatsch von Annika und schmiss ihn geradeso noch hinterher.

»Den holst du!«, schrie Annika, aber Sebastian zog sich seelenruhig ein Comicheft aus ihrem Bücherregal, als wäre nun endlich alles gesagt und getan. Und er hatte ja recht. Annika würde nicht von ihm ablassen, bis er ihren Latsch holen ging, was aber nie passieren würde, daran bestand kein Zweifel. Sebastian würde alle Beleidigungen, Bitten, Vernunftgründe, Drohungen, alles, was Annika auffahren würde, an sich abperlen lassen, er war ein

Mensch ohne wunde Punkte, der Beleidigungen absorbieren konnte wie ein Sandsack Schläge, er würde die kugelrunde goldene Buddhafigur sein, die sich völlig unbeeindruckt bearbeiten ließ, würde sich genussvoll in seiner maßlosen Ruhe einrichten und nur ab und zu eine selbstzufriedene Spitze austeilen, immer dann, wenn Annika sich gerade ein wenig zu beruhigen drohte. Mit uns hatten die beiden noch kaum ein Wort gewechselt, so sehr waren sie damit beschäftigt, sich über den *South Park*-Lärm hinweg zu beharken. Ihre sehr alte Freundschaft, noch aus Grundschulzeiten stammend, schien einzig aus dieser ewig andauernden Stichelei zu bestehen.

Ich sah zu Jessica, die die Abläufe mindestens genauso gut kannte wie ich, ein leichtes Seufzen, ein kurzes Augenverdrehen, und wir waren uns einig. Sie stieß noch Simon an, der tatsächlich versucht hatte, der *South Park*-Folge zu folgen. Annika und Sebastian taten so, als bemerkten sie nicht, wie wir uns nacheinander hinausschlichen, aber als Jessica die Tür hinter uns schloss, waren ihre Stimmen schon ruhiger geworden; fünf Minuten gaben wir ihnen, dann kämen sie hinterher, und vom Latsch oder den Socken oder stinkenden Füßen wäre keine Rede mehr.

Annikas Mutter streckte sofort den Kopf zur Küche raus, einen Kochlöffel in der Hand, die Schürze eng um die Hüfte gebunden, ihre Hausuniform, wie sie sagte, immer wieder und wieder zu sagen pflegte, ihr ganz persönliches Bonmot, dann scheuchte sie den stillen, dunklen Mann, der Erkan sein musste, von der Sofaecke an den Esstisch und begann, ein Tellerchen nach dem nächsten aufzutragen, Boullettchen, Hühnerbeinchen, Krokettchen, winzige Kartoffelpüfferchen, aufgeschnittenes Gemüse. Zuletzt war der Couchtisch bis an den Rand vollgestellt mit Häppchentellern deutscher Hausmannskost. Wir bekamen jeweils eine Serviette und ein Gäbelchen in die Hand, dann durfte es losgehen.

Für Erkan stellte Annikas Mutter einen Teller zusammen, wählerisch, als wüsste sie nicht besser als alle anderen, was sie da aufgetischt hatte. Erkan, in Schweigen gehüllt, eine Denkerfalte teilte seine Stirn, saß aufrecht am Tisch und schielte ohne Interesse zum Fernseher, zu dem er jetzt in einem weitaus schlechterem Winkel saß, oder blickte zum Fenster hinaus, seine Kontemplation nur ab und zu für einen Happen unterbrechend. Er kaute im selben Tempo, wie er nachdachte, so sah es aus. Wenn er ans Ende eines Gedankens gekommen war, schluckte er, überlegte einen Augenblick über den Teller gebeugt, pikste das nächste Häppchen auf und gab sich wieder seinem Nachsinnen hin. Er war tatsächlich eine philosophische Erscheinung. Zuerst hatte ich gedacht, er könne einfach kein Deutsch, aber als er dann einen Satz zu Annikas Mutter sagte, war es ein glasklarer, ruhig gesprochener Satz. Er war schweigsam. Unter seinen tiefschwarzen Augenbrauen, seinem buschigen Schnauzbart schien er über Geheimnissen zu brüten, die ihn davon abhielten, hier, in dieser Wohnung mit allem, was er war, anwesend zu sein. Annikas Mutter wandelte zwischen diesen beiden Welten; erst brachte sie Erkan ein winziges Gläschen Tee, wofür dieser sich mit einem Kopfnicken bedankte, dann stand sie wieder bei uns am Couchtisch, überprüfte die Teller, brüllte plötzlich nach Sebastian, dass es bald nichts mehr zu essen gäbe, worauf dieser sofort angerannt kam und sich den schon halb leeren Teller der Boulettchen schnappte.

Annika setzte sich neben mich, nahm mir meine Gabel aus der Hand, um sich eine saure Gurke aufzuspießen, und gab sie mir zurück. Sie lehnte sich vor, lehnte sich zurück, drehte sich plötzlich zu mir, und wir sahen uns an – da war sie, diese Ruhe, aus der fast jedes von Annikas Worten und jede ihrer Bewegungen leidenschaftlich hervorbrachen.

»Schmeckt doch, oder, Erkan?«, rief sie quer durch den Raum.

Erkan äugte zu uns herüber, wippte mit dem Kopf, was vielleicht eine Antwort war. Einige Sekunden hielt er sein Gesicht uns zugewandt, ein freundliches, endlos fernes Gesicht, dann kaute er wieder und kehrte zurück zu seinen Gedanken.

»Ich hab ihn nicht eingeladen«, sagte Annika.

Vielleicht hätte mich Erkan, hätte er an meinem Geburtstag als schweigsamer Freund meiner Eltern bei uns im Wohnzimmer gesessen, auch gestört. Hier aber, im Wohnzimmer von Annikas Mutter, dessen Fenster von geklöppelten Gardinen verhangen waren, schien Erkan den Raum zu weiten, beinahe zu sprengen, durch sein schieres abwesendes Dasein, wie ein magisches Tor zu fernen Orten saß er da, aß, dachte. Ich hätte mich gern mit ihm unterhalten.

»Und du, du redest gar nicht mehr, oder was?«

»Doch, doch, ich rede, klar, den ganzen Tag, immer, ohne Ende, was gibts«, antwortete ich, aber Annika war schon aufgesprungen und kniete vorm Fernseher, um auf MTV umzuschalten.

Wir erzählten dann sicherlich noch viel Mist, jugendliches Blabla, an das ich mich nicht erinnern will, peinliches, dummes Zeug, das jedoch nur die Oberfläche war, über die wir zueinander in Kontakt standen, der Kontakt aber reichte tief. Im Grunde war es eine Art vulgäre Sprachkunst, die das Eigentliche, die Zuneigung und Abneigung, immer verschleierte, eine extrem spontane, dahingeredete wie weggeworfene Kunst, eine Sprache für den Augenblick, die auf keiner Waage der Kultur, der Bildung, des Anstands Bestand gehabt hätte. Wir konnten uns die Ohren zumüllen und verstanden uns dabei sehr gut. Der *bullshit*, wie diese Sprache vielleicht hätte heißen können, war der Geheimcode, in dem unsere Art der Freundschaft sich ausdrückte; eine Sprache, die aus Situationen und Konstellationen hervorging, beinahe vollständig losgelöst vom jeweils Einzelnen, eine Sprache, die ich nicht nacherfinden könnte, und sollte ich es dennoch versuchen, bliebe es bei Imitaten, Platzhaltern, Lückenfüllern. Unsere Sprache, wie vielleicht die Sprache jeder wirklich zweckfreien Freundschaft, die zu Ende geht, hat sich längst aufgelöst, ist mutiert oder gewachsen, existiert als Urgrund angelernter Kultur-, Wissenschafts- oder Businesssprachen, wurde verdrängt oder ist pervertiert. Vielleicht könnten wir zuletzt in einer schwierigen archäologischen Bewegung, die alle Lebensläufe annuliert, alle Selbstentwürfe, Dienstpläne, Pflichten, alles, was sich da über die Jahre aufgeschichtet hat, auch heute noch zu dieser idiotischen und nichtssagenden, aber eben doch lebendigen Sprache zurückfinden, aber es geht ja nicht, nein, es geht wirklich nicht.

Als wir dann satt und müde im Sofa hingen, selbst die ewige Stichelei etwas ruhiger, etwas versöhnlicher geworden war, und Annika für einen Augenblick aufs Klo verschwand, fiel auf einmal ihre Mutter über uns her und begann hektisch auf uns einzureden. Sie schien die kurze Abwesenheit Annikas nutzen zu wollen, um ihr ganzes Leben und das Leben ihrer Tochter vor uns auszubreiten, die ganze Misere, wie sie es nannte. Sie dachte anscheinend, dass Annika uns ihr Herz ausschütten würde. Jessica hielt sich eisern aufrecht, während Sebastian, Simon und ich immer tiefer in der watteweichen Polsterung des Sofas versanken und einfach keiner von uns wusste, wie diese Frau in ihrer schamlosen Grenzüberschreitung aufzuhalten war. Wie eine sirrende Peitsche war es dann Annika, die zwischen uns und ihre Mutter zurückkehrte, »raus, raus« schrie und uns aus unserer Trägheit befreite.

Binnen Sekunden waren wir in unsere Schuhe geschlüpft, hatten unsere Jacken und Mützen angezogen, uns verabschiedet, bedankt, das Essen gelobt, waren zur Tür hinausgedrängt und von Annika über die Straße getrieben worden, zum Friedhofstor, zwischen den Gräbern hindurch zur alten Bank, wo wir augenblicklich wieder in unsere nie enden wollende, wohlige Blödelei verfielen. Sebastian versuchte, mit stumpfen Spitzen aus Jessica irgendeine Wutwallung herauszukitzeln, die aber mit halbem Ohr Annika zuhörte, die Simon und mir von Allen Iverson, ihrem absoluten Basketball-Idol, vorschwärmte und plötzlich, als wäre es weiter nichts, hinzufügte, dass sie ja nächstes Jahr, wenn sie auf Austausch in Amerika wäre, alles geben würde, ihn ein einziges Mal live zu erleben.

»Was, wirklich?«, platzte es aus mir heraus.

»Klar, so viel NBA wie möglich will ich sehen.«

»Nein, ich mein das Austauschjahr«, stammelte ich.

»Längst angemeldet«, antwortete Annika.

»Ich auch, nächsten Sommer bin ich weg«, sagte Sebastian.

Ich blickte zu Simon, der schüttelte den Kopf. Jessica zuckte mit den Schultern, als wäre es ihr sowieso egal, aber ich war fassungslos.

»Kümmer dich«, sagte Annika, jetzt ernst und ohne eine Spur von Spielerei, direkt zu mir.

Die anderen landeten durch irgendeine völlig willkürliche Assoziation bei einem alten Lieblingsstreit: *South Park* vs. *Simpsons* – was war die bessere Serie? Aber mir war für Augenblicke der Boden wie weggerissen oder viel eher ein Schleier von den Augen. Anscheinend war so ein Austauschjahr gar keine große Sache, ich müsste nur ein paar Informationen sammeln, wahrscheinlich mit meinen Eltern sprechen, man könnte es einfach organisieren. Ich hätte jubeln können. Im vollen Vertrauen, dass es sich um eine Fata Morgana handelte, war ich doch sehnsüchtig auf dieses Ziel zugelaufen, das sich nun unverhofft als Wirklichkeit entpuppte, beinahe wäre ich in meinem Irrglauben daran vorbeigelaufen.

»Eh zu spät«, sagte Sebastian, und es schnürte mir die Kehle zu. Anscheinend hatte er, dank einer sorgsam verborgenen Sensibilität, mitbekommen, dass ich nicht mehr ins Blödeln eingestiegen, sondern auf dieser größeren, atemraubenden Idee hängen geblieben war und in eine Zukunft starrte, die nichts mit ihm, Annika, Simon, nichts mit der Schule und nichts mit unserem Viertel zu tun hatte.

»Zu spät«, wiederholte er im melodiösen Singsang.

»Quatsch«, sagte Annika, und dafür liebte ich sie.

»Was willst du eigentlich in Amerika?«, fragte Jessica.

»Und was willst du hier?«, erwiderte Sebastian, ohne irgendetwas zu antworten.

»Nee, echt jetzt, was wollt ihr da?«, wiederholte sie und sah mich an.

»Mal raus, einfach mal sehen, woher das alles kommt, einfach …«

»Ihr kommt eh in die letzten Käffer, so wie meine Schwester, die musste sich ein Jahr zwischen Maisfeldern langweilen«, unterbrach mich Simon.

»Kackegal«, sagte Annika.

»Ich komm nach New York, musst nur wissen, wie«, sagte Sebastian.

»Du kommst zu Mormonen, das wird dir guttun.«

»Und du ins Vorort-Getto, wo du hingehörst.«

»Und du auf die Hauptschule.«

»Du nach Marzahn.«

Und so ging es dann weiter, immer weiter, unser auswegloses Herumgewitzel in dieser mistigen Sprache, die wir für uns gefunden hatten; ich hasste sie damals schon, auch wenn wir keine andere gehabt hatten und es höchstwahrscheinlich auch außerhalb unserer damaligen Vorstellungskraft gelegen hat, dass wir ein anderes Sprechen dringend gebraucht hätten. Alles, was uns beschäftigte, und auch alles, was da so an Gefühl durch die Körper wehte, Hass, Zorn, Ärger, Traurigkeit, Angst, Liebe, verblieb gut abgeschottet im ironischen Geplänkel und tat niemandem weh, was uns einerseits zäh und widerstandsfähig machte, uns aber andererseits lähmte: Wir waren stur und voller Vorurteile, fanden alles und jeden scheiße, konnten uns für nichts interessieren, alles war immer schon zu doof. Und jeder Ausbruch aus dieser krampfhaften Haltung der Coolness wurde sofort mit Sprüchen und Spitzen bestraft. So hatte ich im Grunde keine Ahnung, was im Leben der anderen vor sich ging, schon vom eigenen Leben hatte ich ja, wenn überhaupt, nur eine extrem vage Vorstellung. Wir konnten einfach über nichts sprechen, über nichts miteinander nachdenken, Probleme nur spüren, nie erkennen.

Irgendwann würden wir es schaffen, aus diesem Sprachmonster auszubrechen, irgendwann, aber bis dahin würden noch viele blinde Jahre vergehen.

Vom Nachmittag witzelten wir uns in den Abend hinüber, bewegten uns dabei langsam durch die Straßen, kamen bei Sebastian vorbei, der damals noch in der Joachimsthaler wohnte, kamen bei Jessica vorbei, die damals noch in der Großen Hamburger wohnte, liefen zu dritt bis zu Simon und dann zu zweit zurück, die Tucholsky hoch zur Linienstraße, in der wir beide, Annika und ich, damals noch wohnten.

»Ich will noch nicht nach Hause«, sagte Annika.

»Dann komm doch mit«, antwortete ich.

Und so stiegen wir die Treppen hinauf.

»Bei dir hat sich ja nichts geändert«, sagte sie und schaute in mein Kinderzimmer, in dem ich immer noch lebte. Sie zog einen meiner Comics aus dem Regal, ließ ihn durch ihre Finger blättern wie ein Daumenkino und steckte ihn zurück, begutachtete mit hochgezogenen Augenbrauen meine Flakon-Sammlung, aber an diesem Tag war mir nichts peinlich.

»Riech mal«, sagte ich, nahm ein Fläschchen, dessen Verschluss aus einer Glasrose bestand, und hielt es Annika unter die Nase.

»Ziemlich gut«, sagte sie. Ich verschloss das Fläschchen wieder und stellte es zurück an seinen Platz.

»Und sonst so?«, fragte sie und zeigte auf den Schuhkarton, in dem das dürre Alumännchen an Drähten wie zur Vierteilung aufgehängt war.

»Ach, nur Quatsch«, antwortete ich, stellte den Karton dann aber zwei Meter vor meiner aus Sofakissen gebauten Sitzecke auf, setzte mich und zog die Softair unter meiner Matratze hervor. Mit ruhiger Hand schoss ich dem Männlein eine Kugel auf den Bauch.

»Aha«, sagte Annika und setzte sich zu mir: »Gib mal.«

»Hier.«

Und schon hatte das Männlein den nächsten Schuss abgekriegt, eine weitere winzige Delle im Alubauch. Von da an ging es hin und her: Annika gab mir die Waffe zurück, jetzt traf ich die Kniescheibe, die Waffe wechselte in ihre Hand, Kopftreffer, zurück in meine. Treffer auf die Brust, an die Rippen, mitten ins Gesicht reihten sich aneinander, klack, wieder ein Bauchtreffer, klack, wieder ein Kopftreffer. Vielleicht wurden wir müde und sehnten uns nach Dunkelheit, nach weichen Kopfkissen und schweren Decken, nach der allmählichen Entspannung, die mit dem Schlaf einsetzte: Unsere Schultern rückten aneinander, wir übergaben die Pistole langsamer und ließen unsere Fingerspitzen über die Hand des anderen streichen. Wenn wir schossen, sahen wir gemeinsam über Kimme und Korn, dass sich unsere Wangen beinahe berührten. Immer langsamer spielten wir dieses Spiel, dehnten die behutsame Annäherung aus, dass es eine Ewigkeit gedauert hätte, um wirklich beieinander anzukommen. Ich legte nicht mehr an, ließ die Waffe sinken, minutenlang saßen wir schweigend nebeneinander. Und sehr, sehr langsam jetzt bewegten wir unsere Köpfe aufeinander zu. Annika hielt den Blick gesenkt, blickte auf meine Lippen oder mein Kinn, konzentriert, als müsste sie immer noch zielen, unsere Nasenspitzen berührten sich, da schloss ich die Augen. Ihr Mund war warm, unsere Zungenspitzen weich, und Speichel schmeckte nach nichts. Ihre Hände fuhren meine Arme entlang, über meine Brust, legten sich auf meine Hüfte, oder waren es meine Hände, die über ihre Arme streiften, meine Fingerspitzen, die ihren Hals berührten, ich spürte ihre Zunge an meinem Hals, hörte ihren Atem, meinen Atem. Sie zog mich hinab, ich drückte sie hinab. Ihre Hand schob sich unter meinen Pullover, schob sich über meinen Bauch, und nur dort, wo sie mich berührte, war jetzt mein Körper, nicht größer als ihre Handfläche. Gleichzeitig entstand ihr Körper unter meinen Händen, durch den Stoff ihrer Kleidung, ihre Arme, Beine, ihre Brüste, dann ihre Haut, als meine Hand sich langsam ihren Rücken hinauftastete. Gleichzeitig küssten wir uns, gleichzeitig drückte sich mein Schoß gegen ihr Bein, und ich wusste, dass sie jetzt mein Glied spürte, das auch ich selbst jetzt so deutlich spürte, und immer noch wanderte meine Hand unter ihrer Kleidung über ihren Körper, schob sich unter ihren BH, spürte ihre Brust, während ich mich jetzt immer heftiger gegen sie drückte. Als meine Hand auf ihren Bauch glitt, griff sie danach und hielt sie fest, und plötzlich war alle Bewegung vorbei. Sie atmete aus, zog langsam meine Hand unter ihrem Pullover hervor, rutschte nur wenige Zentimeter weg von mir. Wir lagen einander gegenüber und warteten ab. Annika stand auf und schaltete das Licht aus. Sie kroch in mein Bett, unter meine Decke, ich hörte jede ihrer Bewegungen, sie flüsterte, dass ich kommen solle, also kroch ich zu ihr, in meine Höhle, wo wir dann wieder aneinanderrückten, um diesmal langsam und schweigend einzuschlafen.

Wenig später, vielleicht auch viel später, wachte ich auf. Neben mir lag immer noch Annika, ich lauschte auf ihren Atem, aber hörte nichts. Sie schlief, träumte oder auch nicht. Um hinauszukommen, musste ich über sie steigen, ihren Körper überqueren, den ich mich jetzt nicht mehr zu berühren traute. Umständlich wie ein langbeiniges Insekt stakste ich über sie hinweg, taumelte durch unsere Wohnung ins Bad, pinkelte und trank noch einen Schluck Wasser aus der Hand. Als ich zurückkam, hockte sie am Boden vor dem Bett; sie stand auf, murmelte etwas und lief an mir vorbei. Ich zog mich aus, Hose, Strümpfe, Pullover, legte mich im T-Shirt unter die Decke, rückte an den äußersten Rand der Matratze und wartete auf Annika.

Simon und ich balancierten eine dünne, etwa drei Meter hohe Mauer entlang. Wir hatten uns eine Wohnung in einem der Hinterhäuser der Linienstraße auserkoren, in der schon seit Tagen kein Licht mehr brannte, und die Tage waren so kurz, dass spätestens ab fünf Lichter brennen würden, wenn jemand zu Hause war. Es war nur ein weiter Schritt von der Mauer hinüber auf den Balkon, der wie eine späte Korrektur an das frisch verputzte Haus gesetzt worden war, in dem vor Kurzem noch Besetzer gehaust hatten. Aber diese Zeit, wie überhaupt alle Zeit, die sich über Jahrzehnte hinweg in die Häuser gefräst hatte, der ganze trostlose Verfall, war abgeschlagen und von leuchtendem Putz ersetzt. Es war schwer, diese vermeintlich neuen Häuser noch ernst zu nehmen. Sie entstanden so schnell, in so vielen Varianten, als wären sie nur kurzfristig aufgestellte Kulissen für den Dreh einer Vorabendserie. Auch die Bewohner blieben abstrakt und waren ja vielleicht gar keine richtigen Menschen. Zumindest wären wir nie auf die Idee gekommen, bei unseren langjährigen Nachbarn die Fenster einzuschlagen, um einmal nachzusehen, wie sie so leben, was sie besitzen und ob wir etwas davon würden behalten wollen. Im Schatten des Balkons fingerte Simon einen Glasschneider hervor, den er in der Werkstatt seiner Eltern gefunden hatte, und kratzte damit ein großes X auf die Scheibe der Glastür. Der Rest war dann einfach, mit dem Ellenbogen schlug er die Scheibe ein, einen Moment lauschten wir gebannt, ob irgendwer auf das bisschen Krach reagieren würde, aber nichts, also griff Simon vorsichtig hinein und drückte die Klinke.

Ein großer Raum, der noch größer erschien, da kaum etwas hineingestellt worden war. Eine unbezogene Matratze auf einem darunter fast verschwindenen Bettgestell. Ein graues Sofa ohne Sofatisch. Drei schwarze Stühle. Ein leerer Bilderrahmen. Ein Stapel Bücher neben dem Bett und ein Haufen Magazine unter dem Sofa. Das alles wirkte in keiner Weise zufällig oder provisorisch, sondern schien als Modell für ein groß angelegtes Stillleben angeordnet zu sein. Wie Museumsbesucher ihren Blick ließen wir die Lichtkegel unserer Taschenlampen über die Oberflächen fahren. Und genauso bedacht drückten wir dann die Schalter der zwei einzigen Lampen, die die Szenerie in ein mattes Abendlicht tauchten und ihr einen Hauch Melancholie verliehen, wie es vielleicht ein kunstliebender Kleinstädter beschrieben hätte. Da entdeckte ich den glänzenden Flügel, der in einer hinteren Ecke auf einem schwarzen Podest vor einem weinroten Vorhang aufgestellt war, und fühlte mich nun vollends aus unserem Viertel herauskatapultiert. Dieser Raum musste das Loft einer Jazzgröße auf Welttournee sein, einer Klublegende von Gotham City oder eines begnadeten und nur Eingeweihten bekannten Klavierkauzes. Als ich aus dem Fenster blickte, war da wie immer der Sportplatz, dessen Kunstrasen im Mondlicht schimmerte. Simon sagte etwas von Klub- oder Proberaum. Wahrscheinlich hatte er recht, und hier traf sich eine *Szene* oder auch nur ein winziger Kreis von erwachsen gewordenen Musikschulfreunden, die gemeinsam ihre Lieblingslieder nachspielten.

»Das war alles voll mit Müll«, sagte ich.

Mein Vater hatte sie beobachtet, die Räumung dieser letzten besetzten Häuser in der Linienstraße; es muss eine Genugtuung für ihn gewesen sein, eine späte Rache. Unmengen von Müll hatten rotwangige Müllmänner tagelang in Abertausende Müllsäcke gestopft und mit versifftem Sperrmüll zum Fenster raus in Container geschmissen. Selbst die abgebrühtesten Müllmänner waren angesichts der Verwahrlosung, die die Besetzer hinterlassen hatten, entsetzt gewesen. Nach der Räumung und der Erzählung von der sagenhaften Vermüllung eines ganzen Häuserblocks waren im Viertel alle erleichtert, als die Häuser hinter Baugerüst und Bauplane für immer verschwanden.

»Konnten Besetzer überhaupt Mülltonnen anmelden?«, fragte Simon.

»Keine Ahnung«, antwortete ich, blind für die unnachahmliche Logik von Simons Frage, und trat ein paar Schritte auf die niedrige Hobby-Bühne zu. Ob irgendjemand einen samtenen Vorhang gebrauchen könnte? Ich hätte ihn gern heruntergerissen. »Willst du den?«, fragte ich Simon, aber er schüttelte den Kopf. Er hatte sich aufs Sofa gesetzt und strich mit beiden Händen über den Bezug. Sicher überlegte er, ob es nicht doch irgendwie machbar wäre, auch einmal etwas Größeres mitgehen zu lassen. Es war nicht zu leugnen: Wer auch immer diesen Raum eingerichtet hatte, hatte es hinbekommen, so eine gewisse prickelnde Atmosphäre heraufzubeschwören. Unweigerlich spürten wir, dass hier alles auf ein Ereignis wartete. Verschollen geglaubte Aufnahmen, die ein aufgekratzter Enthusiast in einem verstaubten Plattenladen aufgestöbert hatte, würden nach Jahrzehnten wieder erklingen. Von legendären Konzerten würde geschwärmt werden. Hier feuerten sie sich beim Musikmachen an und jubelten sich gegenseitig zu, da sie einfach alle bis auf den Letzten genial waren. Zuletzt lagen sie sich tanzend und lachend in den Armen und konnten ihr Glück kaum fassen. Mir kam der unangenehme Gedanke, dass es möglicherweise besser gewesen wäre, diese Wohnung unter anderen Umständen betreten zu haben, als Gast und Freund oder Freund von Freunden oder ferner Bekannter oder zufällig auf der Straße Getroffener. Aber wir waren als Diebe da, und für Diebe hatte diese Wohnung wenig zu bieten. Es gab noch ein kleines Zimmer, das wohl ein Büro darstellen sollte und völlig im Gegensatz zum Rest der Wohnung über und über mit Regalen verkleidet war, doch auch diese Regale waren größtenteils leer. Simon fand einen ungültig gelochten Reisepass, blätterte ihn durch und steckte ihn ein, als Souvenir, wie er meinte. Ich sammelte noch eine Handvoll Zigarren ein, die lose in einem Pappkarton lagen und zumindest wertvoll wirkten. Dann standen wir einen Moment unentschlossen vor der eingeschlagenen Balkontür und schauten zurück in den luftigen Raum, der weniger bewohnt als frei erfunden zu sein schien.

»Irgendwie unbefriedigend«, sagte Simon, als wir über den Sportplatz zur Auguststraße schlichen.

»Ja«, antwortete ich, »gehen wir einfach noch mal hoch.«

»Okay«, sagte Simon.

Aber auch die zweite Runde konnte den Abend nicht retten. Wir suchten uns einen Aufgang über ein Baugerüst, das wir noch nicht probiert hatten, kletterten über ein Spitzdach auf das benachbarte Flachdach, kamen auf die Dächer der Hinterhöfe und standen schnell vor einem riesigen Panoramafenster, durch das wir ins Innere einer Art Raumschiff blickten. Eine schwarze Scheibe schien waagerecht in der Luft zu schweben, ein weißes tropfenförmiges Gebilde hing schwerelos darüber. Überhaupt glitzerte und strahlte jedes Ding in dem Raum, als wäre es aus fluoreszierendem Kunststoff synthetisiert, selbst die Wände schienen lackiert zu sein.

Simon hatte sofort den Glasschneider gezückt, und ich hatte sofort einen Ziegel aus einer brüchigen Mauer des Nachbarhauses gezogen.

»Zurück!«, rief ich zu Simon und schleuderte den Stein auf das Kreuz, das er wie eine Zielscheibe aufs Glas geritzt hatte. Die Scheibe explodierte, Scherben flogen, und es war so befreiend, ich fühlte mich groß und mächtig, und die Welt war für den Augenblick schrankenlos.

Ein Fenster öffnete sich im Innenhof, jemand schrie: »Was ist da los, ich hol die Polizei«, und schon rannten wir und rannten und trennten uns, sobald wir wieder auf die Straße hinabgetaucht waren.

»Morgen wieder«, sagte Simon.

»Mal sehen«, antwortete ich.

Ich ging an unserem Haus, an der Volkshochschule, am Koppenplatz vorbei, mit gesenktem Kopf, eingezogenen Schultern, kaum die Füße hebend, um möglichst in den Steinen, zwischen den parkenden Autos, in den Schatten zu verschwinden. Ich hätte nicht weglaufen können, so schwer waren meine Beine, meine Arme. Schritt für Schritt also die Linienstraße entlang. Niemand hat uns erkannt, niemand verfolgt, keiner weiß, was wir tun, murmelte ich wie ein Gebet.

Als ich die Rosenthaler überquerte, wurde mir klar, dass ich zu Annika wollte, von einer Welt in die andere, von Simon zu ihr, doch an ruhiges Klingeln und Namensagen war noch nicht zu denken. Ich ließ mich auf der Stufe vor der Eingangstür niedersinken, saß da mit umklammerten Beinen und blickte auf einen silbernen Familienwagen, der zwei Meter vor mir am Bordstein parkte. Die Luft war kühl und roch nach Eis. Ich bewegte meine Zehen in den Schuhen auf und ab, sie waren kalt und gefühllos. Meine Lippen klebten aneinander. Zwei Fußgänger ließen mich aufhorchen. Sie kamen den Bürgersteig entlang und redeten laut aufeinander ein, sie bemerkten mich erst, als sie mir ganz nahe waren. Der eine erschrak, zuckte zurück und stieß gegen den anderen. Sie sahen zu mir herunter, aber liefen weiter. Ich hörte noch, wie sie sich fragten, warum ich dort so blöde rumsaß. Da stand ich auf und klingelte.

Wir schoben einander die Fingerspitzen über die Haut, rieben die Wangen aneinander, küssten uns und bewegten uns auf diese ungefähre Grenze zu. Annika zog meine Hand an ihren Mund. Über unsere ineinander verschlungenen Körper hinweg blickten wir uns einen Augenblick lang ins Gesicht, da rückte ich ab von ihr und sah mich um, fand aber nichts Neues oder Ungewohntes, nach dem ich hätte fragen können. Wir lagen nebeneinander, und ich hörte Annikas Wecker ticken, die leisen Stimmen des Fernsehers aus dem Wohnzimmer, einen unbestimmten Knall im Hinterhof. Jemand lief durchs Zimmer über uns.

Bis Annika mich fragte: »Und was hast du heute so gemacht?«

Nun gab ich mein Schweigen auf und erzählte ihr: »Klauen war ich, mit Simon, weißt du, wir brechen doch seit einer Weile in Wohnungen ein, Dachwohnungen, das geht ganz leicht.«

»Was?«

»Ja, einfach so. Krasse Wohnungen«, sagte ich ihr in diesem winzigen Zimmer im Neubaublock mit den dünnen Wänden. Und erzählte kurz und knapp von den Einbrüchen, den Orten, der Beute, da war nicht viel, was es zu berichten gab. Wir schlugen Scheiben ein, durchsuchten fremde Wohnungen und nahmen mit, was uns gefiel. Und irgendwer würde immer die Polizei rufen. Und irgendwer würde uns laut, still oder traurig verfluchen. Und irgendwer würde sich brutale Gestalten ausmalen und sich nie wieder trauen, an einem dämmrigen Nachmittag auf dem Sofa zu dösen.

»Ich schlaf heute bei dir«, sagte ich zu Annika.

»Ok, dann guck ich, ob wir noch 'ne Zahnbürste haben«, antwortete sie.

Später lagen wir in ihrem schmalen, schaukelnden Hochbett, und in dieser Nacht war das ein von allem dankbar weit entfernter Ort, hier waren keine Eltern, denen ich nicht sagen würde, wie es mir geht, kein Bruder, dem ich nicht sagen würde, wo ich heute gewesen war, hier würde ich nicht in mein Zimmer verschwinden, um mit meinem Geheimnis allein zu sein, und hier würde ich auch keine Angst haben, dass jemand klingelte, um nach mir zu fragen.

»Wenn du mal einen Mixer findest, einen Mixer könnte ich gebrauchen«, sagte Annika.

»Was willst du dir denn mixen?«, antwortete ich nach einigen Sekunden.

»Shakes«, antwortete sie.

»Gut, ich guck das nächste Mal.«

»Mach das«, sagte sie.

Es hätte keinen besseren Ort geben können, trotzdem kann ich mir nicht vorstellen, dass wir gut geschlafen haben. Es wird zu eng und zu warm gewesen sein, und ich werde versucht haben, mich so wenig wie möglich zu bewegen, um Annika nicht zu stören, und sicherlich wird sie dasselbe probiert haben. Ich werde auf die Geräusche im Haus gelauscht haben, auf Annikas Atem und auf meine Gedanken, die ich mir sehr deutlich aufgesagt haben werde, so wie es mir und wahrscheinlich allen Menschen geht, wenn sie im Dunkeln wach liegen, sich nicht rühren wollen, die Zunge aber mit jeder gedachten Silbe leicht gegen den Gaumen tippt. Wenn wir uns doch einmal von der einen zur anderen Seite wälzen mussten, blickten wir uns nachtblind entgegen. Annika fragte mich, ob ich nicht schlafen könne, und ich sagte, *doch, doch,* und schloss die Augen. Ich erinnere mich, dass ich in diesen Wochen wieder einen alten Traum träumte, einen klassischen Traum, wie ihn jeder kennt. Darin lief ich durch eine trocken gelegte Kanalisation, an Rohren und dicken Kabelsträngen vorbei, durchs Zwielicht, das zwischen den in weiten Abständen zueinander angebrachten Kellerleuchten herrschte. Ich hetzte voran und sah mir dabei zu, träumte mich als weglaufende Figur, als großen Körper, der fliehen musste. Wer die Verfolger waren oder woher sie kamen, träumte ich nicht, sie blieben gesichtslose Schatten, waren einfach da und unermüdlich in ihrer Verfolgung. Ich wusste nicht, ob sie jemals abzuhängen waren, wusste ja nicht einmal, was sie von mir wollten. Es war ein Kindertraum, den ich vor allem, wenn ich krank war, geträumt hatte, ein Fiebertraum, über den ich gehofft hatte, hinweggekommen zu sein, aber in dieser Zeit tauchte er wieder auf. Mehrere Male erwachte ich aus solchen nervösen Traumphasen und war jedes Mal erneut überrascht, Annikas Bein an meinem zu spüren oder ihre Hand, die immer noch in meiner lag. Ich sah aus den Augenwinkeln zu ihr hinüber, sah an die Decke ihres Kinderzimmers, wusste mit einem Mal genau, wo ich war, und da fiel mir wieder ein, dass es gar nichts mehr zu befürchten gab. Der Wunsch war zur Möglichkeit geworden und die Möglichkeit zur Wirklichkeit. Die Formulare waren ausgefüllt und fortgeschickt und beantwortet worden. Im Sommer würde ich fort sein, und alles, was dafür noch geschehen musste, war das Verstreichen von Zeit. Annika warf sich herum, seufzte auf und gab einen leisen, hohen

Ton von sich, dann fand ihr Atem in einen gleichmäßigen, kaum hörbaren Rhythmus zurück. Ich denke schon, dass wir uns ineinander verliebt hatten. Gleichzeitig war uns bewusst, dass wir uns im Sommer trennen würden, räumlich, wenn wir endlich an die uns bestimmten Orte in Amerika reisen würden, um ein Jahr unter Fremden zu leben; wir wussten das und brauchten nicht darüber zu sprechen. Es war ein Verliebtsein auf Zeit, dachte ich. Aber das war es nicht allein. Es war auch ein Verliebtsein, das von Freundschaft durchdrungen war, ein kindliches Verliebtsein, das gleichzeitig mit dem Verfall der Kindheit enden würde. Auf simple, aber sprachlose Weise ahnten wir das auch. Annika wollte mit mir schlafen, um das erste Mal mit jemandem zu erleben, der ihr so nahe war, wie nur ich es war. Und wir mussten es schaffen, bevor wir nach Amerika fahren würden, das hatten wir einander gesagt. Doch noch lag Amerika in weiter Ferne, und auf einen Tag früher oder später schien es nicht anzukommen.

Am Morgen öffnete ihre Mutter schwungvoll die Tür, rief: »Annika, Andrej, aufstehen, los«, und redete auf uns ein, vom Frühstück kam sie auf die Schule, auf die Wäsche, die noch aufzuhängen war, aufs Wochenende, auf Weihnachtsplanung, fragte mich, was meine Eltern von Beruf her waren, aber erwartete gar keine Antwort.

»Los jetzt«, schloss sie und machte sich mit Türenknallen auf den Weg zur Arbeit.

»Sorry«, sagte Annika und kletterte über mich hinweg zur Leiter und hinunter.

Sofort rollte ich mich in die Mitte, streckte Arme und Beine aus, drückte mein Gesicht ins Kissen und schlief wieder ein, tief und fest jetzt, ohne die Absicht, je wieder aufzuwachen. Bis ich aus dieser zweiten, winzigen Nacht plötzlich aufschrak, vom Hochbett sprang und kaum zehn Minuten mehr hatte, um es zur Schule zu schaffen. Ich zog mich an, spülte meinen Mund mit kaltem Wasser aus, lief ins Wohnzimmer, in dem Annika am Esstisch saß und Obst schnitt.

»Ich geh los, bin schon viel zu spät«, sagte ich.

Sie schob einen gewürfelten Apfel vom Brettchen in eine große Müslischüssel, sah dann hoch zu mir: »Ich glaub, ich bleib heute zu Hause.«

»Warum denn das?«

»Ich brauch 'nen Tag für mich«, antwortete sie.

»Okay«, sagte ich, und sie stand auf und brachte mich zur Tür.

In der Schule kritzelte ich schlechte Graffiti und riesige Manga-Augen oder krakelte spiegelverkehrt aus den Sätzen der Lehrer gerissene Fetzen in meine Hefte: *Berührungs-Punkte, Fernheiler, Geschichtlichkeit-abhängen* und so weiter und so fort. Während der Pausen wurde Basketball knallhart auf Sieg gespielt, dass wir völlig erschöpft und schweißnass, aber mit rot gefrorenen Händen in die Klassenräume zurückkehrten. Schon nachmittags wurde es dunkel, und die Abende wurden Nächte, und die Nächte hörten immer viel zu früh auf. Nachdem ich die Schulstunden mühsam durchwacht hatte, stürzte ich mich zu Hause sofort ins Schlafen, wachte Stunden später lustlos wieder auf. Anton und ich stritten uns seit Jahren unversöhnlich um die Fernbedienung, weil er Talkshows und ich *MacGyver* liebte. Wenn mich irgendwer fragte, wie es mir ging, antwortete ich wie aus der Pistole geschossen: *Alles gut*. Ich wartete auf die nächste eingeschlagene Scheibe, die nächste Nacht bei Annika, auf Amerika, immer aufs nächste Wochenende. Einmal im Monat traf ich Sebastian bei Dussmann, um in der Kinderecke auf styroporgefüllten Säcken zu liegen und die neu erschienenen Bände japanischer Superheldencomics zu lesen. Immer wieder sammelte ich die gelben

Plastikkügelchen ein, um sie immer wieder auf das zerbeulte Alumännchen zu schießen. Ich hatte zwei CDs und zwei Kassetten. In meinem ohnehin wortkargen Tagebuch blieben die Seiten seit Langem leer. Meine Mutter erzählt, dass ich in dieser Zeit aufgehört habe, mit ihr zu sprechen, aber daran kann ich mich nicht erinnern. Ob diese Zeit überhaupt einen Höhepunkt gehabt hätte, wenn die Jahre nicht aufgeteilt wären, wie sie es sind?

Silvester 2000 zogen wir über die Straßen und warteten nur noch aus Spaß auf einen spontanen Weltuntergang. Als wir um zwölf bei Simon auf dem Dach standen, schoss das Feuerwerk wie jedes Jahr über die Dächer hinaus und funkelte bis ans Ende des Horizonts. Wir nippten an der Flasche Sekt, die wir uns von Hand zu Hand reichten, Simon, Jessica, Sebastian, Annika und ich. Mein Blick wanderte über ihre Gesichter, wie sie da so willkürlich beieinanderstanden. Das sind meine Freunde, dachte ich, laut und deutlich, als wäre es eine Frage. Simon stand auf einem Schornstein und zündete Raketen am ausgestreckten Arm an, dass sie ihm wie Feuerbälle aus den Händen zischten, über unseren Köpfen explodierten und uns mit Funkenregen segneten. Wer zu lange hinaufsah, dem schwindelte. Die Dachpappe unter uns war beruhigend schwarz. Hätte mich jemand in diesem Augenblick gefragt, ich hätte schwören können, dass wir uns exakt auf Höhe des Meeresspiegels befanden. Die Welt wich von uns ab und hetzte allem und nichts hinterher, aber in meinem Kopf herrschte verheißungsvolle Klarheit. Ich spürte Annikas kalte Hand in meiner und schob unsere Hände in meine Jackentasche. Unbekümmert ließen wir die Menschen ihre Böller verballern. Sebastian schaukelte von einem Fuß auf den anderen und blies sich den warmen Atem in die aneinandergelegten Hände. Irgendwo auf einem Dach im Prenzlauer Berg stand mein Bruder mit seinen Freunden genau wie wir und ließ sich vom Feuerwerk berieseln. Ich dachte an ihn und er an mich. Jessica warf sich von hinten zwischen uns, flüsterte Annika etwas ins Ohr und gab erst ihr, dann mir einen Kuss auf die Wange. Sie strahlte uns an und war anscheinend sehr froh in diesem Augenblick. Im Grunde wusste ich nichts über sie, hatte ihre Eltern nie gesehen, wusste nicht einmal, ob sie Geschwister hatte, kannte weder ihre Wohnung noch ihr Zimmer, hatte auch nie nur eine Viertelstunde mit ihr zu zweit verbracht, trotzdem kannten wir uns inzwischen gut und mochten uns über diese unbestimmte Entfernung hinweg sehr. Sebastian ließ einen Knaller zwischen unsere Füße fallen, und beinahe wären wir vom Dach gesprungen. Annika wollte ihm eine klatschen, aber er wich aus, fing sie dann in einer festen Umarmung ein und hob sie hoch. Annika schrie, Sebastian grinste. Simon gab mir eine Rakete in die eine und das Feuerzeug in die andere Hand. Es war ein Geduldsspiel, die Zündschnur anzuzünden, aber als sie erst Feuer gefangen hatte, rauschte sie los, und Funken prasselten. Ich schleuderte die Rakete hoch in die Luft, woraufhin sie sich überschlug, bis sich mit einem Mal ihr Feuerschweif Bahn brach und sie wie eine Irre zur Straße hinabjagte, wo sie dann leise explodierte. Ich dachte an meine Eltern, die aufs Land gefahren waren, in das Haus, das sie sich vor einem Jahr in einer einsamen Gegend in Brandenburg gekauft hatten. Ich dachte daran, dass dort jetzt alles still war und die beiden wahrscheinlich trotzdem ins Universum spähten, wo Sternbilder eindeutig zu erkennen waren. Ihnen gefiel es im offen daliegenden Flachland, an das ich mich nie würde gewöhnen können, da war ich mir sicher. Ich dachte sogar an Johann und hoffte, dass es ihm gut ging und dass wir uns eines Tages vielleicht doch ein wenig besser kennenlernen würden. Ich umarmte Simon ein zweites Mal und wünschte ihm ein frohes neues Jahr. Ich trank einen gewaltigen Schluck Sekt. Ich umarmte Jessica, die sich mit aller Kraft an mich drückte. »Was wollt ihr in Amerika?«, flüsterte sie wieder. Sebastian und Annika stolperten und stürzten auf uns zu. Simon ließ eine Biene in einen Schornstein fallen und blickte ihr hinterher, bis sie ausgebrannt war. Ich weiß noch genau, dass mich diese Minuten dort oben auf dem Dach verzauberten, dass ich, noch während ich sie erlebte, dachte, dass wir in diesem Augenblick alles erreicht hatten, dass das Leben, wenn es denn eine Aufgabe war, uns geglückt war, dass wir jetzt angekommen waren in einer sich in die Ewigkeit erstreckenden Gegenwart. Als wären die Zeiten in ihr Gegenteil verkehrt: Die Zukunft lag schon hinter uns und vor uns nur die Vergangenheit, der lange, lange Weg, den wir würden gehen müssen, um eines Tages hier und jetzt anzukommen. Wir hatten die Frucht gekostet, bevor der Baum gewachsen war, und würden nun die eigentliche Arbeit nachholen müssen. Ab morgen, dachte ich, wird das Rad beginnen, sich immer schneller und schneller zu drehen.

Als über der Stadt das Feuerwerk abzuebben begann und die Schwefelwolken die letzten einsam explodierenden Raketen schluckten, wollten wir noch weiter. Geduckt ging es am U-Bahnhof Oranienburger Tor vorbei, wo sich in Hauseingänge gekauerte Menschen von einer Straßenseite zur anderen mit Feuerwerk aus verchromten Gaspistolen bekämpften, die Friedrichstraße hinunter bis Unter den Linden, wo uns Reste einer Menschenmasse entgegenströmten, in lachende, kreischende, grölende Grüppchen aufgebrochen, durchs Brandenburger Tor hindurch in die Ödnis des beendeten Spektakels. Die Lichter der Bühnen waren schon ausgeschaltet, Feuerwerksmüll und Plastikbecher lagen wie ein zerfetzter Teppich auf dem Asphalt verstreut. Wir waren viel zu spät. Nur Besoffene, die den Anschluss verloren hatten, taumelten noch stoisch herum oder standen pissend an Mülltonnen, trotzdem liefen wir weiter. Ein Schlachtfeld auf dem Mond, so fühlte es sich an, als wir am Ende der Nacht die Straße des 17. Juni hinaufwanderten. Die Flaschen mit schalem Sekt machten die Runde, kaum gab ich eine her, wurde mir eine andere in die Hand gedrückt, aber wir wurden nicht betrunken. Auf einer Stufe oder dem Bordstein oder einer Bank, irgendwo an der endlosen Straße, die um die Siegessäule kreiselte, setzten wir uns hin, um auszuruhen, bevor es zurückgehen würde.

Im Frühling wurde das Klauen gefährlicher. Die Leute fingen wieder an, ihre Fenster zu öffnen, sodass jede klirrende Scheibe bis tief in die kissenschweren Schlafgemächer hinein zu hören war. Und sie waren schreckhaft wie nie zuvor. Man konnte kaum mehr in Ruhe auf einem Schornstein sitzen, ohne dass jemand auf seine Dachterrasse trat und mit feindseligen Blicken um sich ballerte. Wir sollten es einfach von der anderen Seite aus probieren, war mein Vorschlag. In Simons Haus war doch diese Kneipe, deren Keller mit seinem Keller verbunden war; unter der Erde könnten wir spätnachts ungestört eine Wand einreißen. Simons Augen leuchteten auf, das war ein Plan, da waren wir uns einig.

Wir trafen uns also, um gemeinsam wach zu bleiben, schalteten uns zwei Stunden lang durchs Programm, schalteten aus und liefen hinunter auf die Straße, aber in diesen ersten warmen Nächten zog es niemanden nach Hause, und die Kneipe war noch immer rappelvoll. Um die Stunden, bis auch die Letzten genug haben würden, zu überbrücken, spazierten wir die Oranienburger entlang, vorbei an den Prostituierten, die zwischen Bürgersteig und Straßenrand hin und her pendelten, vorbei an den Polizisten, die vor der Synagoge hin und her pendelten, und zogen in einer weiten Runde durch unsere kleine Stadt, an den

S-Bahnbögen entlang über den Alexanderplatz zur Spree in den Lustgarten, bis wir uns in den Säulengängen vor der alten Nationalgalerie auf die Balustrade setzten und den Schiffen zusahen, die hell erleuchtet übers schwarze Wasser tuckerten. Eine Touristenrunde, aber das war uns egal, wir liebten den Neptunbrunnen, in dem wir als Kinder geplanscht hatten, liebten die weißen Anbauten unten am Fernsehturm, die wir hinuntergerutscht waren, und die Museumsinsel und ihre tempelartigen Museen, deren Schätze eingeschifft waren aus den unterschiedlichsten Teilen des Erdballs, sowieso. Eine Schifffahrt hätte aber keiner von uns je mitgemacht, und wenn die fröhlichen Touri-Boote an uns vorüberglitten und uns ein, zwei Gelangweilte zuwinkten, war es, als wäre die Insel unser Thron und wir würden ein paar Ferngereisten eine kurze Audienz gewähren. Simon spuckte ins Wasser, ich suchte mir eine dunkle Ecke, um zu pinkeln. Als ich zurückkam, paffte Simon an einer Zigarre, hustete und reichte sie mir. Nach drei Zügen ließ ich sie zwischen meinen Füßen hindurch ins Wasser fallen, doch das Zischen der erlöschenden Glut war zu leise, als dass ich es hätte hören können.

»Schade«, sagte Simon, aber ich hatte ja noch drei Stück in der Bauchtasche meines Kapuzenpullovers.

Wir thronten also und pafften, winkten und beobachteten, spuckten viel, doch der Geschmack des Qualms war nicht so leicht loszuwerden. Die Minuten vergingen, deshalb saßen wir hier und blickten auf die glitzernde Oberfläche des Wassers. Wenn ich die Augen zusammenkniff, entstanden Muster wie in einem Kaleidoskop; siehst du das, wollte ich Simon fragen, aber er versuchte konzentriert, Ringe in die Luft zu pusten. Seine rotbraunen Haare hingen ihm in die Stirn, ich trug meine seit Jahren kurz. Seit Jahren, dachte ich und saugte halbherzig an meiner Zigarre. Wir hätten uns unterhalten müssen, so war die Situation,

Zigarren, Nacht, Stille, aber als ich zu Simon hinübersah, fielen mir keine Fragen ein.

»Schmeckt widerlich«, sagte ich und paffte vor mich hin.

»Geht doch«, antwortete Simon und hauchte einen Ring in die Luft, dessen Form erst immer deutlicher wurde, dann plötzlich verwehte.

»Krass, bald bin ich ein ganzes Jahr lang einfach weg«, sagte ich, als wäre mir das erst jetzt auf eine völlig ungeahnte Weise klar geworden, es war aber einfach der Satz, der mir in dieser Zeit durch den Kopf geisterte, wie ein Ohrwurm, der sich, ohne sich je zu verändern, wiederholt und wiederholt. Ich wusste ja überhaupt nicht, was diese Aussage bedeuten sollte, sie verwies einfach auf einen wunderbar rätselhaften Fakt.

»Ja, krass«, sagte Simon, mehr nicht.

»Du wolltest doch eigentlich auch, oder?«

»Kostet ja auch Geld?«, entgegnete er und schleuderte seine Zigarrenkippe in die Spree.

»Meine Brüder wollten nicht, da hatte ich Glück. Drei wären für meine Eltern zu viel geworden«, antwortete ich.

»Ich muss auch gar nicht weg, ist doch gut hier«, sagte Simon und wippte mit dem Kopf zu einer leisen Musik, die aus einem vorbeifahrenden Auto zu uns über den Fluss wehte. Ein flaues Ziehen schob sich vom Bauch hinauf in meinen Kopf, ich zog die Schultern an, als hätte mich jemand im Nacken gepackt, und es kam mir so vor, als würden die Lichter der Straßenlaternen in der Dunkelheit schwanken. Das schwarze Wasser sah aus wie Öl, und ich dachte an Amerika und wusste, dass ich darin verschwinden würde.

»Das kommt vom Rauchen«, sagte Simon und lachte mich an, »los, du brauchst was zu essen, Döner.«

Ich nickte nur und taumelte voran.

Am Rosenthaler Platz wischten sie schon die Tische ab, und auf dem Spieß steckte nur ein letzter Rest. Sie kratzten uns zwei Brote voll, *zum Mitnehmen*, dann liefen wir Döner essend die Torstraße zurück, breitbeinig und nach vorn gebeugt, damit uns die Soßen nicht auf die Schuhe tropften. Die Flauheit, die sich in Wellen über den ganzen Körper ausgebreitet hatte, ließ nach, und wie ein Echo darauf begann mir eine Wärme die Brust hinauf ins Gesicht zu strömen. Der Satz schoss mir wieder durch die Gedanken: Ich werde weg sein.

»Scheiß drauf«, sagte Simon und warf seinen Dönerrest unter einen silbergrauen Mercedes-Flitzer.

»Sag mal, bist du eigentlich noch mit diesem Kaspar befreundet?«, fragte ich.

»Der, klar, mit dem mache ich hin und wieder was.«

»Klaut ihr noch?«

»Nein, nur so abhängen.«

»Cool«, sagte ich und knüllte die Alufolie meines Döners zu einer Kugel zusammen, die ich dann den ganzen Weg zurück zu Simons Haus von der einen in die andere Hand hüpfen ließ, ohne sie je fallen zu lassen.

Auf der Schaufensterscheibe glitzerte orangerot unser Spiegelbild, Licht brannte keines mehr, und selbst die Prostituierten waren abgezogen. Simon schloss uns die Türen auf, im Kohlenstaub reflektierte glitzernd das Kellerlicht, es roch nach Rattengift und Grubenluft. Die Wand, die den Keller der Bewohner und den Keller der Kneipe voneinander trennte, war aus luftigen Gipsbetonziegeln zusammengesetzt, sie hatten sich nicht einmal die Mühe gemacht, sie zu verputzen oder mit Mörtel zu verkleben, so war es ein Leichtes, sie Stein für Stein wieder abzubauen, leichter noch, als eine Legowand auseinanderzubekommen. Es dauerte keine Minute, und wir stiegen durch ein großes Loch vom schwach beleuchteten Dunkel ins unbeleuchtete. Taschenlampen hatten wir keine dabei, aber Feuerzeuge. Und es war gut, dass wir nur so wenig Licht hatten, so schien es wenigstens anfänglich noch abenteuerlich zu sein, im Gerümpel- und Lagerkeller einer Kneipe zu stehen. Leere und volle Getränkekästen, leere Schränke, Pappkartons, die abgeschlossene Luke zum Kneipenraum, all das entdeckten wir nur nach und nach und wurden uns so auch erst nach und nach der Nutzlosigkeit dieses herbeigesehnten Einbruchs bewusst und der Langeweile, die uns hier unten überraschte. Was konnten wir mitnehmen? Eine Kiste Schweppes-Limonade, die uns halbwegs exotisch vorkam, die schleppten wir zum Hinterhof hinaus. Simon trat, zur Tarnung und um der Sache einen krachenden Abschluss zu verleihen, die Kellertür ein. Dann hievten wir den Kasten auf die Mauer und auf der anderen Seite wieder hinunter und gingen, unsere schwere und wertlose Beute zwischen uns, die Auguststraße hoch. Alle fünfzig Meter mussten wir Seiten und Hände wechseln, aber wir hielten durch und ließen den Limokasten nicht einfach am Straßenrand stehen, wie erst ich und dann Simon es vorschlug. Hintenrum, über den Koppenplatz, wollten wir zu mir, um den Wache stehenden Polizisten vorm Beth Café auszuweichen, eine endlose Strecke, aber unser Schweppes-Vorrat musste in Sicherheit gebracht werden, sonst wäre die Nacht … Ein Polizeiwagen kam uns entgegen. In Schrittgeschwindigkeit rollte er an den geparkten Autos vorbei, und das Licht der Straßenbeleuchtung blitzte in den Reflektoren der Sirene, als wäre sie angeschaltet. Ich hielt den Atem an, den Kopf geneigt, den Blick auf die Granitplatten des Fußwegs gesenkt, und Simon wird es nicht anders ergangen sein. Ich hörte keine Autotüren schlagen, niemand rief nach uns, das leise Motorenbrummen wurde noch leiser, bis es nicht mehr zu hören war. Bloß runter von der Straße, dachte ich, und zog Simon am

Kasten die Linienstraße hinunter. Wir tauchten ab in mein Haus, die Hausflure entlang zum Kohlenkeller.

»Vorsicht«, flüsterte ich, als die Flaschen im Kasten klirrten. In einem ungenutzten Kellerabteil stellten wir die Beute ab, doch weder Simon noch ich hatten Lust, auf die Nacht mit Schweppes anzustoßen.

»Willst du bei mir schlafen?«, fragte ich.

»Ach nee, ich mach nach Hause«, antwortete Simon.

»Okay«, sagte ich, ohne auch nur einen Funken Kraft oder Lust, ihn zu überreden. Ich brachte ihn zum Hof hinaus und wartete noch, bis er auf die Mauer geklettert war. Zum Abschied nickten wir uns zu, zu müde, um zu sprechen. Als er auf der anderen Seite verschwunden war, drehte ich mich um und lief zurück ins Haus, schnell und leise die Gänge und Treppen entlang, ohne Licht zu machen, und es war, als führte dieses kurze Stück Weg mitten hinein in meinen Traum, in dem die Schritte der Verfolger aus allen Richtungen hallten. Vom Bett aus blickte ich durch den Spalt zwischen meinem Schreibtisch und dem Fensterbrett durchs offene Fenster hinaus ins Licht der Straßenlaterne, von der ein schnarrender Ton ausging. Hinter den Häusern rauschten vereinzelt Autos über die Torstraße, und irgendwo klapperte ein Schlüsselbund. Mein Bett war nichts als eine schattige Nische mitten im zermürbenden Labyrinth der Kanalisation. Warum hatte ich das Fenster nicht einfach geschlossen. Vor lauter Stille hörte ich sehr viel. Autotüren wurden aufgerissen und wieder zugeworfen. Jemand hustete. Jemand räusperte sich. Ein Hubschrauber stand in weiter Ferne über der Stadt. Es wurde an eine Mülltonne geschlagen. Ein Fahrrad fiel um. Ein Auto rollte fast lautlos die Straße entlang. Der Motor surrte schwerfällig. Reifen knirschten. Das Auto hielt an, direkt vor unserer Haustür, dachte ich. Autotüren öffneten sich, ohne dass der Motor abgestellt wurde. Ich hörte noch ein zusätzliches Geräusch, ein knisterndes Rauschen, von Pausen unterbrochen, ein Funkgerät, ich war mir sicher. Eine Männerstimme berichtete aus dem Rauschen heraus. Mir brach Schweiß aus. Das Auto bewegte sich nicht. Schritte hörte ich keine, was am Motorengeräusch liegen mochte. Durchs Funkgerät flossen Informationen, doch ich hörte nur ein unverständliches Gemurmel, sosehr ich mich auch konzentrierte. Plötzlich ein Seufzen unmittelbar in mein überspanntes Ohr. Der Fahrer saß nicht mehr am Steuer, er musste genau unter meinem Fenster stehen. Vielleicht würde er die Hand auf die Klinke der Haustür legen, um zu fühlen, ob sie noch warm war. Vielleicht würde er die Namen der Klingelschilder in sein Notizheft übertragen. Unermüdlich blickte er die Straße auf und ab, obwohl er längst nicht mehr glaubte, die beiden Jungs, die er suchte, doch noch erwischen zu können, so sah ich ihn vor mir. Unter meiner viel zu leichten Bettdecke flehte ich meinen Körper an, in Ohnmacht zu fallen. Auf Lichtgeschwindigkeit beschleunigte Teilchen rasten in meinem Inneren aufeinander zu und zersprangen beim Aufprall in immer weiter aufeinander zurasende Teilchen. Als der Polizist endlich in seinen Wagen stieg, die Tür schloss, langsam und zögerlich abfuhr, kehrte keine Ruhe ein. In meinem Kopf flackerte die Angst, dass wir längst aufgeflogen waren. Selbst der Schlaf, der mein Bewusstsein für kurze Zeit auslöschte, war nervös und anstrengend. Das Aufwachen war kein Aufwachen in einen neuen Tag, sondern ein Aufwachen in eine noch immer andauernde Zeit, die mich auf eine schmale und schwankende Planke hinaustrieb.

Ich lächelte sie alle an, die mir in der Wohnung begegneten, meinen Vater, meine Mutter, ich spürte die Muskeln meiner Wangen, und als Anton mir sein fragendes »Na« ins Herz bohrte, versuchte ich, froh und mit Schwung zu antworten.

»Alles gut«, sagte ich und duckte mich ab, um mir lang und umständlich die Schuhe zuzubinden.

Anton sagte nichts weiter, sondern wartete an der Tür, und ich spürte, dass er mir beim Schleifenbinden zusah.

»Geh ruhig schon vor«, sagte ich.

»Nein, wir gehen zusammen.«

Ob ich gut geschlafen hätte, fragte er, als wir auf die Straße hinaustraten, die nicht mehr dieselbe zu sein schien. Ich wollte ihm antworten, aber auch mit meinem Gesicht stimmte etwas nicht, es fühlte sich verschoben an, als hätte es jemand abgerissen, zerknüllt und ohne Liebe wieder drangeklebt. Ich bewegte den Kiefer auf und ab und schüttelte den Kopf. Ob ich was geträumt hätte, fragte Anton.

»Ich erinnere mich an nichts«, sagte ich schließlich. Was ich gestern gemacht hätte, wollte er als Nächstes wissen. Ich versuchte, die Zähne zusammenzubeißen, aber auch die Zahnreihen schienen sich heute schlechter als gestern ineinanderzufügen.

»Auch vergessen?«, fragte er weiter.

»Mit Simon, Basketball und so«, antwortete ich sofort. Er fragte noch etwas, aber da fuhr ein Polizeiwagen vorbei, und der Fahrer blickte zu uns herüber, ohne zu lächeln.

»Was?«, fragte ich.

Ob Annika jetzt eigentlich meine Freundin sei?

»Wahrscheinlich.«

Was ich denn hätte?

»Nichts, alles in Ordnung.«

Glaube er mir nicht, sagte er, und ich versicherte ihm, dass ich nur müde sei. Da gab er auf, und wir liefen bloß nebeneinanderher. Tatsächlich erinnerte ich mich dunkel an den Traum, aus dem ich früh am Morgen hochgeschreckt war. Ich war auf dem Weg zur S-Bahn gewesen, um zum Flughafen zu fahren, nach Amerika, aus irgendeinem Grund sollten wir alle nach Amerika, meine Eltern und Anton, auch mein älterer Bruder, nein, der war schon dort, weil er dort seit Monaten ein Geschäft eröffnen wollte, deshalb sollten wir ihn besuchen, wegen der Eröffnung. Wir hatten aber nur Tickets von unterschiedlichen Flughäfen und zu unterschiedlichen Zeiten bekommen. Meine Eltern waren schon unterwegs, und Anton würde nachkommen. Ich saß auf einem Klappsitz in der S-Bahn. Außer mir war niemand im Abteil. Dann hieß es, dass die Bahn umgeleitet werde und ich in einen Bus umsteigen müsse. Ich sprang auf, aber meine Jacke wurde zwischen dem hochschnellenden Sitz und der Wand eingeklemmt. Als ich mich freigerissen hatte, war die Bahn schon weitergefahren. Das Bild der speckigen Scheibe, vor der ich wartete, hatte ich noch deutlich vor Augen und auch die plötzlich auseinanderfahrenden schwarzen Gummiränder, als die Türen sich öffneten. Ich musste eine Station zurücklaufen, was nicht weit war, nur zwei Ecken. Gepäck hatte ich auch, einen schwarzen Koffer, der leer war und mir beim Laufen gegen die Beine schlug, dass ich kaum vorwärtskam.

»Weißt du, dass Johann auf deinem Schreibtisch eine Sonnenbrille gefunden hat, die, wie er meint, dreihundert Mark gekostet haben muss?«, fragte Anton.

»Die hat einer aufm Basketballplatz liegen lassen, muss ich noch zurückgeben«, antwortete ich aus dem Stegreif und musste einen Augenblick überlegen, von welcher Brille überhaupt die Rede war.

»Was macht der überhaupt in meinem Zimmer?«, fragte ich.

»Ich lass dich ja in Ruhe«, antwortete Anton.

»Alles gut«, sagte ich noch einmal, und als Anton schwieg, sagte ich, dass ich mit Annika gestritten hätte und einfach nicht gut drauf sei. »Entschuldige«, sagte ich sogar.

Der Unterricht war nur leeres Gerede, das durch den Raum waberte. Ich blickte auf die Tischplatte, auf die naturgetreue Holzmaserung, deren Muster sich in regelmäßigen Abständen wiederholte. Mir fiel ein, dass ich mich an einen Traum erinnert hatte. Wie ich Schwierigkeiten gehabt hatte, zum Flughafen zu gelangen, den Flug nach Amerika zu bekommen. Wie mir ein leerer Koffer gegen die Beine geschlagen hatte … Das war alles, was ich noch im Gedächtnis hatte, schwindende Bruchstücke der von Anfang an schwachen Erinnerung an den ursprünglichen Traum. Dabei war es doch möglich, dass ich gerade in diesem Traum so etwas wie die Essenz dieser Tage hätte finden können. Wenn ich ihn nur ein zweites Mal träumen könnte, exakt denselben Traum, überlegte ich, oder meinen Kopf durch ein Wurmloch in die Zukunft stecken, um zu sehen, wohin das alles führen würde. Aber dann doch lieber etwas völlig anderes sehen, sagte ich mir, die richtig ferne Zukunft oder die richtig ferne Vergangenheit.

Die Lehrerin stellte eine Frage, stellte mir eine Frage.

»Was?«, sagte ich, überrascht und gestört. Sie hatte doch sehen müssen, dass ich nicht zuhörte, nicht bei der Sache war und nie und nimmer auf irgendeine ihrer Fragen hätte antworten können.

Ob es mir gut gehe, wiederholte sie und sagte auch meinen Namen, wobei sie ihn quälend in die Länge zog, als würde sie ein Handtuch auswringen. Ich musste wohl eingeschlafen sein, oder hatte ich nur angestrengt meine Stirn massiert? Sie sah mich mit so einem offenen, fordernden Blick an, keine Ahnung, worauf sie abzielte. Ich kann grad nicht, hätte ich ihr am liebsten geantwortet und wieder aufgelegt, aber wir sprachen ja gar nicht am Telefon.

»Du kannst auch gehen, wenn du hier nicht teilnehmen willst.«

Ich nahm nicht teil, da hatte sie schon recht, aber hörte ich deshalb gleich auf, Teil dieses ganzen Schüler-Lehrer-Klassen-

Zusammenhangs zu sein? Ich bin doch hergekommen, um hier zu sein, dachte ich. Ich hatte nichts anderes zu tun.

»Dann geh bitte!«, sagte sie, und alle schwiegen.

Ich war wirklich müde, und die Kraft, die es gebraucht hätte, für das Recht, an meinem Platz bleiben zu dürfen, zu streiten, war einfach nicht vorhanden. Sehr langsam begann ich, den Stapel an Heftern, Papieren und Büchern vom Tisch zurück in meinen Rucksack gleiten zu lassen. Ich hoffte noch, dass der Unterricht einfach weitergehen würde und man mich vielleicht vergaß, aber die Lehrerin war ganz darauf konzentriert, mich mit einem stechenden Blick zu verfolgen. Wenn ich zur Tür raus wäre, würde sie so tun, als wäre nichts gewesen, das wusste ich. Sie würde die Klasse anlächeln, als hätte sie die Menschheit von einem Idioten befreit. Ich schob mich zwischen den Stuhlreihen hindurch, während keiner außer der Lehrerin mich ansah, alle hielten sie die Köpfe gesenkt und den Atem an. Ich hätte gern rumgeschrien und ein paar Tische umgeworfen, um ihnen ihren Unterricht zu zerstören, ihre heile Welt, ihre Ordnung. Ich hätte der Lehrerin eine knallen und in ihr verkniffenes Führerinnengesicht spucken sollen. Als sie mir hinterherrief, dass ich die Tür schließen solle, murmelte ich: *Fick dich*, zumindest das.

Ich hätte bis zur nächsten Stunde warten können, um zurückzuschlüpfen in den Schultag, kommentarlos wieder da zu sein, den nächsten Lehrer überhören und ihn eine Stunde zu Tode reden lassen. Der Schulhof war aber leer und ähnelte ohne Menschen noch stärker einem effizient geführten Freiluftgehege primitivster Primaten, das unzerstörbare Kettennetz am Basketballkorb, die Stahlgitter, die auf den Tischtennisplatten die Netze ersetzten, die mit Beton eingefriedeten Inseln fürs Grünzeug, die überall aufgestellten steineren Mülleimer, die hohen Mauern. Ich ging also los, durchs Schultor hinaus in die Welt, die sich vor meiner Freiheit zur Not mit Gewalt schützen würde. Doch keine Gewalt dieser Welt würde mir helfen, mir die Freiheit der anderen, die überall um mich wüteten, wie es ihnen passte, vom Hals zu schaffen. Wenn ich an Widerstand dachte, war das Erste, was mir einfiel: ist zwecklos. Als am Rosenthaler die Ampeln auf Grün schalteten, jagte ein Polizeiwagen mit kreischend lauter Sirene über den Platz. Ich duckte mich und zog mir die Schleifen noch mal fester zu, dann lief ich schnell weiter, wohin, dachte ich, zu Annika, vielleicht war sie zu Hause, warum nicht.

»Ich bins«, sagte ich, und die elektronische Türöffnung schnarrte los.

»Schwänzer«, rief Annika mir zu; sie stand auf der Schwelle, Jogginghosen und Joggingpullover an.

»Selber«, antwortete ich.

»Krankgeschrieben«, konterte sie und winkte mich herein. Kein Erkan, der still auf dem Sofa saß, keine Mutter, die in der Küche die nächste Mahlzeit vorbereitete. Ich verstand, warum sie ihre Wochenenden auf die Woche verlegen musste. Die Wohnung war plötzlich zehnmal größer und schien, genau wie Annika, aufzuatmen. Sie hatte sich im Wohnzimmer ausgebreitet, MTV lief, ein Lied, das ich nicht kannte, aber Annika sang leise mit, während sie die Papiere, die übers Sofa verteilt waren, einsammelte. Ich ließ mich in die Polster fallen und schloss die Augen.

»Willst du schlafen?«, fragte Annika.

»Nein, will ich nicht«, sagte ich und tastete nach ihr, die sich neben meinen Kopf gesetzt hatte. Ich legte meine Hand auf ihren Oberschenkel und sie ihre kalte Hand auf meine.

»Wie gehts?«, fragte ich.

Es war, als würde ich eine Böschung hinunterrutschen, ich versuchte, die Augen zu öffnen, aber sie zitterten nur. Augenblicklich war ich mitten im Traum und sah eine schmale Straße im orangeroten Nachtlicht vor mir, auf der mir wie in Zeitlupe stummglitzernde Polizeiwagen entgegenrollten. Ich riss die Augen auf.

»Nicht zum Aushalten«, sagte Annika.

»Was?«, fragte ich.

»Meine Mutter dreht wieder durch.«

»Scheiße«, sagte ich.

»Voll.«

»So schlimm?«, fragte ich und zog mir Annikas kühle Hand übers Gesicht. Sie schien es nicht zu bemerken, leblos lagen ihre Fingerspitzen auf meinen Lippen und Wangen, und ich blickte zwischen ihren dünnen Fingern hindurch, als hätte ich meinen Kopf gegen ein Gitter gelehnt. Meine Mutter würde nicht durchdrehen, sie würde mich einfach nicht wiedererkennen, dachte ich.

»Erkan will Urlaub machen, zu Hause, will sie aber nicht mitnehmen.«

»Und was ist das Problem?«

»Na ja, sie hat eben gehört, dass türkische Männer manchmal zwei Frauen haben, eine hier und eine dort …«

»Und, hat er?«

»Mir doch egal. Sie spinnt einfach.«

Der schweigsame Erkan, dachte ich, also doch kein Philosoph, zwischen zwei Welten verloren, hier ein Gespenst und dort nur ein Schatten. So wird einer, wenn das Geheimnis zu groß wird – es frisst einen auf, bis du selbst zum Geheimnis wirst, sagte ich mir noch, während ich wieder ins Träumen driftete. Ich lag auf demselben Sofa, in derselben Wohnung, aber diese Wohnung war riesig, das Sofa ein Bett. Meine Eltern redeten zwei Zimmer weiter, und im Nachbarzimmer machte meine Oma ihren Mittagsschlaf. Anton lief dicht an meinen Kopf vorbei und blieb vorm Fenster stehen, wo er zwischen den Gardinen versank, als wären sie Nebel. Simon kam mit Annika ins Zimmer, sie besprachen etwas, aber ich verstand nur Laute, keine Worte. Meine Lehrerin klingelte, aber niemand wollte ihr aufmachen, sie riefen nach mir, und ich antworte: *Nicht aufmachen, nicht.* Alle kamen vor dem Sofa zusammen, wo ihre Beine zu einem dichten Wald verwuchsen. Auf der Terrasse warnte mich meine Oma, mit dem Stuhl nicht zu nah an den Rand zu rücken, da doch die Geländer entfernt worden waren. Und während sie mir das sagte, wusste ich, dass ich, sosehr ich mich auch anstrengen würde, trotzdem fallen würde, rückwärts, mit geschlossenen Augen würde ich fallen.

»Im Wohnheim darf ich erst mal keinen Besuch bekommen.«

»Wie?«, fragte ich und schob mir ihre Hand von den Augen, um sie richtig sehen zu können. Annika schaute hinunter zu mir, blickte auf meinen Mund oder mein Kinn, dann hob sie den Kopf und wiederholte: »Ich muss hier raus, ich habe das mit dem Arzt besprochen, und der hat mich weitervermittelt.«

»Was für ein Arzt?«

»Es ist doch alles ziemlich scheiße hier«, sagte sie, und da strömte sie in mich ein, die Gewissheit, dass etwas Schlimmes passiert war. Ich setzte mich auf, neben Annika, dem gardinenverhangenen Fenster zugewandt. Ich wollte nichts sagen, nicht schlucken, nicht atmen. Ich riss die Augen sehr weit auf, damit die Tränen nicht überlaufen würden, sie sollten drinbleiben, die paar Tränen, die mir plötzlich kamen. Was denn, wollte ich fragen, aber bekam nur ein atemloses Krächzen heraus.

»Ich weiß nicht, es hat mich einfach krank gemacht. Weißt du …«, sagte Annika. Es war dasselbe haltlose Gefühl, das mich erwischt hatte, als es hieß, dass meine Oma im Sterben lag, dass sie endgültig verschwinden würde, dass es aus war mit ihr, aus und vorbei. Alles war pausenlos im Absturz begriffen, in einen Abgrund hinab, an dessen Rand unser bisschen Leben herrschte; das war die Botschaft, die sich in meine Adern ergossen hatte. Meine Oma lebte dann aber wieder auf, wurde gesund und auf nie gekannte Weise fröhlich, als wäre schlussendlich das Leben wirklich ein einziges himmlisches Geschenk. Als hätte sie verstanden, dass sie sich nicht so einfach und unangekündigt verabschieden durfte, unseretwegen, mir zuliebe.

»Was hast du denn?«

»Nichts Besonderes.«

Dass sie Magersucht habe, sagte sie, und ich hörte Sucht und mager und wusste auch, was das war. Dass sie nicht mehr essen könne, erklärte Annika, und ich spürte, wie sie sich zu mir drehte und mich ansah. Die Information bohrte sich in meinen Kopf wie etwas Kaltes, etwas Unausweichliches, etwas, das von außen kam. Annika verschwand zwischen ihren Postern, ihren NBA-Stars.

»Warum denn?«, fragte ich, aber darauf hatte sie keine Antwort.

Ich saß mit weit aufgerissenen Augen da, und der Fernseher, die Gardinen, das Zimmer verschwammen hinter einem Film an Tränen, die ich unauffällig an den Augenwinkeln wegzutupfen versuchte.

»Kann ich etwas tun?«, fragte ich.

»Nein, es ist alles in Ordnung, du musst nichts tun«, antwortete sie, aber ich kannte ja diese Antworten und wusste, dass sie nichts, nicht einmal ihr Gegenteil bedeuteten. Ich wollte etwas Richtiges sagen. Meine Tränen waren falsch, sie waren fast ein Betrug. Wenigstens für meine Traurigkeit hätte ich mich entschuldigen wollen, aber ich hatte keine Worte für Annika.

»Ich muss ein bisschen schlafen«, sagte ich.

»Dann leg dich hin. Ich will eh noch fertig packen«, sagte sie und stand auf. Ich ließ mich zur Seite fallen. Wir sind doch bald schon weg, schoss es mir durch den Kopf, als wäre das ein Trost oder mehr noch ein Grund, jetzt nichts mehr zu ändern und nichts mehr zu tun. Annika lief durch die Wohnung und schien tausend Dinge mit wenigen Handgriffen zu erledigen. Ich hörte ihre Schritte, ihr leises Summen, mal lauter, wenn sie durch den Flur ins Bad oder in die Küche lief, mal leiser, wenn sie in ihrem Zimmer war. Und da kam der Schlaf wie eine Auslöschung über mich.

Als wäre ich aus den Tiefen der Ozeane aufgestiegen – mein Kopf hing noch in der Schwebe, und mein Körper war wie betäubt. Ich taumelte in den Flur. In der Küche stand Annikas Mutter an der Anrichte. Ich sagte Hallo, worauf sie mich über die Schulter hinweg ansah, als wolle sie etwas antworten, doch als die Mikrowelle piepte, wandte sie sich, ohne ein Wort zu verlieren, dieser zu. Im winzigen Bad schloss ich mich ein und blinzelte ins Röhrenlicht. Der Lärm der Spülung, des niederrauschenden Wassers, das augenblicklich ins Unterirdische abfloss, ließ mich endgültig aufwachen. Ich klopfte an Annikas Tür und schlüpfte hinein. Sie hockte am Boden über ihrer Tasche und schien nur noch den Reißverschluss zuziehen zu müssen.

»Ich geh dann mal«, sagte ich und fragte, ob sie noch ein Stück spazieren wolle.

»Aber wir sehen uns doch morgen in der Schule«, antwortete sie und stand auf, um mich zur Tür zu bringen.

»Dann bis morgen«, sagte ich.

»Genau, bis dann.«

Schritt für Schritt lief ich nach Hause, im selben Tempo wie der Sonnenuntergang, der die Wolken erst rosa, dann dunkelrot färbte. Wahrscheinlich säßen meine Eltern am Küchentisch und würden Kaffee trinken, und Anton würde aus seinem Zimmer kommen, sobald ich die Wohnungstür hinter mir ins Schloss drückte, und alle würden sie mich mit neugierigen Blicken ansehen. Vielleicht war auch niemand zu Hause, und ich würde ungestört in die Küche, ins Bad und in mein Zimmer gehen können. Ich blieb stehen. Auf dem Fensterbrett einer Erdgeschosswohnung stand ein Schwibbogen mit rausgedrehten Glühbirnen. Sebastian wohnt gleich um die Ecke, dachte ich. Ich hätte mich gern hingesetzt, aber dann lief ich weiter, geradeaus, die Linienstraße hinunter.

Jeden Tag ging ich Basketball spielen, ich trainierte Freiwürfe, Dreipunktewürfe, Korbleger, und wenn Simon, Sebastian oder Annika da waren, spielten wir angestrengt eins gegen eins oder zwei gegen zwei, wobei es nur noch ums Besiegen ging. Ein effizienter Dirk-Nowitzki-Stil hatte begonnen, sich breitzumachen, schnelles Abstoppen auf halber Distanz, dann ein leichter Wurf, der kontinuierlich Punkte einbrachte – eine stark eingedampfte Nowitzki-Imitation, die einen ein bisschen öfter gewinnen ließ, aber keine Ideen, keine Spielerei, sondern nur Langeweile ins Spiel brachte. Verbissen kämpften wir gegeneinander an und freuten uns dann kaum über den Sieg, es war eher ein Gefühl, als hätte man recht behalten. Und erst wenn ich nach Hause lief, auf dem Bordstein dribbelte, dass es durch die Straßen hallte, bemerkte ich, dass ich etwas vermisste, eine Art Frage entstand da, doch ich schlug meinen Ball auf den Granit und wusste, dass alles egal war, denn bald wäre ich weg in Amerika.

In meinem Zimmer verschwand ich in der sechsbändigen Ausgabe vom *Herrn der Ringe*, eine Lektüre, aus der mein älterer Bruder als eingefleischter Tolkien-Fan hervorgegangen war; die heilige Bücherbox hatte er mir nur überlassen, weil er sich längst in die englische Originalausgabe vertieft hatte. Ich las die ersten Bände wie gute Krimis und genoss die Selbstvergessenheit, in die sie mich stürzten. Erst als Frodo und sein Freund Sam bis nach Mordor gelangt waren und sich von da an mit stetig sterbenden Kräften zum Schicksalsberg schleppten, begann die Geschichte in mich einzudringen, und es wurde eine viele Seiten lange Quälerei, die wir drei gemeinsam durchlitten. Wir kämpften uns voran, Schritt für Schritt durchs Geröll dieser schwarz gebrannten Steinwüste, kaum mehr lebendig, nur Sams unbeugsamer Wille bewahrte uns vorm Aufgeben. Deutlich hörte ich Frodos müden Atem und das Klackern der Steine, die unter den Füßen wegrutschten; das dumpfe Rumoren der Mörderbanden von Orks begleitete mich bis tief in den Schlaf. Die ganze fantastische Geschichte war auf dieser mühsamen, allerletzten Pilgerfahrt wie umgekrempelt. Mordor war nicht mehr die bedrohte oder schon verwüstete, aber immer noch geliebte Welt der Menschen, Elben und Zauberer, sondern tatsächlich das Land, in der die Bedrohung ursprünglich gewachsen war. Es wurde eine einzige, andauernde Tortur – hatte ich die ersten Bände in kürzester Zeit verschlungen, kam ich zuletzt nur Seite für Seite voran.

Annika traf ich selten, ich konnte sie ja nicht mehr besuchen, und Zeit hatte sie auch wenig. Sie war einem Verein beigetreten und spielte jetzt Vereinsbasketball wie eine euphorische Konvertitin. Von einem Training schien sie sofort zum nächsten zu hetzen. Und wenn wir uns einmal verabredeten, lud sie oft noch Simon dazu. Er ist doch dein Freund, flüsterte sie mir zu, wenn ich sie fragte, was er hier sollte. Aber vielleicht hatte ich auch irgendetwas falsch verstanden: Eines Tages rief mich ihre Mutter an, um mich aufzufordern, wie sie es nannte, Klartext zu sprechen: Ich solle mich entweder trennen oder mich wieder mehr um Annika kümmern. Ihre Mutter hatte mich noch nie angerufen, sich auch nie in unsere Freundschaft eingemischt, überhaupt mischte sich nie jemand derart in mein Leben ein, ich war perplex, auch weil ich überhaupt nicht verstand, wieso sie das zu mir und nicht zu Annika sagte. Ich stammelte wie immer etwas von *alles gut* oder *alles in Ordnung* ins Telefon, was sie, glaube ich, wütend machte. So eilig, wie sie auf mich eingeredet hatte, legte sie auch wieder auf.

Meine Eltern fuhren an den Wochenenden aufs Land, fragten auch jedes Mal, ob wir nicht Lust hätten mitzukommen, aber wir vertrösteten sie immer aufs nächste Wochenende. Anton und ich guckten dann viel fern, bis spät in die Nacht und am Morgen gleich wieder, unterbrochen nur vom Streit um die Fernbedienung und hektischen Ausflügen in die Küche, wo wir so schnell wie möglich aßen, was noch da war. Die Stunden auf dem Basketballplatz fügten sich nahtlos zwischen diese dumpfen Wohnzimmerstunden. Die Zeit verstrich, ohne dass irgendwer etwas dafür tun musste. Es war alles okay.

Schließlich ließ sich Anton aber doch überreden und begleitete unsere Eltern auf einer ihrer Fahrten ins Pampa-Idyll. Mir war es gleich, obwohl ich nicht verstehen konnte, was er dort wollte. Ich brachte sie zur Tür und gab mir Mühe, sie genauso fröhlich zu verabschieden, wie sie mich verabschiedeten. »Viel Spaß«, wünschte ich ihnen und wich dabei ihren Blicken aus. »Was ist denn los?«, fragte mich mein Vater, und ich wiederholte ihm mein ewig selbes Mantra: *alles in Ordnung,* was er mit einem bekümmerten Kopfnicken annahm, sich umdrehte und den anderen hinterher die Treppen hinunterlief. Ich blieb allein in der Wohnung und dachte auch, dass es im Grunde besser so war. Ich warf die Tür zu, schloss sie sogar ab, atmete ein einziges Mal befreit auf, schon rannte ich vor den Fernseher und hoffte, dass irgendetwas Gutes laufen würde, etwas, in das ich unmittelbar und anhaltend abtauchen könnte. Doch schon nach wenigen Stunden schien sich der Film vor meinen Augen aufzulösen. Da stand nur noch dieses Gerät herum, das unbeirrbar sein Tagesprogramm abspulen würde. Mein Blick driftete ab, zum Fenster hinaus ins Grün der Bäume oder die Wände hinauf über die Raufasertapete, in deren beuliger Textur ich als Kind alle möglichen Gesichter und Gestalten erkannt hatte. Ich begann durch die Wohnung zu laufen, aber es gab einfach nichts zu tun. Die Tiefkühlpizzen hatte ich aufgegessen. Ich hätte jemanden anrufen können oder einfach losziehen mit meinem Basketball. Oder es doch wieder mit einer der in endlosen Folgen ablaufenden Nachmittagssendungen probieren können, irgendetwas beginnen, ein Buch lesen, ein Bild malen, etwas für die Schule machen – selbst solche gut gemeinten Vorschläge schwirrten durch meinen Kopf –, aber ich konnte mich zu nichts entschließen. Fast bereute ich, dass ich mich nicht neben Anton ins Auto gesetzt und raus aufs Land hatte fahren lassen. Ich stand in meinem Zimmer und blickte zum Fenster hinaus, blickte auf meinen Schreibtisch, blickte auf mein Regal, auf die eingestaubten Flakons, den Stapel an Comicheften, auf alte Schulbücher, die ich vergessen hatte zurückzugeben. Mein Zimmer war zu einer Abstellkammer voll verschollener Dinge geworden. Ich begann, die Schubladen meiner IKEA-Blechkommode aufzuzerren, von denen ich beim besten Willen nicht hätte sagen können, was drinnen war. Sie waren einfach zugemüllt, mit Zetteln, Schnipseln, mit zufälligem Zeug. Zwischen einer Sammlung kaputter Kugelschreiber und Feuerzeuge stieß ich auf eine Triangel, eine tattrige Spejbl-Puppe, auf ein Millionärsjachtenquartett, ich fand sogar mein altes Barley-Messer wieder, das ich als Einziges rausnahm und auf den Schreibtisch legte. Nachdem ich die sperrigen Schubladen mit viel Kraft wieder in ihr Gehäuse zurückgestoßen hatte, machte ich mich an meine Papiere und fingerte mich durch Grundschuldzeugnisse, Kinderzeichnungen, bekrakelte Arbeitsblätter, durch ein Bündel gebrauchter Briefumschläge, deren Briefmarken ich irgendwann einmal mit Wasserdampf hatte ablösen wollen. Seit Jahren blätterte ich mich mal wieder durch die drei halb vollen Briefmarkenalben und verstand noch immer, was ich an diesen bunten Bildchen einmal gefunden hatte. Ich wischte den Staub vom Deckel eines Schuhkartons, der früher so etwas wie eine Schatztruhe gewesen war, und da, in einer mit goldenen Ornamenten verzierten Zigarrenkiste, fand ich den dünnen, mit Bindfaden verschnürten Spiralblock, in den ich mein liegen gebliebenes Tagebuchvorhaben geschrieben hatte. Mit dem Barley ritzte ich den Faden auf, strich mit der flachen Hand über die Seiten, bevor ich zu lesen anfing: *war traurig. Ging nach Hause. Schlief ein bisschen.* Die erste Seite las ich zweimal, den Rest dann schnell und ungeduldig. Meine kratzige Schrift konnte ich mühelos entziffern, nur zu glauben, dass ich es sein sollte, der diese inhaltslosen Sätze irgendwann einmal aufgeschrieben hatte, war schwer. Denn sie sagten mir nichts, sie beschworen keine ungeahnten Erinnerungen herauf oder ließen Gedanken entstehen, die ich als die eigenen hätte wiedererkennen können, sie bedeuteten mir rein gar nichts. Warum warst du denn traurig, wollte ich es fragen, dieses jammernde Kind. Oder: Warum habt ihr denn gestritten, wenn es hieß: *mit Anton gestritten.* Ich ließ die Seiten zurück in den Schuhkarton fallen und schob ihn zur Seite. Das kann ich besser, dachte ich und legte mir ein leeres A4-Blatt zurecht. In die obere Ecke schrieb ich das Datum, drückte die Mine des Kugelschreibers raus und rein, ließ sie über dem Papier kreisen. Ich versuchte, mir einen ersten Satz aufzusagen, aber atmete nur langsam aus. Weit über meinen Schreibtisch gebeugt, das Papier unter mir, der Stift dazwischen, legte ich die Stirn in Falten, als würde in ihnen, in der gekrümmten Oberfläche und nicht im stockfinsteren Hohlraum des Schädels, das Denken stattfinden. Doch es half alles nichts, je länger ich dasaß, desto klarer wurde mir, dass da gar keine Erinnerungen waren. Allein herauszufinden, was ich letzte Woche Montag nur so in etwa getan hatte, kostete schon enorme Anstrengungen, einen Monat weit oder noch tiefer in die Vergangenheit vorzudringen, schien unmöglich. Ich hätte mich an den Stundenplan der Schule halten können, der jede Woche gleich war, um mich so von Tag zu Tag zu hangeln, aber das wäre genauso inhaltsleer geworden wie die Sätze in meinem Kindertagebuch. Wie kurze Augenblicke waren ganze Tage und Monate einfach verschwunden. Die paar Stunden, in denen wirklich etwas passiert war, waren zwar noch da, die Einbrüche, der Nachmittag bei Annika, als sie fürs Wohnheim packte, aber das waren Erinnerungen, die ich nie vergessen würde, die immer da sein und den Platz ganzer Jahre einnehmen würden – wieso sollte ich sie dann aufschreiben? Ich knüllte das leere Blatt zusammen, stieß mich vom Tisch zurück, wirbelte auf meinem ausrangierten Bürostuhl herum. Amerika stand kurz bevor, durch die letzten Tage musste ich es trotzdem schaffen. Ich rief Simon an, der sofort ranging. Im Hintergrund rauschte der Fernseher.

Wir trafen uns vor Brads Werkstatt in den Höfen zwischen Oranienburger und Auguststraße. Brad war einer von vielen gestrandeten Künstlern, die es bald schon weiterspülen würde. Unser Glück war wohl, dass er ursprünglich einmal Amerikaner gewesen war, so hatte er vor seiner Werkstattgarage einen Basketballkorb aufgebaut, ein rostiges Stahlgestell ohne Netz am Ring. Dorthin zog es uns, wenn wir unsere Ruhe haben, ungestört ein paar Körbe werfen oder mal wieder durch eine der Baracken spazieren wollten, in denen es aber längst nichts Neues mehr zu entdecken gab. Wie vergessen lagen diese Höfe hinter den Häusern versteckt. Simon kam von der Oranienburger, ich von der Auguststraße, wir schauten uns an, und wahrscheinlich hatten wir beide im selben Augenblick die Idee, dass wir zwei Revolverhelden waren, die in einem Wüstendorf zum finalen Duell aufeinandertrafen. Kaum war er in Reichweite, schleuderte ich ihm meinen Ball zu, Simon fing ihn, dribbelte dreimal, warf und landete den ersten Treffer des Tages.

»Eins zu null«, sagte er, und das Spiel hatte begonnen.

Sofort stellte ich mich zwischen ihn und den Korb, beugte die Knie und streckte die Arme. Simon versuchte gar nicht erst, an mir vorbeizukommen, er warf, traf nicht, ich fing den Ball und ging zum Angriff über.

Eins–eins. Zwei–eins. Zwei–zwei. Hin und her und immer so weiter, als wären wir gleich stark, dabei hatte ich nur Pech bei meinen Würfen und Simon Glück bei seinen. Ich gab aber nicht auf, und was Simon durch Glück gelang, gelang mir durch reine Anstrengung besser. Ich war zwei Punkte voraus und in Ballbesitz, der nächste Treffer würde mich zum Sieger machen, da schlug Simon mir den Ball aus der Hand. Beide rannten wir hinterher. Ich drückte Simon zur Seite, griff schon nach dem Ball, der gegen ein Kellerfenster geprallt war, stürzte plötzlich vorwärts, auf die Hauswand zu, auf den Dreck, das alte Laub, den Hundekot, auf Scherben einer zerschmissenen Bierflasche zu, die Hände voraus, um mich abzufangen, hinein ins Glas. Simon hatte mich gestoßen, kräftig in den Rücken gestoßen. Er stand hinter mir, ich spürte seine Hand auf meinem Rücken, als ich aufstand, spürte, wie er sie wegzog, als ich mich umdrehte.

Ich hielt ihm meine Hände entgegen, und beide blickten wir auf diese Hände, die zu bluten begannen. Ich verstand nicht, was passiert war. Auch in Simons Gesicht regte sich nichts, kein Erschrecken, keine Angst, er schien genauso wenig wie ich zu wissen, was los war. Und was sollte ich sagen, in dieses blasse Gesicht, aus dem er mich wie ein ahnungsloses Tier ansah. Mein Herzschlag hämmerte gegen meine Schläfen, in meiner Brust summte die Wut, aber ich blieb so ruhig wie Simon, ratlose Ruhe, die jeden Aufschrei erstickte.

»Ja, gut«, sagte ich, und meine Stimme zitterte. »Dann muss ich nach Hause, die Hände verbinden.«

Er lief neben mir her, dachte auch an den Ball, der zwischen die Mülltonnen gerollt war, und trug ihn für mich.

»Simon, du hast mich in die Scherben geschubst.«

»Ich weiß«, antwortete er und weiter nichts.

Ich zog ihm meinen Ball aus den Händen.

»Bis später«, sagte ich, und er nickte nur.

Zu Hause spülte ich die Einschnitte mit kaltem Wasser ab. Es tat nicht weh, und die Linien in der Haut waren schön, als sie unter dem Blut zum Vorschein kamen. Ich setzte mich an den Küchentisch, sah zu, wie frisches Blut hervorsickerte, das ich mit einem Taschentuch wegtupfte. Zuletzt klebte ich Pflaster auf die Einschnitte.

Er hatte nichts von den Scherben wissen können, und Zeit hatten wir keine mehr. Was solls, dachte ich und lief wieder los.

Linien-, Tucholsky-, Auguststraße, über die Mauer in den Hinterhof, die Treppen hinauf, Simons Klingel drücken, warten. Niemand war da. Also aufs Dach, aber die Dachbodentür war verschlossen, also die Treppen wieder runter. Unentschieden stand ich vor seinem Haus, blickte noch einmal die Fassade hoch – vielleicht hatte er sich nicht getraut, mir zu öffnen, und würde mir nun vom Balkon aus hinterherschauen, dann könnte ich ihm zuwinken, ihm zeigen, dass alles wieder in Ordnung war. Aber sein Kopf tauchte nicht über der Brüstung auf. Ich lief Richtung Monbijou, um es am Basketballplatz zu versuchen. Über die große Wiese, an den Tischtennisplatten vorbei, wo ich sie schon spielen sah, die Großen, die so viel besser waren als wir, die cooler waren, die irgendwoher schon wussten, was USA wirklich bedeutete, die vielleicht aus ganz anderen Stadtteilen stammten oder ihre Austauschjahre bereits absolviert hatten. Warum wir nicht die Ersten waren, hier bei uns im Viertel, die Amerika für sich entdeckt hatten, würde mir immer ein Rätsel bleiben. Und natürlich war Simon nicht da, stand nicht wie der brave Pionier am Spielfeldrand oder ließ sich auf dem Spielfeld überrennen. Ich lief noch zur Weinmeisterstraße, aber dort wurde heute Fußball gespielt. Wahrscheinlich war Simon längst auf irgendeinem Dach oder traf sich mit Freunden aus seiner Schule. Vielleicht war er einfach kurz nach mir bei sich zu Hause angekommen. Langsam, um noch etwas mehr Zeit verstreichen zu lassen, ging ich zurück, über den Hackeschen Markt, am Monbijou vorbei, überquerte die Oranienburger. Und da, etwa auf Höhe der Assel, der Kellerkneipe, in der sich nachts die Prostituierten frisch machten, kam mir eine merkwürdig vertraute Gestalt entgegen. Im Grunde hatte ich sie sofort erkannt, auch wenn ich es kaum glauben konnte. Es war derselbe Irre, im selben alten Humpelgang, im übergroßen Kapuzenpullover, mit grimmiger Miene, unverändert dieser selbe Irre, vor dem mich Simon einst auf der Pissburg gerettet hatte, nur inzwischen ein Jahrzehnt zu alt für seinen Style: Tief gebeugt und klapperdürr schlurfte er auf mich zu, die Hände in den Taschen seiner Baggy-Jeans vergraben, als wollte er mich auch heute wieder *Messer machen*. Für einen Augenblick war ich wild entschlossen, es ihm zu guter Letzt doch noch heimzuzahlen, Psycho hin oder her, behindert oder nicht, er hatte mir eine Heidenangst eingejagt mit seinem Mackie-Messer-Gehabe. Ich visierte es an, das kleine Männlein – aus seinem schildkrötenhaften Gesicht blickte es mit wasserblauen Augen zu mir herauf. Es zog den

Kopf ein, lächelte, ein ängstliches, gezwungenes Lächeln, um Verzeihung bittend, und zwängte sich wie ein Straßenköter die Hauswand entlang an mir vorbei. Mein dämonischer Amerikaner, dachte ich, hatte mit seiner ganz speziellen Getto-Gangster-Psychose wohl schon einige Male Pech gehabt. In irgendeiner Ritze, irgendeinem Unterschlupf, in seinem Anstaltszimmer hatte er dennoch überlebt; nie hätte ich gedacht, dass es ihn überhaupt noch gab und er immer noch auf unseren Straßen unterwegs war. »Armer Pisser«, sagte ich leise und lief eilig weiter.

Vor der Synagoge musste ich mich geradewegs durch eine Touristengruppe drängen, die sich von ihrem Stadtführer Stadtgeschichte erzählen ließ, Menschen, die wer weiß woher kamen, aus ihren liebevoll eingerichteten Wohnungen, in denen die Fotos ihrer Liebsten an den Wänden hingen. Ein älterer Herr mit Schnauzbart, der mir irritiert auswich, eine junge Frau, die über mich hinweg auf die wiederhergestellten Ornamente der Synagoge blickte, ein Junge in meinem Alter, der einem anderen etwas zuflüsterte, während er mir unbeteiligt ins Gesicht sah. Wahrscheinlich wohnte der Irre hier irgendwo in einem Heim, hatte Betreuer, die ihn schon lange kannten und mochten, diesen ungewöhnlichen Menschen, den sie Daniel nannten oder Martin, einen Namen hatte ja auch er, den hatte ja jeder. Wo Simon nur steckte, ich wollte ihm unbedingt erzählen, dass ich Daniel, Martin oder eben dem irren Spinner begegnet war.

Ich hatte schon zweimal geklingelt, klingelte noch ein drittes Mal, aber der Türöffner blieb stumm. Da öffnete sich die Tür wie von allein, und Simon trat heraus. Es dauerte einen Moment, in dem wir uns leer und überrascht ansahen, dann lächelte ich, und Simon wischte sich die strähnigen Haare quer über die Stirn.

»Ich weiß auch nicht, was mich da geritten hat«, sagte er.

Ich hob ihm meine Handflächen entgegen: »Habs zugeklebt.«

Simon sah sich die Pflaster an oder blickte nur in die Richtung meiner Hände, bis ich sie zurückzog.

»Wo willst du hin?«, fragte ich.

»Keine Ahnung« – also liefen wir einfach los.

»Weißt du, wen ich eben gesehen hab?«

»Wo denn?«

»Vorne, auf der Oranienburger.«

»Nein.«

»Der Irre, dem du mit einem Stein den Schädel einschlagen wolltest.«

»Wer?«

»Dieser Hip-Hop-Spinner, der mich auf der Pissburg mit 'nem Messer bedroht hat.«

»Pissburg?«

»Der Spielplatz da an der Bergstraße.«

»Zille, meinst du?«,

»Ja, den«, sagte ich und begann Simon detailliert zu erklären, wen ich meinte, erzählte ihm von der Drehscheibe, den Zwergen, diesem Irren, der auf mich zugesprungen war.

»Keine Ahnung«, sagte Simon, »kann schon sein, das da irgendwas war.«

Ob er sich wenigstens an den Schuppen, den wir abgefackelt hatten, erinnere, wollte ich wissen, da piepte etwas in seiner Hosentasche. Simon zog ein Handy heraus, blieb stehen und las die Nachricht, die er bekommen hatte, oder was es eben war. Er rieb sich das Kinn.

»Ich muss noch los«, sagte er und sah mich nachdenklich an, als wäre er schon unterwegs.

»Okay«, antwortete ich, laut, um ihn noch einmal zurückzurufen.

»Wir sehen uns«, meinte er.

»Ich bin dann aber bald weg.«

»Ich weiß, ich weiß, bis morgen oder so«, sagte er und wandte sich um. Schnell, doch gleichzeitig ruhig, fast schleichend, mit langen, zögerlichen Schritten, bewegte Simon sich über die Oranienburger, bis er auf einen Schlag hinter einer Straßenbahn verschwand, die auf ihren Schienen wie ein Gesetz die Straße hinunterdonnerte. Ich war ihm nicht mehr als einen Meter weit nachgelaufen, stand jetzt schwankend am Bordstein und blickte in die schmale Lücke zwischen den parkenden Autos vor mir. Ich wollte genauso schnell weitergehen wie er, noch lieber hätte ich mich hingesetzt, auf eine Bank im Park oder die Eingangsstufen vom Postfuhramt. Wäre ich einfach mitgefahren, aufs Land, hallte es durch meinen Kopf. Jemand stieg ins Auto rechts von mir, ein Mann im Jackett, die Autotür fiel geräuschlos ins Schloss, der Motor begann zu vibrieren. Ich drehte mich auf der Stelle herum, ich ging los, in Richtung Linienstraße, führte mich nach Hause, in die Wohnung, wo ich auf dem Sofa meiner Eltern sitzen konnte, lesen oder fernsehen. Ich hatte mein Ticket. Und trotzdem wäre ich am Ende dieses Tages, der noch lange andauerte, im Grunde bis zum nächsten Morgen, als meine Eltern und mein Bruder vorzeitig vom Land heimkehrten, lieber hiergeblieben, in meinem Viertel, das vielleicht nie mehr als nur die Kulisse meiner Kindheit gewesen war. Simon lief die Straße hinunter, und Annika packte ihre Taschen. Mein Bruder entschied sich, rauszufahren. Was wollt ihr in Amerika, hatte Jessica gefragt und mich angesehen, als wüsste sie etwas, von dem ich nicht einmal ahnte, dass es existiert. Ich wollte in ihre Augen, in ihrer aller Augen, um aus ihnen heraus zu sehen, wer sie waren. Ich wollte auf dem Sofa sitzen, während die anderen sich über Neuigkeiten unterhielten. Ich wollte durch die Straßen spazieren, um die letzten Einschusslöcher zu fotografieren. Oder auf die

Dächer steigen, um an den kalten Schornsteinen zu riechen, die keinen Rauch mehr kannten, und da hinunterzuschauen.

Meinen älteren Bruder hatte ich noch in der Wohnung zum Abschied umarmt; er ist kleiner als ich und sieht mir doch ähnlicher, als Anton es tut, dachte ich. Die Treppe hinunter hatte er mir nachgerufen: Ob ich denn durch sei? Und ich hatte zurückgerufen: *Ja, tolles Buch, wenn ich zurückkomme, lese ich's auf Englisch.*

Zu viert fuhren wir zum Flughafen. Welche Strecke durch die Stadt wir nahmen, habe ich vergessen; große Straßen rauschten wir entlang, vielspurige Hauptstraßen. Ich war still und konzentriert. Meine Mutter schaute vom Beifahrersitz über die Schulter zurück, und ich ließ es zu, dass sie mir übers Knie strich. Anton blickte aus dem Seitenfenster und atmete stockend. Mein Vater vergaß, den Blinker zurückzuschalten, und einige Hundert Meter weit tickte er wie eine zu schnell gehende Uhr. Anton half mir, die Tasche zu tragen. Mein Vater kaufte mir noch eine Käse-Schinken-Stange. Meine Mutter führte uns zum Gate. Auch wie wir uns umarmten, habe ich vergessen. Die plötzliche Nähe war überwältigend, der Geruch dieser Menschen, die auch nicht wussten, wie die kommende Zeit werden würde. Die Wärme meines Bruders, die kühle Hand meiner Mutter im Nacken, die Wange meines Vaters. Schon lief ich los und spürte ihre Blicke so deutlich. Durch die gläserne Wand, die uns als Erstes trennte, winkten wir einander unbeholfen zu. Sie gingen los, und jetzt war ich es, der ihnen noch bis zuallerletzt nachsah.

In Sekundenschnelle verlor sich die Stadt in der ausufernden Weite, Häuser und Straßen wurden zu geometrischen Figuren, Wälder und Seen zu planen Gebilden, Wolken wurden zu Nebel, der die Sicht erst trübte und dann mit einem Mal schluckte.

Ich ließ mich zurücksinken und stieß dabei gegen die Frau, die neben mir saß. Sie musste sich weit hinübergebeugt haben, um auch etwas durch dieses kleine Fenster zu sehen, durch das ich Abschied nahm.

Mein großer Dank gilt Angela Tsakiris und dem DuMont Buchverlag, deren Arbeit das Erscheinen dieses Buches erst möglich gemacht hat, und Rebekka Göpfert, die mich in entscheidenden Momenten auf diesem Weg begleitet hat. Ich möchte mich von Herzen bei Christiane und Günther Bormann bedanken, deren praktische Unterstützung dem Schreiben Raum gegeben hat. Ich danke Carolin Haupt, die als kritische Leserin mein Kompass in den ersten suchenden Kapiteln war. Zuletzt möchte ich mich bei Nader Purnaqcheband bedanken, der mir unbeirrbar durch meine Antworten immer wieder die richtigen Fragen gestellt hat.